Alfred Ruhemann

Joseph Viktor von Scheffel: Sein Leben und Dichten

Alfred Ruhemann

Joseph Viktor von Scheffel: Sein Leben und Dichten

ISBN/EAN: 9783743620520

Hergestellt in Europa, USA, Kanada, Australien, Japan

Cover: Foto ©Raphael Reischuk / pixelio.de

Manufactured and distributed by brebook publishing software (www.brebook.com)

Alfred Ruhemann

Joseph Viktor von Scheffel: Sein Leben und Dichten

Joseph Viktor von Scheffel.

Sein Leben und Dichten.

Von

Alfred Ruhemann.

Mit J. V. von Scheffels Porträt in Lichtdruck ausgeführt, einem
Faksimile und 7 in den Text gedruckten Illustrationen.

Stuttgart.
Verlag von Adolf Bonz & Comp.
1887.

Druck von A. Bonz' Erben in Stuttgart.

Inhalt.

Vorwort.

Ein jedes Buch hat eine kleine Vorgeschichte,
auch wenn über diese nicht immer etwas laut wird.
Die, welche Anlaß zu vorliegender Bearbeitung des
Lebens Joseph Viktor von Scheffels gab, ist nur kurz.

Ich fühlte es schon vor Jahr und Tag heraus,
daß zu dem vielen Unrecht, welches man dem Dichter
des „Trompeter“ zugefügt, auch das gehörte, daß
man noch nie ein erschöpfendes, vollständiges Bild
von seinem Leben und von seinem Dichten entworfen
hatte. Und er hatte es doch wahrhaftig verdient,
daß man ihm schon bei Lebzeiten ein litterarisches
Denkmal setzte. Da nahte das Fest des fünfhundert-
jährigen Bestehens der Heidelberger Universität und
mit ihm die günstigste Gelegenheit für mein Vor-
haben, der Errichter eines solchen Denkmales zu
werden. Ich setzte mich mit dem Dichter in Verbindung und fragte ihn an, ob ich seiner Unter-

stützung bei gewissen Teilen meiner Arbeit gewiß sein könnte. Das war wenige Wochen vor seinem Tode. Scheffel bat sich, mißtrauisch wie er gegen Norddeutsche war, das Buch aus meiner Feder aus, welches im vorigen Jahre über „Julius Wolff und dessen Werke" erschienen ist. Das Urteil, welches ich in demselben über Wolff gab, mußte ihn wohl befriedigt haben. Denn er gab mir nicht nur die Erlaubnis über ihn zu schreiben, sondern sagte mir auch seine Unterstützung zu, die mir denn auch, leider in andrer Weise als ich mir gedacht, wurde. Denn als ich mich anschickte, nach Heidelberg zu reisen, kam die Nachricht, daß ich Scheffel nicht mehr würde sehen können, zugleich mit der Angabe einiger Quellen, aus denen ich biographisches Material schöpfen sollte. Der Dichter schloß dann die Augen und mir bleibt es nur übrig, allen denen zu danken, welche mich in der bereitwilligsten Weise unterstützt haben.

Möge nun das Buch für sich sprechen.

Friedenau-Berlin, im November 1886.

Der Verfasser.

Einleitung.

Einsam wie der Hohentwiel selbst, dessen
begeisterter Sänger er geworden, erhebt
sich aus dem Berglande der deutschen
Litteratur der zweiten Hälfte unsres Jahrhunderts
die Gestalt des Dichters, dem die folgenden Seiten
gelten. Wohl haben Wetter= und politische Stürme
das Aussehen der Krone des Hegaus gewaltig ver=
ändert, die Erinnerung nur noch ist es, welche
heute den steilen, ruinengeschmückten Gipfel um=
schwebt und in ihrem duftigen Schleier gewesene,
stolzere Zeiten herbeiträgt —, wohl hat ein allzu=
früh bereitetes Grab das, was an Joseph Viktor
von Scheffel sterblich war, aufgenommen, ein herbes
Schicksal seinen liederreichen Mund schon vor der
Zeit geschlossen. Wie aber der Fuß des Berges
dem unverdrossen nagenden Zahne der Jahrhunderte

trotzt und seinen gesunden Kern wie einen muskel=
strotzenden Arm furchtlos und treu den kommenden
Wettern zum Kampfe noch entgegenstreckt, so wird
auch als gewaltiges geistiges Merkmal in unver=
änderter Schöne, wie eine einsame Klippe im Meer,
umbraust vom Tagesstrome der Ereignisse, als un=
erschütterlicher Grundstock deutschen Wesens und
deutscher Dichtung die Person des Dahingegangenen
die heraufbräuenden Nächte der Umwälzungen auf
allen Gebieten erhellen und das, was er uns hinter=
lassen, wird ihre Schrecken mildern.

Auch Zeiten der Umwälzungen, der wildesten
Parteileidenschaften haben für ganze Gemeinschaften
wie für einzelne Individuen ihr gutes. So mancher
vom Wirbel der Meinungen und Begebnisse willen=
los ergriffene und umhergeschleuderte Mensch fühlt
sich instinktiv abgestoßen, angewidert vom Treiben
seiner Mitmenschen. In friedlichen Zeiten hat ein
jeder die Maske eines Biedermannes vor der Stirn,
es liegt ein gewisser paradiesischer Unschulds=
schimmer über Mein und Dein ausgebreitet. Wenn
aber die Grundpfeiler der staatlichen und gesell=
schaftlichen Ordnungen zu wanken beginnen, wenn
selbst die über= und unterirdischen Elemente sich

empören gegen die göttliche Weltordnung, dann
springt wohl auch der gebildete Mann plötzlich
einige Jahrtausende rückwärts. Im Gefühle seiner
Ohnmacht, seines unvollkommenen Wissens, schont
er im Kampfe um sein Teuerstes, sein Leben, der
allerheiligsten Gefühle nicht und er entmenscht ge-
wissenlos sich selbst. Wohl dem, der dann die
Kraft hat, seiner selbst willen allen Lockungen der
Parteien zu widerstehen und, abermals seiner selbst
willen, sich in die Einsamkeit, weniger mit seiner
Person als mit seinem Herzen und seinen Gedanken
zurückzuziehen, um im sicheren Hafen und im kleinen
Kreise, ohne allen Ehrgeiz sein Leben zu Ende zu
leben. Die Heißsporne mögen ein solches Thun
Feigheit nennen, die Vernünftigen nennen es eben
— Vernunft.

Es mag manchem Leser wunderlich erscheinen,
daß er in gar so vielen, ja in den meisten Büchern,
die heutzutage verfaßt werden, immer und immer
wieder Hinweisungen auf die gegenwärtig etwas
verwickelt daliegenden staatlichen und gesellschaftlichen Verhältnisse findet. Bei einigem Nachdenken
wird er aber selbst herausfühlen, daß, wie er
selbst in seinen privaten Verhältnissen, auch der

Schriftsteller und zwar in noch viel höherem Maße unter dem Eindrucke der Ereignisse steht. Dieser braucht zu seinem Werke, gleichviel · ob es belehrender oder unterhaltender Art ist, einen Ausgangspunkt. Keiner aber liegt ihm näher, keiner fordert mehr heraus, ihn zur Grundlage eines Gedankengebäudes zu nehmen, als der Zusammenfluß der verschiedensten und widersprechendsten geistigen Richtungen, welche kurzweg die neueste Zeit genannt werden. Für diese schreibt er, aus dieser schöpft er. Die Beachtung der Gegenwart und ihrer Strömungen wird indessen zum Zwang, wenn deren Einfluß auf das zu behandelnde Thema ein unleugbarer ist.

In diesem Falle befinden wir uns Joseph Viktor von Scheffel gegenüber. Es wäre mehr als undankbar, wollte man nicht an erster Stelle hervorheben, daß wir uns jetzt wieder inmitten einer ähnlichen, neue Ideen gebärenden Zeit befinden, der wir einen Scheffel zum größten Teile zu danken haben. Denn es ist schwer anzunehmen, daß heute ebenfalls „all Deutschland“ an seinem frischen Grabe getrauert haben würde, hätten die Jahre nach 1848 mehr anziehend als abstoßend auf ihn gewirkt.

Ein eigentümliches Schicksal hat es gewollt, daß den inneren Frieden Deutschlands stark bedrohende politische und wirtschaftliche Krisen den Anfang und das Ende von Scheffels Dichterlaufbahn begleitet haben. Doch wirkten sie verschieden auf des Dichters Gemüt. Während das Jahr 1848 ihn sich selbst wiedergab, das heißt, ihn von einer politisch-juristischen Laufbahn zurückhielt und die Erkenntnis höherer, gewaltig in ihm arbeitender Mächte förderte, trug das letztverflossene Jahrzehnt viel, wenn auch nicht in erster Reihe dazu bei, daß seine Feder mehr und mehr verrostete. Eine direkte Beeinflußung seiner Dichtungen aber durch die Zeitgeschichte kann kaum festgestellt werden, da seine größten Schöpfungen bis auf einige Gelegenheitsgedichte völlig abgesondert sowohl von den Begebnissen als auch von sonstigen litterarischen Erzeugnissen dastehen. Weder das Revolutionsjahr hat seine Leier ertönen lassen zum Ruhme der Morgenröte einer anbrechenden, besseren Zeit, noch veranlaßten ihn die ruhmreichen Jahre 1870 und 1871 in die Saiten zu greifen.

Scheffels dichterischer Wirkungskreis kann einem Ringe ohne Anfang und ohne Ende verglichen werden. Was außerhalb desselben lag, berührte den Dichter Scheffel gar nicht und den Menschen sehr wenig. Was aber der Ring einschloß, das war des Dichters ureigenste Domäne. Da reihte sich Edelstein an Edelstein, einer köstlicher als der andere. Ein kühner und wegekundiger Steiger hatte sie Scheffel aus dem Schachte der deutschen Vergangenheit herausgeholt und die Schlacken von ihnen entfernt. Das war wohl bereits ein Verdienst, aber kein so großes, daß es zur Führung des ehrenden Beiwortes „einzig“ berechtigt hätte. Sein verdienstvolles, noch kommende Jahrhunderte überdauerndes Werk war der Schliff, den er den rohen Diamanten gab.

Betroffen, fast bestürzt zuckte jedermann zurück, als Scheffel mit schmetternder Trompetenfanfare sein erstes Werk der deutschen Leserwelt hinhielt. Mißmutig und enttäuscht schob man die von dem Unbekannten keck genug ins moderne Leben gebrachte, kernige Form zurück. Als man aber dem neuen, altertümlichen Dinge da dennoch allmählich aus Neugier näher trat, als man die tausend vielfarbigen Lichter des Edelsteines spielen und in dem vorgehaltenen Spiegel sich selbst, neuzeitige und mittelalterliche Gesinnungen und Anschauungen im holden Neben- und Miteinander sah, kurz echtes, deutsches Wesen, wie es mit unserm Volke geboren ward und erst mit ihm sterben wird — da wurden die Herzen weit, die Hände nicht müde, nach den neuen Schätzen zu greifen. Da ward Scheffel unser!

Ja, urechtes deutsches Wesen — das ist der Kern sämtlicher Dichtungen Scheffels! Das ist es, was uns mit elementarer Gewalt bei ihrem Lesen packt. Der Gebildete, wie der einfache Bürger und Handwerker, welcher schlichten Blickes ins Leben schaut, sie fühlen aus ihnen die allen Deutschen verwandten Züge heraus, das geistige Band, das sich um alles schlingt, was deutschen Stammes ist und möge es am fernen Pole seine Hütte aufgeschlagen haben. Selbst der gedankenloseste Leser legt ein Scheffelsches Buch nicht ohne die Überzeugung gewonnen zu haben aus der Hand, daß er in ihm ein gutes Teil seiner selbst wiedergefunden habe. So wie Scheffel hat bisher noch kein anderer Schriftsteller mitten im Deutschtume gestanden, so wie er hat noch kein anderer es verstanden, vergangene Zeiten und gegenwärtiges Em-

pfinden in anmutiger, künstlerisch vollendeter Verbindung zu schildern, und er hat aus der Verschmelzung beider unserm gesamten Vaterlande die
herrlichste, weil wahrhaftigste Strahlenkrone ge-
woben.

Und weil er das geschrieben und beschrieben
hat, was gedauert hat und dauern wird, weil er
nur das gethan und so allgemein verständlich, wie
kein anderer vor ihm, so steht er losgelöst von
allen anderen, selbst ähnlichen Bestrebungen da und
seine Dichtungen sind nicht an den Raum und an
die Zeit gebunden. Scheffel kann weder mit Goethe
noch mit Tieck, weder mit Uhland noch mit Heine
verglichen und nach diesen bemessen werden. Scheffel
ist eben Scheffel. Er ist — leider — gewesen
und sein Genius wird vielleicht nicht zum zweitenmale geboren werden.

Scheffel war Romantiker in Form und Inhalt
seiner beiden Dichtungen, welche seinen Ruhm begründet haben, und dennoch ist es grundfalsch —
wie es geschehen ist — ihn den „letzten Romantiker“ zu nennen. Die Richtung der deutschen Litteratur, welche mit dem Worte „Romantik“ bezeichnet wird, lag ihm ebenso fern wie diejenige,

welche man „Naturalismus" nennt. Im Gegenteil,
gerade er war es, welcher den ganzen sentimental-
schwärmerischen Plunder zum Hause hinauswarf
und die neue Zeit mit neuen, frischen Tönen ein-
läutete.

Daß das Gewand seiner Dichtungen demjenigen
ähnelte, welches die eben zu Grabe trompetete Litte-
raturperiode ebenfalls getragen hatte, war kein Zu-
fall. Auch den Romantikern hatte infolge der Auf-
deckungen Simrocks, Uhlands und namentlich der
Gebrüder Grimm bereits eine Ahnung von den
Schätzen vorgeschwebt, von dem Nibelungenhort, auf
den achtlos der Schutt der Jahrhunderte gehäuft
worden war. Jene waren aber nicht so kundige
Bergleute gewesen, wie der, welcher nach ihnen kam.
Sie handhabten Spitzhacke und Schaufel schlecht und
ungeschickt. Scheffel dagegen griff herzhafter zu,
er hob denselben Schatz, nach dem andere vor ihm
gesucht, und als er ihn erst einmal fest in Händen
hielt, da hütete er sich wohlweislich, dem Schatze
zu liebe seine eigene Natur zu ändern. Er schliff
und feilte an ihm herum und während der Arbeit
sang und sprach er mit Freunden und Nachbarn
als munteres, aufgewecktes, spottsüchtiges Menschen-

kind unsres Jahrhunderts. Er betrauerte nicht die Kleinodien, welche verloren gegangen waren und deren Bruchstücke er nun zur bestmöglichen Aus- besserung in Angriff genommen hatte, sondern freute sich seines Fundes und seiner Arbeit, die er so ge- schickt ausführte, daß kaum die Stellen zu erkennen sind, wo das echte Altertum die moderne Naht trägt.

So ist es denn gekommen — ein Treppenwitz unsrer Litteratur, daß Scheffels „Trompeter von Säkkingen" und „Ekkehard" trotz ihres romantischen Aussehens bei weitem mehr Realismen enthalten, als diejenigen sich träumen lassen, welche mit den bekannten litterarischen Schlagworten um sich werfen. Wahres Leben, wahre Menschen atmen in seinen Büchern, aus ihnen weht uns ein Odem entgegen, der uns zur Andacht, zur Bewunderung zwingt. Auch Scheffels Auge war nur ein sterbliches und trotzdem lag das verborgenste Fältchen der Herzen der Deutschen offen vor ihm da. Was er uns offenbart, kaum wußten wir es, daß es in uns lebte; erst als er es uns gesagt, da fühlten wir, er habe recht für jetzt und immerdar. Er war somit der Bahnbrecher der jetzt sich entwickelnden Litte=

raturperiode, zugleich aber noch mehr, denn er wird auch der unwandelbare Begleiter aller der Geistesrichtungen sein, die noch und je kommen werden, weil aus seinen oben genannten Dichtungen — ich wiederhole es — der Inbegriff des deutschen Wesens spricht.

Und andrerseits kann Scheffel kaum als Bannerträger der neuzeitigen realistischen Litteraturrichtung betrachtet werden, weil er den pessimistischen Anschauungen in derselben vollständig ebenso fremd entgegentritt wie denjenigen gelehrten Romanschreibern, welchen vor lauter Gelehrsamkeit jedes Gefühl für Naturwüchsigkeit und humorvolle Frische abgeht. In seinem „Trompeterstücklein" wie im „Ekkehard" steckt genau so viel Philosophie als nötig ist, um echten Humor und echtes Gemütsleben hervorzubringen, und wo es sich in Scheffels Büchern um ein Scheiden aus diesem Leben handelt, da wird das schmerzliche Ereignis getreu nach christlich-germanischer Anschauung behandelt. Dem Tode wird das Schreckhafte genommen und der Dichter läßt es wie Versöhnung mit dem vorläufigen Schicksal, wie Hoffnung auf ein neues Weiterleben hineinklingen in die Herzen seiner Gestalten wie seiner Leser.

Und mag man sagen, was man will, mag man auch — und man muß es — dem pessimistischen Realismus durchaus die Berechtigung seines sich mehrenden Auftretens auf dem litterarischen Markte zusprechen, so können wir es uns andrerseits doch auch dreist zugestehen, daß uns der lachende Philosoph stets der liebste war und ist. Wir Deutschen sind nun einmal die geborenen Gemütsmenschen, unser Volk wird trotz aller Aufklärung, trotz seiner Fort=schritte auf geistigem Gebiete in einem Winkel seines Herzens stets ein warmes Gefühl für natürliche Lebensanschauungen sich erhalten, seine humorvolle Pfiffigkeit wird jeder erkältenden Gelehrsamkeit doch zu guterletzt ein Schnippchen schlagen und es wird festhalten an seinen schwärmerischen Neigungen bis an sein seliges Ende.

Scheffel hat diesem, unserm ureigensten Wesen den vollkommensten Ausdruck gegeben; wenn wir daher von ihm sagen, er war unser Dichter, so hat dieses unser eine wesentlich stärkere Bedeutung, als wenn wir von Goethe, Schiller und Lessing auch sagen, sie waren unsre Dichter. Man kann nicht von Scheffel behaupten wie von den letzteren, daß er die Weltlitteratur beeinflußt hätte, nicht,

daß selbst der der deutschen Sprache nicht mächtige
Ausländer sagen kann: „seines Geistes habe ich
einen Hauch verspürt“. Dagegen kann man wohl
sagen, daß Scheffel den Ausländern durchschnittlich un-
verständlich bleibt; sie pflegen ihn nur als Humoristen
oder nur als Lyriker anzusehen, ein volles Verständnis seiner Schöpfungen geht ihnen gänzlich ab.
Ja, selbst der Frembling, der diese kennen lernen
will und zu dem Zwecke Teutschland, womöglich die
Stätten aufsucht, welche unser Dichter verewigt hat,
der muß schon sehr lange unter uns weilen, ehe
er uns begreifen lernt und das, was uns an unsren
Scheffel fesselt. Seinen idealisierenden Realismus
— wenn ich so sagen darf —, dieses holde Gemisch
von Wirklichkeit und Schwärmerei weiß nur der
geborene Deutsche vollständig zu würdigen. Nur
dieser begreift es, daß selbst der dem schwärmerischen
Alter entrückte und von der Last der Geschäfte ge-
beugte Mann im stande ist, plötzlich alles bei
Seite zu schieben und seinen Scheffel hervorzuholen,
um seine Gedanken wieder jugendfrisch zu machen
und seine Augen hell zu neuer Arbeit, nur diesem
zieht es verständnisvoll wehmütig durchs Herz, hört
er, daß der deutsche Ein- und Ansiedler inmitten

wilder, unkultivierter Völkerstämme neben seiner Bibel nur noch ein Buch Scheffels zu stehen hat. Das eine verbindet ihn mit Gott, das andere mit seinem Volke. Sie beide sind sein Hort, sein Stolz.

Ein Mann aber, der im stande ist, uns die Sorgen von der Stirn zu nehmen, aus dessen Dichtungen wir wie aus einem Quell Erfrischung, stählerne Widerstandskraft und heitere Ergebung schlürfen, kann der je zu hoch geehrt werden? Wir schlagen zu dem Genie eines Goethe und Schiller ehrfürchtig die Augen auf, wir stehen beschämt in unsrem nichtsdurchbohrenden Gefühle vor der scharfen Logik eines Lessing, in weihevoll freudiger Stimmung aber naht sich jung und alt, Herr Griesgram und Frau Übermut einem Scheffel. Ihn verstehen alle, mit ihm fühlen wir uns ein Ganzes, von ihm sehen wir uns wie mit einem magischen Gürtel umzogen, aus dessen Zauberkreise kein Deutscher „vom Fels zum Meer" weichen kann. Ehe noch das deutsche Reich zur Wirklichkeit ward, da hatte Scheffel bereits die Einigung der Geister im Süden und Norden vollzogen.

Scheffel weilt nicht mehr unter den Lebenden, sein Geist aber wird unter uns weilen, so lange

die Hügel am Neckar Reben tragen und das schwä-
bische Meer um das Gelände von Radolfzell flutet.
Und wenn an den Gedenktagen unsrer großen Toten
das Volk den Ruhmestempel unsrer Nation betritt,
wenn es mit ehrfürchtiger Kniebeuge vorübergegangen ist an den erhabenen Geisteshelden, dann
wird es mit sehnsüchtig geöffneten Armen und
thränenden Auges hinaufschauen, wo die Marmor-
büste eines heißgeliebten Toten steht, des gottbe-
gnadeten Sängers unsres Volkes, unsres ureigensten
K l a s s i k e r s.

Wer aber wird an den Dichter denken wollen
und dabei des Mannes vergessen? Die Beispiele
von der bitteren Ironie des Schicksals reihen sich
zu tausenden, eines der einleuchtendsten aber bietet
das Leben Joseph Viktor von Scheffels. Wir haben
in diesen Tagen ein schreckliches, ähnliches Beispiel
erlebt. Ein Mann und Herrscher, von seinen
Idealen durchglüht und sich nicht verstanden fühlend,
verfiel in Wahnsinn und endete sein Leben durch
freiwilligen Tod in den Wellen. Es ist nicht anzunehmen, daß unser Dichter bei längerem Leben
ebenfalls eine Beute des Irrsinns geworden wäre.
Dazu war seine Vernunft eine viel zu gesunde, dazu

fußte er viel zu sehr, wenn auch mehr duldend als selbst thätig, im wirklichen Leben. Die romantischen Neigungen König Ludwigs II. von Bayern haben auch nicht die entfernteste Ähnlichkeit mit der idealen Gedankenrichtung Scheffels gehabt. Wohl aber bewirkten beide bei beiden dasselbe: sie hießen die ihnen Anheimgefallenen absonderliche Wege gehen und trennten sie von dem großen Strome der arbeitenden Menschheit durch Lähmung ihrer Willenskraft.

Das Herz blutet jedem Menschenfreunde, betrachtet er das letzte Lebensjahrzehnt zweier so edler, hochbegabter Menschen, wie König Ludwig II. und der Dichter Scheffel es waren. Umgeben, ja getragen von der Liebe und Verehrung aller Deutschen, sich sonnend im Übermaße des Glückes und in dem Bewußtsein, Großes für das Vaterland gethan zu haben, gelang es ihnen trotzdem nicht, sich frei zu machen von den Schatten, die sich über ihre Wege legten. Bei dem ersteren umnachteten die Dämonen des Irrsinns die Stirn, hinter der einst große, in der Geschichte unsres gesamten Vaterlandes unvergessene und unvergeßliche Gedanken ausgebrütet wurden; den zweiten führten mancherlei Kränkungen, darunter auch viele eingebildete, schließlich starrer

Eigenfinn zu einem Einfieblerleben, das viele feiner
Anhänger verletzen mußte.

Wir allein waren und find die Gefchäbigten.
Das bayrifche Volk konnte bei aller Liebe zu feinem
Herrfcher demfelben doch fchließlich zu verftehen
geben, daß es einen thatkräftigen Regenten brauche.
Wir aber konnten nicht einem Scheffel anbefehlen,
er folle dichten! Und da er trotz aller Zureden
keine weiteren Blüten feines Genius der Allge=
meinheit weihen wollte, da er fich nicht loszureißen
vermochte aus dem krankhaften Trübfinne, der ihn,
unglücklicherweife unterftützt durch ein andauerndes
körperliches Mißbehagen, bis an fein Ende vom
frifchen, fangeskräftigen Thun zurückhielt, fo war
Scheffel fchon, ehe er ftarb, für viele ein toter Mann.

Scheffels Leben bietet für den Pfychologen
thatfächlich viel Intereffantes und der Beobachtung
Wertes. Aber auch auf jeden denkenden Menfchen
muß und wird die eigenartige Laufbahn des Dich=
ters fowohl wie fein Schickfal Eindruck machen.
Die Unvollkommenheit des irdifchen Glückes wird
uns felten fo eindringlich wie hier geprebigt, das
Hochhalten der Ideale, das bereits auf fehr un=
ficheren Fuß geftellt ift, erhält in Anfehung der

Widerwärtigkeiten, mit denen Scheffel zu kämpfen hatte, ehe er mit seinen Dichtungen durchdrang, noch mehr aber, als er mit ihnen durchgedrungen war, einen recht bitteren Beigeschmack.

Wer aber sich durch das Verhängnis, dem Scheffel anheimgefallen ist, abschrecken lassen wollte, an den höchsten Gütern der Menschheit festzuhalten, der möge auch dessen eingedenk sein, daß dieser sich selbst sein Schicksal geschaffen hat. Er ist dem Zwiespalte unterlegen, der in seinem Innern wohnte, Scheffel verstand nicht zu haushalten mit seinen Neigungen und mit seinen Anlagen. Er gerade war die Persönlichkeit, die allen Stürmen hätte mannhaft Widerstand leisten können, er war an der erhabensten Natur Brust großgezogen und genug gestählt worden, um die Stiche der boshaften In= sekten und Eintagsfliegen ertragen zu können. Er unterlag ihnen in kaum verstäublicher Schwäche, trotzdem ihm das erhabenste Dichterlos zu teil wurde: sich schon bei Lebzeiten anerkannt und un= sterblich zu sehen. An ihm vollzog sich der alte Satz, daß einer desto größerer Unbill ausgesetzt ist, je höher er steht, daß aber auch der, welcher keine Sorgen hat, sich solche schafft.

Nun wohl, Scheffel litt viel durch eigene
Schuld. Die treibende Ursache seines Verhäng=
nisses war aber auch hier, wie fast immer, die
Klatscherei und Verleumbungssucht der bösen Welt,
zu denen sich allerdings tiefgehende, außerordent=
liche Schicksalsschläge gesellten. Scheffel ist sehr
mißverstanden worden; man hat in leichtfertiger
Weise von dem Dichter auf den Menschen geschlossen
und das verträgt eine so feinfühlige Natur, wie die
unsers Dichters es war, auf die Dauer nicht. Wir
hätten zweifellos noch eine, vielleicht auch mehrere
große Dichtungen von ihm erhalten, wäre sein Ge=
müt nicht durch allerlei Unzuträglichkeiten getrübt
und beleidigt worden. Lassen wir es dahingestellt,
auf wessen Seite die größere Schuld bei dem Miß=
verständnisse gelegen hat, auch, ob jene Dichtungen
dem „Ekkeharb“ an Wert gleichgekommen sein oder
ihn überragt haben würden. Der Tod gleicht alle
Unebenheiten aus und ehe er hier noch mit rasch
mähender Sense ein weit die Allgemeinheit an
Wert überragendes, für uns unvergeßliches Menschen=
leben hinweggenommen hatte, da hatte man dem
Dichter schon das größte Unrecht abgebeten und
mit einem Lächeln des Friedens und der Befrie=

bigung auf den erblassenden Lippen konnte der viel=
geprüfte Mann seine Augen schließen.

Die Erinnerung an Scheffels Persönlichkeit
wird denen nicht entschwinden, welche das Glück
gehabt, ihn persönlich gekannt zu haben. Deren
Anzahl aber war nur eine sehr geringe. Vor=
liegendes Buch versucht es, das Bild des Unver=
geßlichen getreu wiederzugeben; möge etwas von
der Begeisterung, aber auch von der Wahrheits=
liebe, welche dem Verfasser die Feder führten, auf
seine Leser übergehen. Er ruft ihnen mit Ekkehards
Schlußworten zum Walthari=Liede zu:

Hochweiser Leser Du, schenk meinem Werke Gnade!
Wohl gleicht mein rauher Reim dem Sang nur der Cicade,
Doch für das Höchste ist mein junger Sinn erglüht.

Die Jugendjahre.

(1826—1843.)

In der schnelllebigen Zeit, in welcher wir uns befinden, in der es gärt und kreißt, als sollte nicht die bekannte Maus, sondern wirklich ein gewaltiger Berg von neuen Anschauungen geboren werden, kann die Feder nicht schnell genug bei der Hand sein, um manches zu verzeichnen, was sonst leicht überholt, zurückgedrängt, ja von der großen Menge vergessen werden könnte.

Man zucke nicht mitleidig lächelnd die Achseln, als wäre obige Behauptung im vorliegenden Falle nicht zutreffend, als wäre es eine Unmöglichkeit, daß irgend etwas, was mit dem Namen Scheffel im Zusammenhange steht, jemals vergessen oder nicht beachtet werden könnte. Zugegeben, daß man jetzt oder

in späteren Tagen beim Lesen des „Trompeters“
oder des „Ekkehard“ sich pietätvoll des Mannes
erinnert, der das hübsche Zeug da geschrieben, und
seiner Schicksale im allgemeinen, daß man weiß,
Scheffel nimmt in der deutschen Litteratur eine der
hervorragendsten Stellen ein. Dazu braucht man
weiter keinen Erklärer, das fühlt eben jeder bei
sich selbst, schlägt er ein Werk Scheffels auf. Wer
aber mehr erfahren will, als die trockenen Daten
eines Konversationslexikons, wer sich so recht hin-
einleben will in das Geschick seines Dichters, der
steht gewöhnlich ratlos da, falls ihm nicht ein
Büchelchen erreichbar ist, welches ihm den gewünschten näheren Aufschluß giebt.

Ich meine, eine Lebensgeschichte eines bedeutenden Mannes muß heutzutage schnell verfaßt
werden. Es ist hiermit wie mit einem Glase Bier:
Der erste Schluck mundet am besten, mit dem
nächsten empfängt man schon einen schaleren Geschmack. Noch haben spätere Ereignisse nicht den
reichlichen Staub auf die Immortellenkränze gestreut, welche wir liebevoll auf das Grab des
Dahingeschiedenen gelegt haben; die Berichte der
Zeitungen in den Wochen vor und die zu Bergen

sich häufenden Nachrufe und Erinnerungen nach dem Tode des Betreffenden malen uns den Verblichenen mit viel kräftigeren Strichen als es bei seinen Lebzeiten geschehen konnte. Wohl wird die spätere Zeit mit verbessernder Hand noch einzugreifen haben, sie wird Licht und Schatten gleichmäßiger, vielleicht auch gerechter zu verteilen haben. Sie macht aber auch gleichzeitig, unwillkürlich den Gefeierten mehr zu einem litterarischen Porträt als zu einem Wesen, in dessen Adern wir noch frisches, lebenswarmes Blut pulsieren sehen.

Wen möchten wir aber wohl lieber als Wesen von unsrem Fleische und Blute im Geiste vor uns sehen, wen weniger als eine Erinnerung im kalten, wesenlosen Scheine wie den Mann, bei dessen Liedern uns schneller das Herz klopft, das Blut wärmer durch die Adern läuft, bei dessen Worten das Alter seine Bürde verliert, die Jugend in noch ungemessenerer Freude tobt? Deshalb unternahm ich es heute bereits, Joseph Viktor von Scheffel zu schildern, umsomehr als sein Leben den Forschern so gut wie gar keine dunklen Punkte mehr bieten kann, liegt auch noch viel der Mitteilung Wertes in seinem Nachlasse vergraben. —

Was einem im Leben beschieden ist, wird ihm an der Wiege gewöhnlich nicht gesungen. Erst später, wenn der Betreffende es zu etwas gebracht hat oder womöglich schon ins bessere Jenseits ab= gerückt ist, erscheinen furchtbar viel kluge Leute auf der Bildfläche, die bereits gewußt haben, wie alles kommen würde und wie es gekommen ist. So giebt auch die Betrachtung von Scheffels Leben die beste Gelegenheit zu der Bemerkung, der Dichter konnte gar nichts anderes als eben „unser Scheffel“ werden. Um diese zu begründen, müssen wir uns ein wenig mit dem Kreise der Menschen befassen, aus deren Mitte der Gefeierte hervorgegangen ist.

Der Namen Scheffel tauchte nachweislich zuerst im Bistume Augsburg auf. Welcher Beschäftigung die Ahnen Scheffels sich hingaben, war mir fest= zustellen nicht möglich. Der Umstand indessen, daß das jetzige Wappen derer von Scheffel ein verbessertes Stammwappen ist, läßt darauf schließen, daß die Scheffels eine Geschlechterfamilie waren.

Der Großvater Joseph Viktors, Magnus, wurde bereits im damaligen Herzogtume Württemberg und zwar im Jahre 1752 zu Langen-Erling geboren. Sein Großoheim von mütterlicher Seite war der vorletzte Abt und Prälat der reichsunmittelbaren Benediktinerabtei in dem damals gleichfalls reichs= unmittelbaren Städtchen Gengenbach, Jakobus Maria Trautwein von Asch. Dem Einflusse desselben ist es jedenfalls zuzuschreiben, daß wir Magnus Scheffel im angemessenen Alter, in der zweiten Hälfte der achtziger Jahre des vorigen Jahrhunderts als reichs= stiftischen Oberschaffner in der Benediktinerabtei Gengenbach wiederfinden. Nach Aufhebung derselben wurde er zum Aufseher über die zur früheren Abtei gehörenden Gebäude und Grundstücke ernannt und er führte von nun an den Titel „Großherzoglich badischer Amtskellerei=Vorstand."

Seinem Bunde mit Johanna Läuble entsprang am 29. Juni 1789 Philipp Jakob, der Vater des Dichters, auf dessen Lebensgang es sich näher ein= zugehen lohnt. Denn er war ein Mann von rechtem Schrote und Korn, der „Herr Major", wie er später allgemein genannt wurde, der seinen Weg von unten herauf dank seines energischen Willens, seiner Charakterfestigkeit und seiner unermüdlichen Arbeits= lust im Dienste seines engeren Vaterlandes machte.

Seine Neigung trieb ihn in die Laufbahn eines Ingenieurs. Die schweren, kriegerischen Zeiten im ersten Jahrzehnte unsres Jahrhunderts und die Wirren, welche sie mit sich brachten, hielten ihn nicht ab, so emsig zu studieren, daß er bereits im Alter von dreiundzwanzig Jahren Ingenieurprakti= kant war. Als das „Volk aufstand, der Sturm losbrach", da hängte er den inzwischen erreichten Ingenieurgeographen an den Nagel und er trat 1814 als Hauptmann in das fünfte Landwehrbataillon „Kinzigkreis" ein, in dem er den Befreiungskrieg bis zu seinem Ende im folgenden Jahre mitkämpfte. Im Gefechte bei Kehl erregte er durch sein tapferes Benehmen zum erstenmale die Aufmerksamkeit seiner Vorgesetzten. Am Karfreitage des Jahres 1814 wurde er mit dem Karl Friedrich=Verdienstorden und dem russischen Wladimirorden· vierter Klasse geschmückt. Sein Bataillon wurde später namentlich bei der Belagerung von Straßburg verwendet.

Als der Friede geschlossen war erlaubte man es höheren Ortes noch nicht, daß Scheffel in den Zivilstand zurücktrat. Er wurde 1816 in den General= quartiermeisterstab versetzt und erhielt gleichzeitig die ehrenvolle Ernennung zum Lehrer und Aufsichts= offizier des Kadetteninstitutes. Diese Ämter beklei= dete er indessen nicht lange, denn es harrte seiner eine noch ehrenvollere Aufgabe: Philipp Jakob Scheffel wurde im nächsten Jahre der Kommission beigesellt, welche in Ausführung des Pariser Friedens die Feststellung der Rheingrenze zu besorgen hatte. Diese von Schwierigkeiten jeder Art umgebene Kommission, welche aus badischen und französischen Ingenieuroffizieren zusammengesetzt war und von Amtswegen die Bezeichnung „Rheingrenze-Berichtigungskommission" führte, blieb volle sieben Jahre beisammen. Sie war von 1817 bis 1820 in Basel, von 1820 bis 1823 in Straßburg versammelt und bot durch ihre verwickelten Geschäfte sowohl bezüglich der technischen Aufnahmen als auch der administrativen Berechnung mit den verschiedenen Ämtern volle Gelegenheit zur Bethätigung gründlicher Ingenieurwissenschaft. Scheffels Anteil an dieser gewaltigen Arbeit wurde seitens der französischen Regierung im Jahre 1827 durch Verleihung des Ritterkreuzes, viele Jahre später, 1841 durch Verleihung des Offizierkreuzes der Ehrenlegion anerkannt.

1824 traf der Hauptmann Scheffel in Karlsruhe wieder ein. Er zog nunmehr den Waffenrock aus und trat in die unter Leitung des Oberst Tulla thätige Wasser- und Straßenbaudirektion als Mit-

glied ein. Bei seinem Scheiben aus dem aktiven
Dienste erhielt er die Erlaubnis zum Tragen der
Uniform à la suite der Infanterie unter Beibehal=
tung der Anciennität im Armeekorps. Ich möchte
an dieser Stelle nicht unerwähnt lassen, daß ein
1830 in Karlsruhe erschienener anonymer Nachruf
auf Oberst Tulla, der im Jahre 1828 in Paris
gestorben war, den damaligen Hauptmann Scheffel
zum Verfasser hat.

Als die militärischen Wanderjahre dem Wunsche
Platz gemacht hatten, durch eine Zivilanstellung an
einen bestimmten Ort gebunden zu werden, stellte
sich beim Hauptmanne Scheffel naturgemäß noch ein
zweites Begehren ein: die Sehnsucht nach einem
eigenen Herde. Das fast siebenjährige Umherirren
von Ort zu Ort, der stetig wechselnde Aufenthalt
unter fremdem Dache, des Wirtshausessens ewiges
Einerlei während der Regulierungsarbeiten am Ober=
rheine hatten Herrn Philipp Jakob eindringlicher
als es vielleicht bei einer geordneteren und seßhafteren
Lebensweise der Fall gewesen wäre, die Mahnung
ans Herz gelegt, daß es nicht gut sei, wenn der
Mensch allein ist. Der stattliche, gut versorgte und
mit allerlei Ehren überhäufte Mann war, wie man

zu sagen pflegt, eine gute Partie und ·es hätte gewiß keine Mutter oder Tochter des Landes etwas dagegen einzuwenden gehabt, wenn der Fünfund= dreißiger noch als Freiwerber in das Haus gekommen wäre.

Es geschah das indessen nicht und es ist als gewiß anzusehen, daß die Karlsruher Damen nicht gerade gut auf den Hauptmann zu sprechen waren, als er, kaum heimgekehrt, wieder ausflog, allerdings nur, um mit einer lieben und geliebten Frau wieder heimzukehren.

Auch er, der berufstüchtige, energische Mann, dessen äußere Haltung und inneres Wesen sich an Geradheit überboten, trug unter seiner biberben Miene ein fühlendes Herz. Dieses war landes= flüchtig geworden. Es hatte sich nach dem benach= barten Württemberg gewandt, allwo bekanntlich die Mädele und die Weine besonders gut geraten sollen.

Und wenn einer, so hat der Vater unseres Dichters das große Los in der Ehestandslotterie gezogen. Was an einer Frau lobenswert erscheint, vereinigte sich in Josephine Kreberer, die im Jahre 1824 mit dem Hauptmanne und Ingenieur Scheffel eine glückliche 41 Jahre andauernde Ehe einging.

Über ihre und ihrer Familie Herkunft möge der Dichter selber sprechen, welcher aus Seehalde am 31. Juli 1884 folgenden launigen Brief an einen Gelehrten in Stuttgart richtete. Derselbe lautet:

„Die Familie Kreberer (grede = Getreidehaus, Kornhaus, grederaere = der Getreidehausverwalter) in Oberndorf am Neckar (Württemberg) ist in den sechziger Jahren dieses Jahrhunderts ausgestorben. Balthasar Kreberer, von dem ein Stammbuch aus dem Jahre 1614 bei den Kapuzinern in Thiengen sich vorfand, war in Diensten des Grafen von Sulz Schloßhauptmann auf Küssaberg im itzt badischen Klettgau. Mein mütterlicher Großvater Franz Joseph Kreberer war Handelsmann und Amtsbürgermeister oder Schultheiß zu Oberndorf und starb auf einer Babereise zu Baden-Baden am 11. Juli 1819. Seine Ehegattin Katharine, geborene Eggstein, geboren 1775 zu Rielasingen am Fuße des Hohentwiel starb am 20. Juni 1851 im 76. Lebensjahre in Karlsruhe, wo sie als Witwe bei ihrer einzigen Tochter Josephine lebte. Diese meine selige Mutter, Josephine Kreberer von Oberndorf, war geboren am 22. Oktober 1803

daselbst, vermählte sich 1824 mit dem groß=
herzoglich badischen Hauptmanne und Baurat Herrn
Philipp Jakob Scheffel von Gengenbach, lebte
und starb zu Karlsruhe am 5. Februar 1865, eine
durch geistige Begabung, gesellige Talente und
vielfach bewährte Humanität hochgeschätzte Frau,
deren im badischen Frauenverein als einer der
Stifterinnen des Elisabethenvereins noch itzt ge=
dacht wird. Ihr ältester Sohn ist der Unterzeich=
nete, geboren am 16. Februar 1826. Von Groß=
mutter wie von Mutter habe ich der schwäbischen
Heimat am Neckar und deren Bewohnern am Ende
des vorigen und Anfang des jetzigen Jahrhunderts
freundliche Erinnerungen bewahren gelernt."

Victor von Scheffel.

Diesen knappen, aber auch erschöpfenden bio=
graphischen Notizen aus des Dichters eigener Feder
mag nur noch hinzugefügt werden, daß das Haus
der wohlhabenden Krederers in Oberndorf seiner
ganzen Anlage nach zweifellos in alten Zeiten ein
Edelsitz gewesen ist. Auf ihm ruhte der Sage nach
das „Asylrecht" oder der „Burgfriede", wie das
Volk sagt.

Das junge Paar, bei dem wirklich:

— — — das Strenge mit dem Zarten,
Wo Starkes sich und Mildes paarten,

bezog das Haus Spitalplatz 47, jetzt Steinstraße
25 der badischen Hauptstadt, dessen Eigentümer der
Hofkammerrat Umrath war. Es bewohnten dasselbe
außerdem der Finanzministerialbeamte Harscher und
das Klosesche Ehepaar, letzteres bereits seit dem
Jahre 1817. Zwischen den drei Familien herrschte
bald ein inniger Ton, ein freundschaftlicher Verkehr,
dem besonders die Ehefrauen oblagen und der es
der jungen Württembergerin ermöglichte, sich bald
in der Fremde heimisch zu fühlen. Sie darf wohl
als die Seele dieses kleinen Kreises bezeichnet werden,
dessen Beziehungen nicht einmal gelockert wurden,
als Scheffels im Winter des Jahres 1826—1827
ihr neues, eigenes Heim in der Stefanienstraße 14,
später 18, jetzt 16 bezogen. Wie fest und dauernd
das freundschaftliche Verhältnis, namentlich zwischen
den Familien Scheffel und Klose sich herausbildete,
haben die letzten Lebenstage des Dichters gezeigt:
von den beiden Söhnen, dem österreichischen Hauptmanne außer Diensten und dem Maler Wilhelm

Klofe, welche Scheffel in dauernder Liebe zugethan
waren, hat der erftere über den Dichter in seinem
letzten Augenblicke gerade so gewacht, wie über das

Joseph Viktor von Scheffels Geburtshaus.

blutjunge Kind in seinen erften Lebensmonden, als
deffen kleine Händchen dem älteren Kameraden sich
jubelnd zum Spiele und Lachen entgegenstreckten.

Am 16. Februar des Jahres 1826, laut Anzeige
im Kirchenbuche, erblickte im Haufe Spitalplatz 47

Joseph Viktor Scheffel das Licht der Welt als zweiter Sohn seiner Eltern.

„Die Sonne stand im Zeichen der Jungfrau und kulminierte für den Tag; Jupiter und Venus blickten sie freundlich an, Merkur nicht widerwärtig; Saturn und Mars verhielten sich gleichgültig: nur der Mond, der soeben voll ward, übte die Kraft seines Gegenscheins um so mehr, als soeben seine Planetenstunde eingetreten war. Er widersetzte sich daher meiner Geburt, die nicht eher erfolgen konnte, als bis diese Stunde vorübergegangen." So spricht Goethe gelegentlich seiner Geburt. Da Scheffel im Monate Februar, der erstere aber im August zur Welt kam, so können sie unmöglich beide dieselbe „Konstellation" gehabt haben, es wird aber niemand etwas dagegen einzuwenden haben, daß auch diejenige, unter welcher Scheffel geboren wurde und die leider kein Astronom verewigt hat, „eine glückliche" genannt werden muß. An Stelle der Sterne haben bei Scheffels Erscheinen auf dem Erdenrunde vielleicht die Gräber gesprochen:

Was dröhnen die Gräber und Grüfte
Von Gallien bis an den Rhein?

Es schwingt sich empor in die Lüfte
Ein moderndes Totengebein.

Es werden all die markigen und holden Gestalten sich ein luftiges Stelldichein gegeben und zur Geburt ihres Erlösers beglückwünscht haben, welche Scheffels Dichtergenius zu neuem, ewigen Leben erweckte. Die Wellen des Neckars werden mit dem Heidelberger Schlosse heimlich neckische Grüße ausgetauscht haben und der Hohentwiel mag in seinen Grundfesten erbebt sein.

Der Neugeborene zeichnete sich vielleicht zu seinem Glücke durch nichts vor anderen Kindern gleichen Alters aus. Unzweifelhaft war er nach Versicherung aller Nachbarn ein hübsches Kind und der Stolz seiner Eltern. Über das martialische, ernste Gesicht des Vaters wird gewiß oft genug ein Wetterleuchten des Glückes gezogen sein beim Anblicke eines zweiten Stammhalters, denn nun schien das Weiterleben des Scheffelschen Geschlechtes verbürgt zu sein.

Der noch im selben Jahre erfolgte Tod der Großmutter des Dichters von väterlicher Seite konnte nur flüchtig die Freude stören, welche die

Eltern in der Erziehung ihres Sohnes Joseph fanden, der sich allem Anscheine nach regelrechter zu entwickeln schien, als sein um fast zwei Jahre älterer Bruder Karl, welcher denn auch wirklich sein ganzes Leben umsonst gelebt hat. Alle Pflege und Schonung, welche der Dichter diesem, namentlich in späteren Jahren angedeihen ließ, waren vergebens aufgewendet. Karl Scheffel starb vor ungefähr fünf Jahren schwachen Geistes und verkrüppelt im Pfründnerhause zu Karlsruhe.

Der Ernst des Lebens, der in dieser Weise dem Kinde von seiner zartesten Jugend an nicht von der Seite wich, wurde in dessen ersten Jahren reichlich aufgewogen durch das freundlich strenge Wesen des Vaters, der in seinem Sohne Joseph sein körperliches und geistiges Ebenbild heranwachsen zu sehen glaubte, und durch die milde, zärtliche Liebe der Mutter. Als dritter im Bunde gesellte sich recht häufig der Großvater hinzu, den es nach dem Tode seiner Frau immer öfter aus den epheuumsponnenen, geheimnisvollen Bauten des früheren Stiftes in dem freundlichen Gengenbach im badischen Schwarzwalde zu seinem Enkel trieb. Wie mag das Kind strahlenden Auges den Mär-

chen der Mutter gelauscht haben, in deren seelen=
vollem Vortrage und sinniger Erfindung Frau
Josephine Scheffel eine Meisterin war; wie den
Erzählungen des Großvaters von den Äbten und
Mönchen, den staubbedeckten Schriftrollen und ge=
wölbten Kellern des Klosters mit ihren großen,
dem Ohre des Trinkers melodisch klingenden Stück=
fässern voll roten und weißen Weines! Verstand
das Kind auch nicht alles, was die Mutter und
der Großvater ihm schönes erzählten — man merkt
es trotzdem den Dichtungen Scheffels an, daß etwas
von den Märchen seiner Jugend in ihm haften ge=
blieben ist. Wer weiß, ob sie nicht gerade die
Keime waren der Saat, welche später in so herr=
licher Weise für uns aufgegangen ist.

Großvater Scheffel hatte noch die Freude,
seinen Enkel Joseph sechs Jahre alt und im Jahre
1830 eine Enkelin geboren werden zu sehen, deren
früher Tod der Laufbahn unsres Dichters so ver=
derblich werden sollte. Der letzte „Amts=Keller"
des Stiftes Gengenbach starb 80 Jahre alt. Er
liegt an der Seite seiner ihm um sechs Jahre im
Tode vorausgegangenen Frau in Gengenbach be=
graben.

Trugen die mütterlichen und großväterlichen Unterhaltungen mit dem Kinde wesentlich dazu bei, die Phantasie desselben anzuregen und ihm einen grübelnden Sinn von früher Jugend an einzupflanzen, so half die damals herrliche Lage des Scheffelschen Hauses in der Stefanienstraße ganz besonders, die Liebe zur Natur in Joseph auszubilden. Die schöne Gegend am oberen Neckarthale fehlte der gemütvollen Frau Scheffel doch sehr. Daß das so recht im Grünen gelegene Grundstück in der Stefanienstraße wenigstens einigermaßen seiner Frau einen Ersatz für die ihr verloren gegangene Naturschönheit ihrer Heimat bot, war daher eine Hauptursache des Erwerbes desselben seitens des aufmerksamen Gatten gewesen. Der große zum Hause gehörige Garten stieß unmittelbar an den mit prächtigen Eichen bestandenen Hardtwald, der in den letzten Jahrzehnten bedeutend an Bauland hat abgeben müssen. Vor der Vorderseite des Hauses dehnten sich weite Grasflächen bis zur Akademiestraße hin aus.

Der stete Aufenthalt im Freien, die kräftigende, würzige Luft förderten die Kinder zusehends. Hier hörte Joseph das Säuseln und Rauschen in den

Wipfeln der Bäume aus nächster Nähe, er sah die Riesen des Waldes sich vor der Majestät des Sturmwindes beugen, die buntbefiederten Sänger des Waldes durch der Zweige Grün hüpfen und ihre kleinen Kehlen unermüdlich zum Lobe des lieben Gottes thätig. Das liebste aber war ihm die kleine Spielgefährtin, welche ihm in Schwester Marie beschert worden war. Sein teilnahmsvolles, zutrauliches Gemüt ließ ihn sich innig an das Schwesterchen schließen, ihr eine stets bereite Stütze in ihrer kindlichen Unbeholfenheit sein.

Das elterliche Haus bot also Joseph Abwechslung und Unterhaltung genug. Des Vaters gutgemeinte, in ihrer Art durchaus berechtigte, aber in Folge ihrer Einseitigkeit entsetzlich nüchterne Anschauungen verfehlten ihren Einfluß auf den zarten, bildsamen Sinn des Kindes nicht. Sie förderten und stärkten ganz entschieden das streng rechtliche, gewissenhafte Wesen, das den späteren Mann auszeichnete, und bildeten eine gediegene Unterlage für den sich entwickelnden Charakter Josephs. Sie wurden aber übertroffen von den Eindrücken der lebendig vor des Kindes Seele stehenden Natur und den Ausflüssen des frohlaunigen Geistes der Mutter, deren Wesen am besten mit einem bescheidenen, munter über Felsgestein hüpfenden und Blumen mit sich führenden Bache verglichen werden kann. Jedenfalls waren Vater und Mutter zwei eigen geartete Menschen: „Knorrige Schwaben", schreibt ein Zeitgenosse der beiden an Karl Emil Franzos, „äußerlich rauh, innen weich; schildern läßt sich's im einzelnen nicht, ohne Gefahr mißverstanden zu werden." Es ist die Frage, ob vorstehender Ausspruch gerade das richtige getroffen hat. Nach allem, was man von Scheffels Mutter weiß, war sie sowohl „innen wie außen weich". Eine etwas derbe Natur bedingt noch keine Rauheit; das Bild der Mutter läßt genau auf das Gegenteil schließen. Jedenfalls aber ist obige Äußerung bedeutsam, und zwar bedeutsam — für das Wesen des Dichters selbst, dessen Natur sich aus der Quintessenz der Charaktereigenschaften seiner Eltern zusammensetzte.

Die Rührung, welche Eltern unwillkürlich befällt, wenn sie ihr Kind zur weiteren Erziehung in die Schule geben, ist eine erklärliche. Bis zu diesem Augenblicke hat kein fremdes Lüftchen ihren Liebling berührt; es war nur Geist von ihrem

Geiste, der die Erziehung leitete. Das unschuldige Herz des Kleinen war wie ein gottgeweihter Tempel, dem man sich nur mit den allerheiligsten Gefühlen und Gedanken nahte. Nun soll eine andere, fremde Hand die Erziehung des Kindes weiterleiten. Und nicht nur das, Altersgenossen, deren Eltern anderen Grundsätzen huldigen als sie selbst, werden seine Spielgefährten und damit unbewußte Überbringer der ihnen eingeimpften Anschauungen. Das kind= liche Unterscheidungsvermögen ist in diesem Lebens= abschnitte des Menschen gleich Null; jeder neue Eindruck, jedes neue Wort wird dem Gedächtnisse haarscharf eingeprägt und die Eltern hören mit Schrecken, welche Errungenschaften ihr Sprößling aus der Schule heimbringt. Der Grund, den Eltern in die Seelen ihrer Kleinen gelegt haben, muß schon ein sehr fester sein, wenn er den während der ersten Schulzeit der Kinder auf ihn einbringenden feindlichen Gewalten keinen Durchlaß gewähren soll.

Die Berichte, die wir über Scheffels Schul= zeit teils aus seinem eigenen Munde, teils aus demjenigen einstiger Mitschüler besitzen, bekunden, daß der junge Joseph Scheffel einer von denen war, welchen die im Hause erhaltene Anleitung bereits in Fleisch und Blut übergegangen ist, wenn sie die Schulbänke zu drücken beginnen. Das ihm von der Mutter überkommene sinnige und beschauliche Denkvermögen und das vom Vater geerbte Pflichtgefühl, die ganze streng bürgerliche, in Ehrerbietung gegen Staat und Kirche ersterbende Atmosphäre des Vaterhauses wurzelten bereits zu fest in des Knaben Herzen, als daß er der Melodie, welche die lockeren Zeisige in der Schule pfiffen, hätte blindlings folgen können.

Der Oberbaurat, denn das war er im Jahre 1829 geworden, und seine Frau erlebten an ihrem Sohne während dessen Schulzeit nur Freude. Es liegt mir eine Reihe der alljährlichen Berichte des Lyceums in Karlsruhe vor, in welches ihn der Vater gebracht hatte. Nach diesen war Scheffels Rangordnung in den verschiedenen Klassen während der Jahre 1833 bis 1843 folgende:

1833 Zehnte Klasse	Erster unter		69.
1834 Neunte „	„	„	71.
1835 Achte „	„	„	54.
1836 Siebente „	Dritter	„	51.
1837 Sechste „	Zweiter	„	45.
1838 Vierte (Unterquarta)	Dritter	„ ,	37.

(1839 und 1840 fehlen.)

1841 Fünfte (Oberquinta)   Zweiter unter 27.
1842 Sechste (Unterserta)   Erster   „   23.
1843   „   (Oberserta)   Erster   „   20.

Diese Erfolge während seiner Schulzeit sind um so höher anzuschlagen, als dem Knaben das Lernen äußerst schwer wurde. Joseph war durchaus kein Wunderkind, dem die Kenntnisse nur so zufliegen; er mußte sie sich in ehrlicher, viele Schweißtropfen kostender Arbeit erwerben. Allerdings saß dann auch das Erlernte um so fester im Kopfe. Des guten Lateins halber, welches Scheffel während seiner ganzen Lebenszeit schriftlich und münblich gleich vollendet beherrschte, ist er von großen Gelehrten bewundert und beneidet worden. Seine Kenntnisse in der griechischen Sprache und in der Geschichte konnten manchen Professor, dessen Brotstudium sie waren, erröten machen. In allen drei Fächern war er bereits auf der Schule hervorragend. Das Studium der Alten war, seitdem er die Deklination von „mensa“ kennen gelernt, sein Leibpferd geworden und er hat bis zu seinem Tode nicht aufgehört, dasselbe nach Herzenslust zu tummeln.

Viel mehr Kopfzerbrechen als die toten Sprachen bereitete ihm die lebende, die deutsche Muttersprache, namentlich wenn es unter Hofrat Gockel Aufgaben in ungebundener Form zu lösen gab. Zweifellos hat da öfter hinter dem Rücken des gestrengen Herrn Jakob Mütterchen aushelfen müssen, der das Dichten ein willkommenes Bedürfnis war, eine Gabe, mit der sie in großer Gesellschaft zur Freude aller Anwesenden glänzen konnte. Nicht Bescheidenheit, sondern eine oft bewiesene Thatsache hat Scheffel späterhin die Äußerung in den Mund gelegt: „Wenn Sie meine dichterische Art begreifen wollen, müssen Sie den Grund nicht in meinem Leben suchen; das ist sehr einfach verlaufen. Es kam alles von innen heraus. Meine Mutter hätten Sie kennen müssen: was ich Poetisches in mir habe, habe ich von ihr."

So leicht Scheffel später das Dichten geworden ist, nachdem die Rinde gebrochen war, welche der Aktenstaub um sein Herz gelegt hatte, nachdem das erste große Lied „in froher Frühlingsahnung" ihm aus dem Herzen gebrochen war, so schwer wurde dieses ihm und vieles andere in seiner Schulzeit. Wäre ihm das Lernen kein mühseliges Geschäft gewesen, so hätte er schwerlich noch im späten Alter

mit solcher Liebe und Verehrung an den Reliquien
gehangen, welche er zum Gedächtnis an seine Lehr=
jahre aufhob und mit begreiflichem Stolze guten
Bekannten zu zeigen pflegte. So erzählt Oberstu=
dienrat Klaiber in einem im Jahre 1868 im „Da=
heim" veröffentlichten und von Scheffel selbst revi=
dierten Aufsatze, dem von der Redaktion dieses Blattes
zu des Dichters großem Leidwesen die Überschrift:
„Ein deutscher Volksdichter" gegeben war, Folgendes:
„Auf meine Bemerkung, daß er gewiß einst fleißig
auf seiner Schulbank gesessen sei, was sich nicht
vom Dichtergeschlecht insgemein beweisen lasse,
nickte er (Scheffel) freundlich und verließ mich einen
Augenblick, um mit einem schön gearbeiteten Etui
zurückzukehren, in dem, in grünen Sammet einge=
lassen, eine ansehnliche Menge silberner und gol=
dener Denkmünzen prangte, lauter Preise von den
Tagen des Lyceums her. „Das ist für meinen
kleinen Sohn — nicht das schlechteste Vermächtnis
seines Vaters", sagte er, mit wohlgefälligem Blick
auf den Zeugen seines einstigen Fleißes verweilend.
Auf dem innern Deckel jenes Etui war ein Bildnis
des jugendlichen Preisträgers aufgeklebt, ein mildes,
längliches Antlitz, von schlicht herabfallenden Haar=

strängen und einem ansehnlichen Hembkragen ehr-
barlich umrahmt, aus großen Augen halb scheu in
die Welt hinausblickend, kein rollend Poetenauge,

Scheffels Jugend-Porträt.

kein titianisch Himmelstürmen, durchaus gesittet und
wohlerzogen."

Durchaus gesittet und wohlerzogen! Daß Joseph
Scheffel das war, steht außer Frage in Anbetracht,
daß seine Eltern für eine regelrechte Kindererziehung

wie geschaffen waren; daß er scheu, schon damals
sehr scheu war, zeigte er durch sein häufiges sich
Absondern von den Schulkameraden, von jeder Ge=
selligkeit überhaupt. In ihm rangen von jeher zwei
Naturen um die Herrschaft. Eine äußere, welche
den Anforderungen des täglichen Lebens gerecht zu·
werden hatte, und eine innere, die ganz anderen
Stimmen als denen der Wirklichkeit lauschte. Was
die Lehrer lehrten und was die Augen begierig aus
den alten Klassikern sogen, das baute sich in seinen
Gedanken zu einem luftigen Reiche auf, zu einer
neuen alten Welt. In ihr lebte er lieber als in
der gegenwärtigen, je stiller es um ihn her war,
desto lauter sprachen die alten Meister zu ihm von
einem Kulturleben und von einem Zeitalter der
schönen Künste, welche in ihrer idealen Vollkommen=
heit weit über dem unsrigen stehen. Wenn er oben
in seinem Dachstübchen, fern von der unter ihm an=
regend und anmutvoll unter dem Vorsitze der stets
lustigen und neckischen Frau Oberbaurat dahin=
rauschenden Fröhlichkeit dem Schlage der Hardt=
waldamseln lauschte, welche „den Frühling anfangen“,
und mit seinen gutmütigen, treuen Augen in das
Grün der Bäume oder in die Oden des Horaz

blickte, dann ahnte er wohl mehr, als er begriff,
Schillers Worte in „Die Götter Griechenlands":

Ja, sie kehrten heim und alles Schöne,
Alles Hohe nahmen sie mit fort,
Alle Farben, alle Lebenstöne,
Und uns blieb nur das entseelte Wort.
Aus der Zeitflut weggerissen, schweben
Sie gerettet auf des Pindus Höhn;
Was unsterblich im Gesang soll leben,
Muß im Leben untergehn.

Ein Bücherwurm in des Wortes bösester Be=
deutung war unser Scheffel indessen nie. Er pfropfte
nicht wahllos alles Gedruckte, dessen er habhaft
werden konnte, in sich hinein. Daß es nur sehr
wenige Lehrfächer waren, deren Studium er sich
hingab, beweist, daß es ihm wenig um eine all=
gemeine Bildung zu thun war. Es hatte damals
ganz den Anschein, als würde Scheffel zur aka=
demischen Laufbahn neigen und sie ist ihm von den
Jugendgenossen in der That so oft geweissagt worden,
daß er sich später ernstlich genug überlegte, ob er
eine Leuchte der Wissenschaft werden sollte. Das
Zeug dazu besaß er mehr als mancher andere. Eine

dunkle Ahnung aber von dem, was das Leben ver=
schönt, von den Idealen, deren auch ein moderner
Mensch habhaft werden kann, wenn er sich nicht
allzusehr von der Materie verknöchern läßt, stieg
ab und zu in ihm auf und machte ihn trotz seiner
Wortkargheit und Schüchternheit zu einem vielbe=
gehrten Kameraden. Die trockene Gelehrsamkeit
allein behagte ihm nicht. Je mehr sein Blick den
Staub durchdrang, welcher auf den Trümmern einer
untergegangenen Welt ruhte, je mehr er des in ihm
lebenden Schönheitsgefühles und Kunstsinnes sich
bewußt wurde, desto mehr entfernte er sich von dem
nahe liegenden Gedanken an ein Brotstudium, desto
mächtiger erwuchs in ihm das Ahnen, daß auch ihm
einstmals Gelegenheit geboten sein würde, seinen
Gefühlen für alles Edle und Schöne Ausdruck geben
zu können. In welcher Weise das zu geschehen
haben würde, war ihm damals natürlich noch völlig
unklar, daß es nicht die Dichtkunst sein würde,
welche seinen Lebenszweck zu bilden hätte, darauf
hätte er ruhigen Gemütes einen Eid ablegen können,
denn, wie schon betont, das Dichten war seine starke
Seite nicht, wenn auch ab und zu der Pegasus zu
einem hexametrischen Schulritt aufgezäumt wurde,

wie R. Artaria in der „Gartenlaube" mitteilt. Nach diesem stiftete Joseph einem zwanzigjährigen Freunde folgende Strophe:

Aber es hatte die Muse schon früh seinen Scheitel
                   berühret
Und von Buttmann und Krebs flüchtet er an ihre
                   Brust.
„Keck" drum nannt ihn Herr Süpfle, der zeusgeliebte
                   Professor;
Vierordt, der Hofrat, auch schüttelt bedenklich das
                   Haupt.
Doch es erlosch nicht der göttliche Funke im Lärm der
                   Philister,
Brannte und glühete fort, Flammen ersprühend und
                   Licht.
Endlich konnt' ihn die Hydra Lyceum nicht länger um=
                   stricken,
Frei, mit geflügeltem Schritt zog er gen Heidelberg hin.

Zwölf Jahre später und Scheffel hätte von sich selbst nicht anders sprechen können.

Etwaige romantische Neigungen der reifen Schüler des Lyceums kamen auf den Kneipabenden, welche die Banksitzer der obersten Klasse ab und zu veranstalteten, zum Ausdrucke. Scheffel hielt sich von den geselligen Abenden im elterlichen Hause meist fern; die Menschen schwatzten ihm da zu viel. Er verfehlte indessen nie, den Kneipabenden beizuwohnen, denn dort fand er ein gewisses Verständnis für seine Ideen, weil die Kameraden mit ihm an denselben Weisheitsbrüsten großgezogen worden waren. Auch behagte ihm der derbe, burschikose Ton mehr als die feinpolierte, ästhetische Unterhaltung. Er sah in jenem viel mehr Aufrichtigkeit und eine Offenheit, welche in den Kreisen der guten Gesellschaft erst mit dem Lichte bei Tage gesucht werden muß. Diese biedermännische, ehrliche Offenheit zeichnete auch seine Eltern in hohem Grade aus: ein Grund mehr für Joseph, sie als seltene, der Verehrung würdige Wesen zu betrachten. Dem Trinken an diesen geselligen Abenden hielt er sich zumeist fern. Er gehörte zu denjenigen Mitgliedern dieser Schülerverbindung, welche ihre Teilnahme mehr leidend als thätig bezeugten, welche mehr stillschweigend genossen und weniger durch lärmende Aufführung für die Unterhaltung der anderen sorgten. Daß da die Hänselei nicht fehlt, wenn ein sechzehnjähriger Mensch scheuer

und zurückhaltender thut, während der jugendliche
Übermut die tollsten Possensprünge macht, weiß
ein jeder aus seinen eigenen Tagen der holden
„Jugendeselei". Scheffel nahm die Neckereien hin,
wie sie geboten waren. Er freute sich, daß ihm
Gelegenheit gegeben war, andere zu erfreuen.
Trotzdem wehrte er sich seiner Haut. Er antwortete selten, geschah es aber, dann traf auch
sein Wort mitten in die Blöße des Gegners. Nur
gegen zu unzarte Scherze verschloß sich sein aus-
geprägt keusches Gefühl. „Man hielt (an einem
Kneipabende)," erzählt der bereits einmal ange-
führte R. Artaria, „des Königs Artus Tafelrunde
ab, mit so viel ritterlichem Kostüm als eben auf-
zutreiben war. Scheffel, mit 18 Jahren noch ein
so mädchenhaft hübscher Knabe, daß er eine reizende Königin Ginevra abgab, saß mit Schleier
und goldenem Stirnreif zwischen dem König und
Herrn Lanzelot vom See. Ein verspätet Herein-
tretender begann bei diesem Anblicke einen alten
Vers zu citieren, der mehr deutlich als zartfühlend
das Verhältnis des Paares charakterisierte. Worauf die Königin mit einem lauten Schrei ohnmächtig umfiel und Herr Lanzelot dem unhöflichen

Gaste an die Gurgel fuhr und nur durch die energische Intervention seiner Mannen abgehalten wurde, ihn auf dem Fleck zu erdrosseln."

Nach dem, was später geschehen ist und nach den Neigungen, die er während seiner Schulzeit pflegte, ist es erlaubt, daran zu zweifeln, ob Scheffel im Grunde seines Herzens mit dem Berufe einverstanden war, welche er gegen Ende jener erwählte. Er verfiel auf die juristische Laufbahn, eine Thätigkeit, welche gerade das Gegenteil von dem war, was sein Herz erfüllte. Hier die Abendröte und der von den letzten Flammen des scheidenden Gestirnes durchzuckte Himmel der Kunst, dort die Nacht der brutalsten Wirklichkeit, hier unvergängliche Ideale, der Abglanz dessen, was das Leben noch allein verschönern kann, dort der Menschheit ganzer Jammer, ihre widerwärtigste Seite. Zwischen beiden Polen schwankte das Kinderherz Scheffels, oder vielmehr es schwankte nicht, sondern es gehorchte. Nicht dem Gebote der Notwendigkeit zu liebe, nicht des materiellen Wohles halber — denn die Scheffels hatten genug einzubrocken — schlug Scheffel einen verkehrten Lebensweg ein, der Vater befahl und dagegen gab es kein

Sträuben. Meinte doch jüngst ein deutschfresserischer Schriftsteller von jenseits des Rheines, das Gehorchen wäre das größte Laster der Deutschen. Warum hätte also Scheffel nicht gehorchen sollen, dessen Achtung vor dem väterlichen Worte eine ungeheure war? Hätte jener Franzmann überhaupt eine Ahnung von Scheffels Dasein gehabt, er hätte ihn sicher als lebendigen Beweis seiner ebenso dummen als frechen Behauptung angeführt.

Mögen andere von dem sorgenlosen Leben, welches Scheffel beschieden war, fabeln, mir kommt es vor, als ob mit jenem Machtworte des Vaters, der ja von seinem Standpunkte durchaus recht hatte und nur den sehr häufig von Vätern gemachten Fehler beging, die Anlagen und die Geistesrichtung seines Sohnes nicht genügend in Betracht zu ziehen, auch die Tragik des Schicksals in des Dichters Leben ihren Anfang nahm. Denn alles sprach dagegen, nichts dafür, daß Scheffel zum Jurist veranlagt war. Es vergingen immerhin einige kostbare, kampferfüllte Jahre, ehe Joseph die lahmen Flügel wieder gewachsen waren und er mit dem Mute der Überzeugung gegen die väterliche Autorität ankämpfen konnte.

Was ihn geschmeidiger machte und jede, vielleicht gedachte Auflehnung gegen den Willen des Vaters beseitigte, mag auch die Aussicht auf die ihm zunächst liegenden Studentenjahre gewesen sein. Der Übergang von der Poesie der Schulzeit zur Wirklichkeit des Lebens verlor durch sie seine Härte. Sie ermöglichten ein ferneres, sogar noch unge= zwungeneres Schwimmen in dem Strome roman= tischer, kunsterfüllter Neigungen und machten den Kern der Frucht, welche der Vater für ihn vom Baume des Lebens gepflückt hatte, weniger bitter und unschmackhaft.

Am Donnerstag den 28. September 1843 hielt Scheffel seine öffentliche Abschiedsrede im Lyceum; das Thema, das er sich erwählt, war der Spruch Körners:

Ist die Stunde genaht zum ernstlichen Eintritt ins
Leben,
Scheue nicht Arbeit und Kampf, wage dich kühn in den
Streit.

Die Preisaufgabe desselben Jahres zur Feier der Gerstnerschen Stiftung löste Scheffel ebenfalls als bester. Sie war vom gefürchteten Professor

Süpfle gestellt worden und lautete: Enaratio sexti Iliadis libri.

Und die Sonne Homers sollte auch unserem Scheffel später leuchten, war auch sein Schicksal vorläufig in geistiger Beziehung mehr dem des edlen Dulders Odysseus als des Rufers im Streite, Achilleus, ähnlich.

Auf der hohen Schule.

(1843—1847.)

Wohlauf, die Luft geht frisch und rein,
Wer lange sitzt, muß rosten;
Den allersonnigsten Sonnenschein
Läßt uns der Himmel kosten.

So sang unser Dichter einige Jahre später. Gefühlt, daß das lange Sitzen nicht gut thue, mag er es schon damals haben, als er summa cum laude das Karlsruher Lyceum verließ, um als Student der Rechte eine Hochschule zu beziehen.

Die etwas steifköpfige Eigenart seines 1838 zum Major beförderten Vaters hatte der Sohn von diesem geerbt. Wohl hatte er dem ersteren nach=geben müssen in dem Punkte der Wahl eines ge=eigneten Lebensberufes, dagegen hatte der Sohn über den Vater einen Sieg davongetragen, als es sich darum handelte, die geeignetste Universität ausfindig zu machen.

Joseph trieb es mit unwiderstehlicher Gewalt nach München. Das zwar auch von künstlerischem Geiste beseelte Karlsruhe konnte ihm doch nur zum kleinsten Teile die Genüsse bieten, nach denen sein Herz unter der ruhigen Außenseite stürmisch begehrte. München aber war durch Ludwig I. zu einem großartigen Museum der bildenden Künste umgestaltet worden, das in der Welt nicht seinesgleichen fand.

Der Vater ahnte natürlich nicht im entferntesten die geheimen Wünsche des Sohnes. Er ließ ihm daher seinen Willen und Scheffel verließ zum erstenmale das elterliche Haus, um sich einer gewissen Freiheit von nun an zu erfreuen. Die Erlaubnis vom Vater erlangt zu haben, in München studieren zu dürfen, war gewiß der erste studentische Streich, den sich Scheffel in seinem Leben erlaubt hat. Er war verzeihlich. Denn war es auch nicht gerade der Wunsch, in der Jurisprudenz sein Wissen zu vermehren, der ihn nach München trieb, so war es doch immer ein Sehnen nach weiterer Aufklärung, nach ernstlichem Arbeiten, nicht nach frischfröh-

licher Burschenzeit, welches seine Schritte wie seine
Gedanken gen München lenkte.

> Also ward ich ein Juriste,
> Kaufte mir ein großes Tintfaß,
> Kauft' mir eine Ledermappe
> Und ein schweres corpus juris,
> Und saß eifrig in dem Hörsaal....,

sagt Jung Werner, dessen Gefühle bei dieser wie
bei vielen anderen Stellen im „Trompeter von
Säkkingen" denen des Verfassers selbst gleichzuach-
ten sind.

Scheffel machte sich sofort an ein ernstliches
Arbeiten, er lebte in München zurückgezogen und
ging allen studentischen Gepflogenheiten ängstlich aus
dem Wege. Er gönnte sich nicht das erste übliche
Semester, in dem der junge, kaum flügge gewordene
Student mit wahrhaft beneidenswerter Sorglosigkeit
und Lebensfreude sich allen anderen Anstrengungen,
nur nicht denen des Studiums unterzieht. Er
belegte nicht nur Vorlesungen, sondern hörte sie
auch. Daß es auch solche waren, in denen gerade
nichts vom Rechte und von den Rechtswissenschaften
vorkommt, muß seinen Neigungen angerechnet werden.

Uns und ihm ist jedenfalls das Nebenstudium, dem er im Winter- und Sommersemester 1843 zu 1844 in München oblag, zugute gekommen. „Er hörte von Fachvorlesungen im Wintersemester," schreibt der Geheime Hofrat Professor Karl Bartsch in Heidelberg, unstreitig der beste Kenner und Beurteiler der Scheffelschen Dichtungen in der „Allgemeinen Zeitung", „bei Arndts Encyklopädie und Methodologie der Rechtswissenschaften und Institutionen und Geschichte des römischen Rechts; im Sommersemester 1844 bei Phillips deutsche Reichs- und Rechtsgeschichte und Kirchenrecht und bei Moy Rechtsphilosophie. Daneben aber trieb Scheffel schon damals historische und kunstgeschichtliche Studien; bei Thiersch hörte er im Winter Vorlesungen über Pindaros Gesänge „mit ausgezeichnetem Fleiße," und bei Höfler Geschichte des Mittelalters, im folgenden Semester bei Prantl, der damals Privatdozent war, Geschichte der griechisch-römischen Philosophie „mit ausgezeichnetem Fleiße" und bei Thiersch Ästhetik und neuere Kunstgeschichte „mit vorzüglichem Fleiße und Erfolge." Bezeichnend ist, daß für die Fachkollegia nur das Belegen bezeugt ist und nur die philosophisch-historischen Vorlesungen

ein bestimmtes Zeugnis über den Besuch enthalten."
Aus dieser Mitteilung des Hofrates Bartsch, an
deren Glaubwürdigkeit nicht gezweifelt werden kann,
geht deutlich hervor, daß die Eindrücke, welche
Scheffel von dem Kunst- und geistigen Leben in
München empfing, so stark gewesen sein müssen,
daß er bereits damals daran dachte, das juristische
Studium aufzustecken. Das väterliche „Nein!" wird
es gewesen sein, was den Sohn wieder in das kaum
betretene Geleise zwang.

Am 31. Oktober 1844 wurde Scheffel an der
Hochschule der Stadt immatrikuliert, welche unzer-
trennlich von seinem Namen, seinen Dichtungen,
seinem Schicksale werden sollte — von „Heidelberg,
der Feinen". Ihr Lob ist von tausenden von
Zungen gesungen worden, ihr ehrwürdiges Alter
aber, das der Universität, deren fünfhundertjährige
Geburtstagsfeier soeben von der fröhlichen Teilnahme der gesamten gebildeten Welt begleitet wurde,
ihre unvergleichliche Schönheit hat keinen verdienst-
volleren Verkünder, keinen gottbegnabeteren Dichter
gefunden als Joseph Viktor von Scheffel. Der
teuren Stadt gehörte aber auch sein volles, unge-
teiltes Herz, sein Denken und Empfinden, sein

Singen und Sagen. In ihr lebte er stets wieder auf, wenn ihn Krankheiten und Verdrießlichkeiten übermannt hatten, an die Brust der heißgeliebten Freundin flüchtete er sich in späteren Jahren stets, wenn es dem Menschenscheuen doch zu einsam in der Abgeschiedenheit des Gebirges wurde und es ihn gelüstete, wieder einmal einen Blick in das Getümmel der Alltäglichkeit zu werfen. Leider hielt dieses Lüstchen mit jedem neuen Jahre weniger an, die in ewiger Jugendschöne prangende Zauberin am Neckar war trotz ihres bräutlichen Blütenmantels, in den sie sich zum Frühjahr hüllt und der es dem Dichter stets angethan hat, nicht im stande, Scheffel die Falten auf der Stirn zu glätten und ihm neue Schaffensfreude ins Herz zu gießen.

Wer doch einen Blick in die Seele des hoch=aufgeschossenen Jünglings hätte thun können, als vor dessen Auge zum erstenmale das alte, ehrwür=dige, malerische Bauwerk, das Heidelberger Schloß auftauchte! Wer nur die Züge seines Angesichtes hätte belauschen können, die Sprache seiner treuen Augen, als dieses Wunder der Natur, das schöne Neckarthal mit Stadt und Schloß sich ihm erschloß! Ging da wohl auch jenes Ahnen durch sein Em=

pfinden, von dem der Mensch sich keine Rechen=
schaft zu geben weiß, das aber im unmittelbarsten
Zusammenhange mit ihm selbst, seiner Zukunft,
seinem Schicksale steht? Jenes Etwas, welches
Worte nicht wiederzugeben vermögen? Kam es da
schon wie eine Erleuchtung über ihn, daß sein spä=
teres Leben ihn mit tausend Banden an die neu=
erschaute Stätte fesseln würde — gleichviel in
welcher Eigenschaft, in welchem Berufe?

Es kann das niemand wissen, und wäre selbst
jemand zugegen gewesen, als das „Karlsruher Kind“,
der Studio Joseph Scheffel seinen stillen Einzug
in die altehrwürdige Ruperto=Carola hielt, er
hätte uns von den Gefühlen desselben doch nichts
berichten können. Denn was das Herz in gewissen
erhebenden Augenblicken fühlt, das plaudert der
Mund nicht gleich leichtfertig aus, er vergräbt es
in die verschwiegene Brust, um es heimlich als ur=
eigensten Schatz in kummervollen Stunden wieder
herbeizuholen und sich an seinem unvergänglichen
Dufte wieder zu erquicken, gleichwie man in den
Stunden der Bedrängnis, der Einsamkeit am Altare
des Höchsten ungesehen niedersinkt und zu ihm um
Kraft und Stärkung fleht.

Die Ansichten über Scheffels studentisches Leben in Heidelberg widersprechen sich in vielem. Als später die flotten Burschenlieder unter dem Titel „Gaudeamus" zu einem Bande vereinigt erschienen und in den Herzen der studierenden Jugend wie der trinklustigen alten Herren einen freudigen Wiederhall erweckten, war man sich darüber einig, daß der Verfasser derselben, anstatt bei den Herren Professoren zu büffeln, mit dem bekannten Liede hat von sich singen können:

Ich hab' den ganzen Vormittag auf meiner Kneip'
                                                    studiert,
Drum sei nun auch der Nachmittag dem Bierstoff
                                                    dediziert.

Es konnte nicht fehlen, daß man deshalb schlecht von dem Charakter des Dichters selbst zu denken begann, und es ist erwiesen, daß die falsche Meinung, die sich über Scheffel bildete und wie Rost in seinen Ruhmesschild sich eingefressen hat, sein Leben nicht zum kleinsten Teile verkümmerte. Die Welt hatte viele Jahrzehnte hindurch keine Veranlassung, ihren verhängnisvollen und grausamen Irrtum einzusehen. Als es ihr zu dämmern begann, daß sie

Scheffel bitteres Unrecht gethan, daß mancher, dem die Gabe des Liedes verliehen ist, ein beredter Jünger Anakreons sein kann, ohne selbst dem „Becher=kupf" über die Maßen gehuldigt zu haben, da war es zu spät, da war der Dichter bereits ein mülder Mann geworden.

Wie des Predigers Stimme in der Wüste er=schallten damals die öffentlich ausgesprochenen Mei=nungen derjenigen, welche teils auf Grund persön=licher Bekanntschaft mit dem „Gaudeamus"=Dichter, teils aus richtiger Erkenntnis des Wesens Scheffels mannhaft für ihn eintraten. Wenn man sich die Mühe gegeben hätte, dessen Leben, Gemütsanlage und Erziehung auch nur ganz oberflächlich zu be=trachten, so hätte selbst der weniger Einsichtsvolle mit Leichtigkeit erkannt, daß zwischen heute und morgen ein geradezu pedantisch veranlagter Schul=fuchs, der mädchenhaft scheu vor allen Ausbrüchen frohlauniger Jugendlust zurückschreckte, nicht zum — sagen wir es nur klar heraus — Süffel werden kann. Nur Trübsinn hätte ihn zum Glase greifen lassen können. Dazu neigte er aber damals durch=aus nicht und er war ein viel zu gut gearteter, einsichtsvoller Junge, als daß er nicht auch in dem

Fache es zu etwas hätte bringen wollen, in welches er nun einmal verschlagen worden war.

Ganz so streng wie in München wurden allerdings in Heidelberg die juristischen Studien seitens Scheffels nicht genommen. Nicht, daß es ihm schon gleich bei seinem ersten dortigen Aufenthalte klar geworden wäre, daß der „genius loci Heidelbergs feucht“ sei, obgleich manch „verflucht feiner Troppe“ ihm durch die Kehle gelaufen sein wird, wäre es auch nur nach mühevollen Wanderungen über Berg und Thal geschehen. Die Natur war es mehr, die ihn den Büchern in etwas entfremdete, ihn in eine neue Welt versetzte und mit ungeahnten Phantasien seinen jugendlich empfängnisfreudigen Kopf erfüllte. Seinem kunstverständigen Blicke entging die Schönheit des Stückchens Gotteserbe, welches sich da am Neckar ausbreitet, ebensowenig wie seiner Gedankenwelt die geschichtliche Vergangenheit Schwabens. Er fühlte die Schlüssel des Verständnisses zu den Pfaden, welche viele erleuchtete Geister vor ihm gegangen waren, in seiner Hand. Es berauschte ihn der Gedanke, neben seinen juristischen Arbeiten sich in sein Lieblingsstudium, die Geschichte, nicht nur versenken zu können, sondern auch in Heidel-

berg gleichsam das lebendige Material zur Hand
zu haben, auf dem Boden der Ereignisse stehen zu
können, welcher der Angelpunkt der Völkerbewe=
gungen genannt zu werden verdient.

Und was Scheffel nicht lernte, hörte und sah,
ersetzte bei ihm die Phantasie, welche sich in einem
deutschen Gemüte nirgends emsiger regt als in und
bei Heidelberg. Nur wirkt sie verschieden. Goethe
fand, daß ein Kuß dort so gut wie nirgends sonst
schmecke; für Scheffel war ebenfalls eine Goethesche
Meinung ausschlaggebend, aber nicht die aus dem
west = östlichen Divan, ebenfalls aus Heidelberg
stammende:

> Ja, von mächtig holden Blicken,
> Wie von lächelndem Entzücken
> Und von Zähnen blendend klar,
> Wimpern — Pfeilen, Locken — Schlangen,
> Hals und Busen reizumhangen,
> Tausendfältige Gefahr! —,

sondern die im Liede „an den Mond" des Dichter=
fürsten enthaltene:

> Füllest wieder Busch und Thal
> Still mit Nebelglanz,

Lösest enblich auch einmal
Meine Seele ganz.

— — — — — — — —

Jeden Nachklang fühlt mein Herz
Froh- und trüber Zeit,
Wandle zwischen Freud' und Schmerz
In der Einsamkeit.

Ja, lebendiger als zuvor sprach eine Welt des Schönen aus Vergangenheit und Gegenwart zu ihm. Sie erleichterte sein Gemüt, klärte es ab und half ihm, selbst aus seinen trockenen, juristischen Arbeiten ein Ergebnis ziehen, das seinem Geschmacke und seinem Forschungstalente auf dem Gebiete der Menschenkunde zusagte. „Wenn ich mich in die alten Urkunden vertiefte," erzählte er dem Oberstudienrat Professor Klaiber in Stuttgart, „fragte ich nicht, in welche juristische Rubrik ist das und das einzureihen, sondern, wer sind die Menschen gewesen, die das so geordnet, und was hat sie dazu getrieben? Wie haben sie ausgesehen, wie ist ihr Denken und Fühlen, ihr Reden und Zusammenleben gewesen? Und ich konnte nicht ruhen, bis ich ein lebendiges Bild von ihnen in der Seele hatte."

Die juristischen Vorlesungen, welche er in den

beiben zunächst in Heidelberg zugebrachten Semestern hörte, waren bei Mittermaier deutsches Privat-recht, Kriminalrecht und Zivilprozeß, bei Vangerow Pandekten, Lehnrecht bei Zöpfl. Zu diesen kamen Darstellung und Kritik des Hegelschen Systems bei Dr. Roeth — wem fällt da nicht gleich jene sar-kastische Stelle aus Scheffels „Guano" ein:

> Gott segn' euch, ihr trefflichen Vögel,
> An der fernen Guanoküst', —
> Trotz meinem Landsmann, dem Hegel,
> Schafft ihr den gediegensten Mist! —,

und Dantes Inferno bei Dr. Ruth.

War es ihm auf der einen Seite ein unab-weisbares Bedürfnis, die juristischen Lehrsätze sozu-sagen zu personifizieren, so schreckte ihn auf der anderen Seite auch die Thatsache von dem zu emsigen Verfolgen der Kollegien über das Recht ab, daß das römische Recht das deutsche völlig in den Hinter-grund gedrängt hatte. Er sagt es selbst im „Trom-peter", was er fühlte, als er einsehen lernte, daß die deutschrechtlichen Urkunden, der Sachsen- und Schwabenspiegel und andere Ausflüsse alter christlich-germanischer Rechtsanschauung nur noch ein archäologisches Interesse boten und die Deutschen sich außer Landes Recht geholt hatten:

Römisch Recht, gedenk' ich deiner,
Liegt's wie Alpdruck auf dem Herzen,
Liegt's wie Mühlstein mir im Magen,
Ist der Kopf wie brettvernagelt!
Ein Geslunker mußt' ich hören,
Wie sie einst auf röm'schem Forum
Kläffend mit einander zankten,
Wie Herr Gaius dies behauptet
Und Herr Ulpianus jenes,
Wie dann Spätre drein gepfuschet,
Bis der Kaiser Justinianus,
Er, der Pfuscher allergrößter,
All mit einem Fußtritt heimschickt.
Und ich wollt' oft thöricht fragen:
„Sind verdammt wir immerdar, den
Großen Knochen zu benagen,
Den als Abfall ihres Mahles
Uns die Römer hingeworfen?
Soll nicht aus der deutschen Erde
Eignen Rechtes Blum' entsprießen
Waldesduftig, schlicht, kein üppig
Wuchernd Schlinggewächs des Südens?"

Hier stoßen wir also in dem Lebensgange des Dichters zum erstenmale auf den Ausdruck allumfassender, unbegrenzter Vaterlandsliebe, wie sie am schönsten aus seinen Werken gesprochen hat. Wie sein Charakter Züge reinster alemannischer Art aufweist, so zeigen seine Schriften eine Verherrlichung des deutschen Wesens und eine volkstümliche Selbständigkeit, wie wir sie bei keinem zweiten deutschen Schriftsteller vorfinden, selbst Gustav Freytag nicht ausgenommen. „Das deutsche Wort,“ sagt Heinrich Heine in seinem Aufsatze „Die Romantik,“ „ist ja unser heiligstes Gut, ein Grenzstein Deutschlands, den kein schlauer Nachbar verrücken kann, ein Freiheitswecker, dem kein fremder Gewaltiger die Zunge lähmen kann, die Oriflamme in dem Kampfe für das Vaterland, ein Vaterland selbst demjenigen, dem Thorheit und Arglist ein Vaterland verweigern.“ Diese Äußerung ist auch einem Scheffel aus der Seele gethan. Wir haben keinen treueren Wächter dieser „Oriflamme in dem Kampfe für das Vaterland“ bisher gehabt als unsern Scheffel.

Sein heißes Begehren nach Hochhaltung deutschen Wesens, deutscher Sitten ist ihm unzweifelhaft von seiner Mutter ins Herz gepflanzt worden. Sie

war es, die den echten deutschen Märchenwald um
des Kindes Sinne sprossen ließ. Und noch mehr,
sie verschwieg keinen Augenblick ihren Haß gegen
alles, was aus Frankreich kam. Selbst der fran=
zösischen Sprache war sie gram. Die bekannte
Karlsruher Schriftstellerin, Frau Alberta von Frey=
dorf, der das Scheffelsche Haus eine zweite Heimat
war und welche mit feinfühligem Verständnis in
das Wesen der Frau Majorin Einblick genommen
hat, erzählt in ihrem Buche „In der Geißblatt=
laube“ (Dresden, Meinhold Söhne) — unter diesem
Titel sind von ihr die von der Frau von Scheffel
gedichteten Märchen gesammelt und ergänzt worden
— folgendes: „Eine französische Erziehung war ihr
zuwider; sie hat darüber ein Märchen geschrieben:
„Das versteinerte Herz“ ... Es geißelt besonders
das immerwährende Welschparlieren in der Kinder=
stube und die steife, zeremoniöse Gouvernanten=
Erziehung der früheren vornehmen Welt. (Der
heutigen auch. Anmerkung des Verfassers). Über=
haupt war sie eine echte deutsche Patriotin, das
französische „Gethu“ ihr im Grund der Seele ver=
haßt. Wenn Scheffel in seiner Aventiure Heinrich
von Ofterdingen im „Papegàn“ singen läßt:

> Alles thät ich dir wie jener,
> Nur französisch spräch' ich nicht,

so wiederholt er nur, was er von Kind auf gehört hatte. Die Majorin Scheffel war auch die erste Dame in der Karlsruher Gesellschaft, die es durch= setzte, sich Frau heißen zu lassen, indem sie ihren Bekannten sagte, sie sehe es als eine Insulte an, wenn man sie Madame nenne."

Scheffel konnte also nicht nur mit seinem er= habenen Bruder in Apoll, Goethe, sagen:

> Vom Vater hab' ich die Statur,
> Des Lebens ernstes Führen,
> Von Mütterchen die Frohnatur
> Und Lust zu fabulieren,

sondern auch den Schillerschen Wahrspruch als mütter= liches Vermächtnis auf die Lebensreise nehmen:

> Ans Vaterland, ans teure, schließ dich an,
> Das halte fest mit deinem ganzen Herzen,
> Hier sind die starken Wurzeln deiner Kraft.

Bei der Betrachtung von Scheffels Bildungs= gang stoßen wir auf eine in die erste Zeit seines Heidelberger Aufenthaltes fallende außerordentlich

interessante Thatsache, auf ein geradezu aus dem
Wege gehen allem Studium der altdeutschen und
mittelalterlichen Litteratur. Sein Vertiefen in die
einheimischen Rechtsaltertümer würde somit als ein
Beweis dafür gelten können, daß Scheffel dem
Studium der Rechtswissenschaften doch nicht so ab-
geneigt war, wie es den Anschein hatte, wenn nicht
ein anderer Umstand einen Gegenbeweis zur Stelle
brächte. Wir haben bereits gesehen, daß er schon
während seines Schulbesuches der Dichtkunst so gut
wie keinen Geschmack abgewinnen gekonnt hatte, dagegen mit Feuer und Leidenschaft seine Kenntnis
der bildenden Künste zu vermehren strebte. Seine
künstlerischen Neigungen fanden in München ein
ergiebiges Ausbeutungsfeld und in Heidelberg eine
weitere Bestärkung. Hier trat ihm der Gedanke,
eine andere Laufbahn zu ergreifen, angesichts der
schönen Natur noch näher. Hier ließ es sich gut
träumen, noch besser aber malen und zeichnen, hier
ließ sich in idealen Linien auf Papier und Lein-
wand werfen, was die Natur in verschwenderischer
Fülle an Bergen, Wäldern und Gewässern angehäuft hatte. In München war es die theoretische,
in Heidelberg die praktische Seite der Malkunst,

welche ihm als Versucherin nahte. In diesem Orte
brachte er dieser Huldin die ersten Opfer mit Papier
und Bleistift dar, welch letzteren er, wie später be=
kannt gewordene zahlreiche Skizzen von Scheffels
Hand beweisen, mit großem Geschicke, aber ohne
einen besonders hervortretenden Zug von Genialität
zu handhaben wußte. Fast komisch klingt uns, die
wir in Scheffel der Dichtkunst Meister zu sehen ge=
wohnt sind, ein Ausspruch des verstorbenen Reichs= .
tagsabgeordneten Friedrich Kapp in die Ohren.
Dieser studierte zugleich mit Scheffel in Heidelberg.
Doktor Kapp war zweiter, der jetzige Professor der
Medizin in Straßburg i. E., Kußmaul, erster Char=
gierter des Korps „Suevia", dem Scheffel als CK.
angehörte. (Damit widerlegt sich von selbst die
Behauptung von Johannes Proelß, daß Scheffel ver=
stohlen das schwarz=rot=goldene Band der Burschen=
schafter getragen habe, eine Behauptung, der über=
dies das Verhalten des Dichters im Revolutions=
jahre und in den auf ihm folgenden ganz nach=
drücklich widerspricht.) Scheffel schrieb bereits da=
mals Kneiplieder für sein Korps, sie müssen aber
wohl nicht weit her gewesen sein, denn den Dich=
tungen Kußmauls soll ausnahmslos der Vorzug

gegeben worden sein! Der Dichter, der sich von jeher einer peinlichen Ordnungsliebe befleißigte, hat zweifellos die Zeugnisse des ersten Stammelns seiner nachher so heißgeliebten Muse aufbewahrt. Sie werden sich gewiß im Nachlasse, wie vieles andere noch vorfinden und ihre Bekanntmachung dürfte als wichtiger Beweis für den Entwicklungsgang Scheffels mit Freuden begrüßt werden.

Dieser bacchische Kampf der Musen und Gesänge kann aber erst während des zweiten Aufenthaltes in Heidelberg stattgefunden haben, als Scheffel durch die akademische Ungebundenheit schon etwas mehr aufgetaut worden war. Er galt in den ersten zwei Semestern in den Kreisen der Heidelberger Studiengenossen als etwas „trocken." „Etwas Stilles, in sich Gekehrtes war ihm eigen; und wie die Jugend schnell fertig ist mit dem Wort, wollte man darin eine „philisterhafte" Sinnesart erblicken, die uns romantisch oder stürmisch Aufgelegten schlecht behagte," so schreibt Karl Blind, der Landsmann Scheffels, aus seinem Londoner Heim. Demselben freiheitslüsternen „Revoluzer" verdanken wir die Mitteilung, wie und wann Scheffel Geschmack an der altdeutschen Litteratur gefunden hat. Karl Blind

und andere Karlsruher Lyceumsschüler, darunter
der warme Freund und Verehrer Scheffels, Ludwig
Eichrodt, der mit glücklichem Erfolge das Schwä-
bische Dichterroß tummelt und nebenbei doch ein
eifriger Pfleger der irdischen Gerechtigkeit ist, setzten
in dem Heidelberger burschenschaftlichen „Neckar-
bunde" die Pflege philosophischen Denkens und
vorangeschrittener politischer Bestrebungen emsig
fort, was sie äußerlich durch Tragen von grünen
Sammetkappen und grauen Filzhüten bezeugten.
Blind im besonderen studierte eingehend aus Neigung
die deutschen Heldenlieder und Minnesänger und
bemühte sich, dem Germanisten Hahn noch einige
Hörer zuzuführen, deren so wenige waren, daß
Hahn in seiner eigenen Wohnung, anstatt im Uni-
versitätsgebäude, seine Vorträge halten konnte. „Die
Lehrer der klassischen Sprachen," so äußert sich
Blind wörtlich, „schienen eine berufsmäßige Ab-
neigung gegen die germanistische Richtung zu haben.
Als ich, bei aller glühenden Liebe zu Homer und
auch Virgil, eines Tages eine mit den Namen einer
Anzahl Schüler bedeckte Bittschrift an das Pro-
fessorenkollegium einreichte, um einige Stunden für
unser vaterländisches Schrifttum gewährt zu er-

halten, wurde ich thatsächlich vor diesen hochweisen gestrengen Rat zur Rüge befohlen ... Wie haben sich doch darin die Zeiten geändert!"

Scheffel war anfänglich nicht zu bewegen, die Schüler Hahns, der immer weniger Zuspruch erhielt, zu vermehren. Vielleicht wollte er auch nicht zu häufig mit den rotangehauchten Neckarbündlern zusammentreffen. Eines Tages aber hörte er von Blind einige Verse des „Weinschwelgen". Da wars um ihn geschehen, da fand er plötzlich Gefallen an der naiven und doch so kernigen altdeutschen Dicht= kunst. Die poetische Darstellung des ungeheuerlichen Durstes:

> Dô huob er ûf unde tranc
> Sô lange und sô sêre,
> Sô vil und dannoch mêre,
> Sô vaste und sô harte,
> Daz sich das hembe zârte ....

mag der erste Anlaß zur Erstehung der Trinkgesänge Scheffels gewesen sein, für deren Schöpfung ihn unsre akademische Jugend auf den Schild gehoben hat. Mehrere Anmerkungen zum „Ekkehard" lassen durchblicken, wie eingehend der Dichter den „Wein=

schwelgen" gelesen hat. Im übrigen erwähnt Blind auch, daß Scheffel „das Studium des römischen Rechts offenbar ebenso widerwärtig war wie mir, der ich alsbald in einen Haß gegen dasselbe geriet. Je tiefer ich in unsre vaterländische Geschichte eindrang, umsomehr erkannte ich, wie unsre Volksfreiheit durch die Einpflanzung römischer Satzungen zerstört worden war .... Auch darin war Scheffel schnell mit mir einer Meinung, wenn ich ihm dergleichen sagte."

Joseph Viktor war aber nicht die Natur, dem stürmischen Drängen in seiner Brust nach Einschlagen eines ihm mehr zusagenden Lebensweges einen unerlaubt großen Spielraum zu gestatten. Sein Pflichtgefühl half ihm, die bittere Pille zu verschlucken, welche dem anderen nicht herunter wollte, es brachte ihm sogar ein kleines, unschuldiges Märtyrertum ein. Scheffel verließ Heidelberg und ging nach Berlin, wo er am 24. Oktober 1845 immatrikuliert wurde, in der Absicht, ganz ernstlich dem juristischen Studium zu obliegen, das der Anziehungskraft der Reize Heidelbergs schmählich unterlegen war.

Daß kein anderer Grund Scheffel in die preußische Haupt- und Universitätsstadt führte, be-

weist die von Professor Karl Bartsch verbürgte
Thatsache, daß der Dichter, trotz des Beifalls,
welchen er den ihm durch Karl Blind und Hahn verab-
folgten Proben altdeutscher Litteratur zollte, in
Berlin weder die Vorlesungen der Gebrüder Grimm,
noch die Lachmanns besuchte. Ferner eine Stelle
aus seinem Briefe vom 3. Januar 1846 an den
jetzigen Oberamtsrichter Schwanitz, einen lieben
Universitätsfreund, lautend:

„Mein Leben ist Tag für Tag ziemlich dasselbe, einfach und geräuschlos, aber es sagt mir
sehr zu und nur das verstimmt mich eigentlich,
daß ich die reichliche geistige Nahrung aus allen
Zweigen des Wissens, die mich interessieren, nicht
so ausgedehnt als ich möchte, schöpfen kann, sondern an die Pandekten und all die Irrgänge des
römischen Rechts gefesselt bin — und mein Juris-
prudenzstudium ist eigentlich doch keine Folge
innerer Neigung und Überzeugung. Doch jetzt
sind die Würfel gefallen und wenn es nicht in
Gottes Namen geht, so ochse ich in Dreiteufels-
namen und gedenke jedenfalls in diesem Winter
ein ziemliches Stück vorwärts zu kommen.“
Unser Dichter war aber trotz seiner Versicher-

ung, daß ihm „das Leben in Berlin sehr zusage",
ein Held, daß er es ein Jahr hindurch aushielt, in
dem Berlin vor 1848, dem Geibel ein so beredtes
Zeugnis in seinem „Clotar" ausgestellt hat:

> Schön ist's unstreitig abends an den Zelten,
> Wenn man sein Liebchen dort spazieren führt;
> Schön ist's im fischberühmten Stralau, Dank o
> Neptunus dir, und schön ist's auch in Pankow.
> Schön ist der Staub der wimmelnden Chausseen,
> Schön ist der Fähnbrichs feingeschnürtes Korps,
> Schön sind die nachgeäfften Propyläen
> Mit Treppen drauf, das Brandenburger Thor,
>
> — — — — — — — — — — —
>
> Ja, schön sind Menschen, Wasser, Luft und Erde,
> Vor allem die Charlottenburger Pferde. — —

Das damalige Berlin war für ein so empfäng=
liches und allem Schönen offene Gemüt, wie das
Scheffels es war, in der That kein behaglicher Auf=
enthalt und die üblen Eindrücke, welche der junge
Student damals empfing, verloren sich selbst bei
dem alternden Manne nicht. Scheffel hat es sein
Leben hindurch möglichst vermieden, Berlin zu be=
rühren, und wenn ihn die Notwendigkeit dorthin
rief, hat er gesucht, so schnell als möglich wieder

fortzukommen, trotzdem die Reichshauptstadt einer fast märchenhaft erscheinenden Umwandlung unter= worfen worden ist und sich von aller zopfigen Kräh= winkelei losgesagt hat.

Scheffel nahm wenig Anteil an dem Berliner gesellschaftlichen Leben, an den ästhetischen Ver= einigungen, welche ihr Dasein von dem übrigge= bliebenen Ruhme der Salons der dreißiger Jahre fristeten. Auch die Universität war lange nicht das, was sie später wurde. Die Heidelberger Universität erst ist es gewesen, welche der preußischen Schwester so treffliche Lehrkräfte verschafft und diese dadurch zur besten des neuen Deutschlands gemacht hat.

Nachdem Scheffel zwei Semester hinburch fleißig Kollegien in Berlin gehört: bei Stahl deutsches Staats= und Privatrecht und Geschichte der neueren Rechtsphilosophie, bei Hefter Kriminalprozeß, Zivil= praktikum und Relatorium, bei Doktor Berner Kriminalpsychologie, bei Doktor Schmidt Pandekten= Praktikum, und auserlesene Lehren der gerichtlichen Medizin bei Professor Wagner, auch seiner Neigung für die bildenden Künste durch Anhören einer Vor= lesung von Waagen über die Geschichte der bilden= den Künste der neuesten Zeit Vorschub geleistet hatte, schnürte er sein Ränzel. Er verließ die philiströse, aber schon von Unheil drohenden Flammen durchzuckte Atmosphäre Berlins und kehrte nach Heidelberg zurück, um dort noch ein Semester zu= zubringen und dann sein Staatsexamen zu machen.

Hier verweilte er, am 12. November 1846 zum zweitenmale immatrikuliert, bis zum 18. März 1847, von welchem Tage sein Abgangszeugnis von der Universität lautet. Seine Rückkehr zur Ruperto= Carola mag in den Augen des Vaters damit ent= schuldigt worden sein, daß zur Zeit in Heidelberg sich die besten deutschen Rechtslehrer aufhielten. Doch „inwendig“ wird es Scheffel schon „ganz un= bändig“ für „Alt=Heidelberg, Du feine“ gebrannt haben. Er wird schon etwas von dem magischen Bande gefühlt haben, welches sich um ihn und die traute Stadt geschlungen hatte, die noch kein deutscher Musensohn verließ, ohne nach ihr, wie nach einer erwählten Braut, eine unstillbare Sehnsucht zu em= pfinden:

Auch mir stehst du geschrieben
Ins Herz, gleich einer Braut,
Es klingt wie junges Lieben
Dein Name mir so traut.

Wie schon angedeutet, übte während des letzten Studienhalbjahres das Burschentum bereits einen größeren Einfluß auf Scheffel aus, ohne daß indessen sichtbare Zeichen seines „Korpsgeistes" zu verzeichnen wären. Wohl erzählt R. Artaria in der „Gartenlaube" von allerhand kecken Streichen, an denen Scheffel teilgenommen haben soll — wahrscheinlich in der Gefolgschaft der „Suevia" — doch müssen solche Mitteilungen mit Vorsicht aufgenommen werden, denn sie bedingen, falls sie glaubhaft erscheinen sollen, einen gewissen Umschwung in Scheffels Charakter, der durch nichts bewiesen wird und nur aus der Angst vor dem Examen hergeleitet werden könnte. Diese aber fühlte Scheffel weder, noch brauchte er sie zu fühlen, denn er war für dasselbe gut gerüstet. Schob er doch sogar im letzten Semester alle anderen Lehrgegenstände bei Seite, welche ihn von der Verfolgung seines augenblicklichen Studiums hätten abhalten können! Er hörte bei Mittermaier Zivilprozeß-Praktikum und Relatorium, bei Roßhirt Code Napoleon und badisches Landrecht, und Zivilprozeß bei Doktor Brackenhöft.

Ehe Scheffel seinen Abgang von der Univer-

ſität nahm, führte eine Februarreiſe ihn nebſt drei
Kommilitonen in den Odenwald. Im Bauernhofe
bei der Ruine Rodenſtein fand Johannes Proelß
in einem Frembenbuche von Scheffels Hand Fol=
gendes verzeichnet:

Eb. Rahn, stud. jur. von Breslau
B. Aſchenheim, stud. cam. von Elbing   aus
E. Kamm, stud. jur. von Karlsruhe   Heidelberg
J. Scheffel, stud. jur. von Karlsruhe

      ben 6. Februar 1847 bei Schneegeſtöber.

NB. In guter Jahreszeit kann Jeber in Odenwald
                gehen!!!

Dazu einen Verbindungszirkel, der V. C. F. (Vivat,
crescat, floreat) unb E. in einander verſchlingt.
Proelß leitet aus biesem eingeſchneiten Aufenthalte
Scheffels unb ſeiner Reiſe= unb Stubiengenoſſen
die Entſtehung der Geſtalt bes Rodenſteiners her,
unb bieſe Anſicht hat viel für ſich. Scheffel wird
ſich ſpäter im „Engeren“, als ſeine Kneiplieder ben
ſtürmiſchen Beifall der ſeßhaften Freunde fanden,
bieſer Reiſe in ben Odenwald erinnert unb zu ihrem
Gebenken die berühmt geworbenen Lieder geſchrieben
haben. Daß die eingeſchneiten Stubioſi in ihrem
Ärger über bie mißlungene Reiſe die bekannten brei

Dörfer Gersprenz, Reichelsheim und Pfaffenbeerfurt
an Ort und Stelle nochmals vertrunken haben
mögen, ist glaubhafter, als daß Scheffel dabei die
Lieder vom Rodensteiner frisch von der Leber gedichtet haben soll. Diese sind zu vollendet schön,
Scheffel aber war damals noch ein zu unfertiger
Dichter, als daß er hätte so geistreich improvisieren
können.

Im Amt und Drang.

(1847—1852.)

Scheffel schied aus dem stubentischen Leben, ohne recht in ihm gewesen zu sein, betrachtet man das erstere als den Ausfluß jugendlicher Ungebundenheit und überquellender Stürmerlust. Hält man dagegen die Zeit, welche man auf der Hochschule zubringt, für eine solche ernsten Strebertums nach den Quellen der Wissenschaft, der Enthaltsamkeit von allen Genüssen, so da dem Ernst des Lebens und des Lernens ein Schnippchen schlagen könnten, so kann man nicht anders behaupten, als daß der Studiosus der Rechte Joseph Viktor Scheffel aus Karlsruhe seine Schuldigkeit gethan hat, trotzdem er manches getrieben, was seinem Berufe gewiß nicht vorteilhaft war. Dazu gehört das Studium der bildenden Künste, der

Verkehr mit angehenden Malergenies in München, ja selbst ein von ihm in Berlin gehaltener Vortrag über Dantes politische Schriften.

Der Meinung war wenigstens das hohe Ministerium. Scheffel lieferte noch im Sommer 1847 seine schriftlichen Arbeiten zur Staatsprüfung ein. Das Urteil über die ihm aufgegebene „Rechtsfrage" lautete: „Die Abhandlung zeichnet sich durch umfassende Benützung der Litteratur, Selbständigkeit der Ausführung, logische Anordnung des Stoffes und klare, gewandte Diktion vorteilhaft aus und kann unbedenklich für eine gelungene erklärt werden." Die Auslegung einer Scheffel vorgelegten Stelle des Corpus juris bei der mündlichen Prüfung in Heidelberg am 9. August 1848 erhielt das Urteil „ziemlich gut", „die Antworten des Kandidaten in den vier Fächern — größtenteils richtig und gehörig begründet, aber minder geläufig — zeugten mehr von Talent und allgemeiner Bildung als von ausgedehntem positiven Wissen in den Gegenständen der Prüfung." Mit „ziemlich gut" bestanden, konnte Scheffel nach Hause melden. Seine Examinatoren waren die Professoren Roßhirt, Vangerow, Zöpfl und Morstadt.

Wie sehr er seinem Gedächtnisse und seiner mehr allgemeinen als gründlichen juristischen Bildung vertraute — die Herren Professoren merkten aber, wie gezeigt, trotzdem, daß das Studium mancher anderen Wissenschaft Scheffel vom fleißigeren Lernen abgehalten hatte — zeigt ein Brief an einen seiner damaligen Freunde, von dem Johannes Proelß in der „Frankfurter Zeitung“ folgende Stelle mitteilte. Diese lautet:

„Da schloß ich mich ein, ochste den Code Napoleon und die Pandekten noch im Sturmwind durch und Hurrah, hopp, hopp, hopp! ging ich am 31. Juli mit Kamm in die Examenaffaire hinein . . . Ich behandelte die Fragen mit großer Nonchalance, schrieb in Prosa und Versen — item es genügte. Drinn wurde ich noch eine Stunde mündlich vorgenommen.“

Den Doktorgrad erwarb er im Herbste desselben Jahres bei der juristischen Fakultät in Heidelberg summa cum laude.

Am 11. November 1848 stand im „Großherzoglich Badischen Regierungsblatte“ zu lesen:

Das Ergebnis der anfangs August dieses Jahres vorgenommenen Prüfung der Rechtskandidaten betreffend:

Von achtzehn Rechtskandidaten, welche sich der letzten Prüfung unterzogen haben, sind durch Beschluß vom Heutigen folgende fünfzehn unter die Zahl der Rechtspraktikanten aufgenommen worden: 1) Konrad Grohe von Mannheim. 2) Viktor Joseph Scheffel von Karlsruhe. 3) Christian Bohne von Karlsruhe (jetzt Oberlandesgerichtsrat und Mitglied des Kompetenzgerichtshofes in Karlsruhe). 4) Eduard Kamm von Wertheim (jetzt in gleicher Stellung wie der oben genannte). 5) Wilhelm Ried von Lohr. 6) Max von Roggenbach von Mannheim. 7) Anton Schmidt von Bühlerthal (jetzt Oberlandesgerichtsrat in Karlsruhe). 8) Heinrich Fink von Lörrach. 9) Herrmann Reich von Freiburg (jetzt Oberamtsrichter in Freiburg). 10) Karl Friedrich Sevin von Lörrach. 11) Anton Bassermann von Mannheim (jetzt Landgerichtsdirektor in Mannheim). 12) Peter Straub von Unadingen. 13) Franz Schröder von Mannheim. 14) Eugen Wolff von Freiburg (jetzt in gleicher Stellung wie die unter 3) und 4) genannten). 15) Gustav Eschborn von Düsseldorf (jetzt Amtsvorstand in Schwetzingen). Karlsruhe, 2. Nov. 1848.

Justizministerium

von Stengel. Vdt. K. Stößer.

Am 9. Februar 1849 wurde der Dichter als Praktikant dem Oberamtsgericht Heidelberg, Kriminalabteilung, beigegeben.

Scheffel war in der langen Zeit zwischen der Ablieferung seiner Prüfungsarbeiten und der mündlichen Prüfung nicht müßig geblieben, wofern man Reisen eine Thätigkeit nennen darf.

Es hatte sich seiner eine Leidenschaft bemächtigt, welche man in dem ruhigen, fast schwerfällig erscheinenden jungen Manne kaum gesucht hätte. War es der Wunsch, durch neue, ungewohnte Eindrücke den stillen Gram über das unerwünschte Brotstudium leichter zu überwinden, oder hineinblicken zu können in fremde Verhältnisse und fremde Landstriche, war es Bildungssucht oder Sehnsucht nach Zerstreuung, was ihn schon damals nicht zur Ruhe kommen ließ und ihn bis zu seinem Lebensende von Ort zu Ort trieb, zum steten Wanderer machte? Vielleicht keines von allem, vielleicht alles zusammen. Jedenfalls verdient die unstillbare Neigung des Herumziehens in der Welt bei den Charaktereigenschaften Scheffels in erster Reihe genannt zu werden. Sie hat ihr gutes Teil zur Schöpfung und Vollendung des Dichters Scheffel beigetragen.

Im Februar des Jahres 1847 hatte es ihn in die winterliche Landschaft des Odenwaldes hineingetrieben, im folgenden Jahre hielt er sich eine Zeit lang in der alten Kaiserstadt Frankfurt am Main auf und zwar in einer fast offiziell zu nennenden Stellung.

In der wilden Revolutionszeit versuchte sich auch unser Scheffel einmal in der Politik. Zu seinem Heile aber verdarb er sich an ihr gründlich den Magen.

Wie ihm eine gründliche Bildung, so war ihm auch ein scharfes Unterscheidungsvermögen zu eigen. Als er als „Legationssekretär" des Professors der Rechte Karl Theodor Welcker, welcher als Vertrauensmann der badischen Regierung dem deutschen Bundestage und dem Parlamente angehörte, mit diesem nach Frankfurt am Main und später nach Lauenburg kam, woselbst die Lösung der schleswig-holsteinischen Frage versucht werden sollte, durchschaute er nur zu klar die ganze Tragikomödie, die sich daselbst abspielte. Vom Scheitel bis zur Sohle vaterländisch und monarchisch gesinnt, durchbrungen von der Vorstellung der hohen Mission des Herrschertums und überzeugt von der Nichtigkeit der

angeblichen Privilegien und Freiheiten, denen tau-
sende von blühenden und verheißungsvollen Menschenleben zum Opfer gebracht wurden, sah er sich
von einer tiefgehenden Verstimmung und Betrübnis
erfüllt über die Verunstaltung und Entwürdigung
der Ideale des Menschengeschlechtes. Seine hohe
Bildung und fachgemäße, weitgehende Belesenheit,
sein haarscharfes Denken und sein unbeschränkter,
in den engeren Verhältnissen der Heimat geschärfter,
unbefangener Blick durchdrang mit Leichtigkeit die
selbstsüchtigen Masken, welche viele der Biedermänner von 1848 vor den Gesichtern hatten. Seine
frühreife Erkenntnis nahm ihm das allzugroße
Vertrauen, welches er bis dahin der gesamten
Menschheit entgegengebracht hatte, sie machte ihn
mißtrauisch und flößte ihm zugleich jenen bitteren,
sarkastischen Zug ein, welcher selbst später keine
rechte Lebensfreude mehr in ihm aufkommen ließ,
als sein Lebensschiffchen schon längst in den Hafen
des Glückes und der sorgenfreien Ruhe sich gerettet
hatte. Den Grund, daß er uns Deutsche so prächtig
zu schildern verstanden hat, haben wir namentlich
in den Jahren 1848 und 1849 zu suchen.

Wenn es dem Menschen so recht weh um das

Herz ist und er sich hilflos einem großen Schmerze gegenüber sieht, dann kommt es oft vor, daß seine Stimmung gerade in das Gegenteil überschlägt und er seiner galligen Laune in einem humoristisch-ironischen Kopfsprunge Luft macht. Einem solchen Zwiespalte der Gefühle verdanken wir ein von Julius Wolff mitgeteiltes, wahrscheinlich im Jahre 1848 entstandenes Gedicht Scheffels, welches wir vorläufig als einen seiner ersten poetischen Versuche und zwar als einen sehr gelungenen zu betrachten haben. Sein Inhalt bedarf nach Vorstehendem keiner weiteren Erklärung. Das Gedichtchen, welches der Aufnahme in die „Gaudeamus"-Sammlung wohl wert ist, lautet:

> Es war ein Kommissari,
> Der soff bei Tag und Nacht,
> Er hatt' einen Sekretari:
> Hat's ebenso gemacht.

> Depeschen, Brief' und Akten
> Macht' ihnen wenig Müh',
> Sie kneipten und tabakten
> Von spät bis morgens früh.

Und lag der Kommissari
Des morgens noch im Thran,
So fing der Sekretari
Das Saufen wieder an.

Wo war der Kommissari,
Der soviel saufen kunnt?
Wo war sein Sekretari?
Sie war'n beim deutschen Bund.

Das Tagebuch Scheffels wird jedenfalls genauestens die Eindrücke widerspiegeln, welche der Dichter bei seinem Aufenthalte in Frankfurt am Main und Lauenburg und in Ansehung der in ganz Deutschland stattgefundenen mit Blut und Gewaltsakten getauften Umwälzungen empfunden hat. Dem mit ihnen verbundenen Sturme der Meinungen konnte sich der Dreiundzwanzigjährige um so weniger entziehen, als sein Herz fest an der vielgeprüften badischen Heimat hing und er auch die Kraft in sich fühlte, trotz seiner Jugend und Unkenntnis auf politischem Gebiete entscheiden zu können, wo das Recht und auf wessen Seite das Unrecht zu suchen war. Auch wühlte es in ihm selbst noch viel zu sehr, als daß er es sich in jener Zeit der wundersamsten Gegensätze hätte versagen sollen, selbst Stellung in dem Kampfe der Parteien zu nehmen und seine Mannbarkeit durch thätigen Anschluß an die Kämpfer für die badische Regierung zu beweisen. Er gab damit auch die erste Probe einer ausgesprochen litterarischen Thätigkeit.

Seit dem 16. Januar 1849 erschienen in Karlsruhe die „Vaterländischen Blätter für Baden". Sie wurden unter der Mitwirkung badischer Abgeordneter herausgegeben. Scheffel nahm von Heidelberg aus Anteil an diesem konservativen Organe, dem kein zu langes Bestehen beschieden war, denn es schlummerte bereits nach ungefähr dreiviertel Jahren wieder ein.

Unterzeichnet oder mit den Buchstaben seines Namens versehen hat Scheffel keinen seiner Beiträge. Dem Stile nach zu urteilen, stammt ein Artikel in Nummer 13 vom 2. Februar „Zeitungsenten" betitelt, von ihm. Auch ein solcher gegen die in Heidelberg erscheinende Zeitung „Republik" und für die schleswig-holsteinische Sache scheint Scheffelschen Geistes zu sein. Es finden sich in letzterem recht derbe Hiebe auf die „Roten", zum Beispiel: „Die Rohheit der hiesigen „Republik" geht ins Aschgraue .... Auf berlei Schmiererei haben wir nur eine Antwort, ein einfaches, kräftiges Pfui Teufel! ..... Aber nein, es ist überflüssig, einen so innerlich verrotteten Menschen wie den Urheber jenes Artikels dies und noch manches andere vorzuhalten, denn „Gedanken stehen ihm zu fern" und das Ehrgefühl steht ihm auch zu fern, dem Mann, der mit also „unbefangenem Blick und frei von nationalem Dusel" die Dinge in Schleswig-Holstein betrachtet." Zum Schlusse wird vorgeschlagen, den Verfasser „samt allem Gelichter, was seine Ansicht teilt" an die Dänen abzutreten, denen man „von Vernunft nicht reden darf!"

Eine noch deutlichere Probe der Eigenart der späteren Schreibweise Scheffels glaube ich in der in Nummer 77 enthaltenen „Unterredung mit dem Teufel" zu erblicken, welche auf dem alten Heidelberger Schlosse in Gegenwart des „Nachbars Maier" vor sich geht. Selbst auf die Gefahr hin, mich darin zu irren, daß dieser mit feinem Witz und blutiger Satire geschriebene Aufsatz von Scheffel stammt, kann ich nicht umhin, eine Stelle aus demselben wörtlich anzuführen.

„„Ich versichere Sie," meint unter anderem

der Fürst der Hölle, „der Aufenthalt in Deutsch=
land wird mir bald lieber, als der in meiner Heimat
unten. Es geht bei Ihnen fast noch höllischer zu
als bei mir zu Hause. Meine Leute schüren aber
auch recht gut; da hab' ich besonders ein paar
alte sachkundige Teufel zweiten Ranges im Berliner
Ministerium sitzen, die rauchen sich ausgezeichnet;
Ablehnung der deutschen Kaiserkrone, Auflösung
der Kammer, Belagerungszustand mit obligatem
Leute=Totschießen, brandenburgische Noten an die
Frankfurter — ich bin zufrieden, sehr zufrieden —;
wenn ich nicht der Teufel wäre, so würde ich sagen,
es ist göttlich."

„Krieg' die Kränk!" brummte mein alter Nach=
bar Maier für sich.

„Ich verstehe Sie nicht, Bürger," sagte der
Teufel mit etwas verzogenem Gesicht.

„Bitte, lassen Sie sich nicht genieren," er=
widerte ich schnell, „mein Freund Maier spricht
etwas Pfälzer Dialekt, und was er eben bemerkte,
heißt auf deutsch: Ich bin ganz mit Ihnen ein=
verstanden" . . . .

„— Ich sage Ihnen, es giebt eine schauber=
hafte Wirtschaft in Deutschland, ein Durcheinander,

über das ich mir wirklich die Hände reiben werde;
und wenn Sie dereinst, was nicht ausbleiben wird,
in die Hölle kommen, so werden Sie finden, daß
es dort kaum ärger zugeht."" —

Die schleswig-holsteinische Angelegenheit hatte
es dem doch sonst so schüchternen und sich zurück-
haltenden Wesen Scheffels namentlich angethan.
Damals und später konnte er eben für jeden Ein-
griff in die Rechte Deutschlands außer sich geraten.
„Der Gott, der Eisen wachsen ließ, der wollte keine
Knechte", das meinte auch er ebenso wie Ernst
Moritz Arndt und es hat 1849 nicht viel gefehlt,
daß Scheffel obiges markige Wort des Freiheits-
barden thatsächlich wahr gemacht hätte.

Seine Mutter klagt nämlich in einem Briefe
an eine Freundin vom 26. Oktober jenes Jahres
derselben ihre Not, daß Joseph nicht zu halten
wäre, sich den schleswig-holsteinischen Kämpfern
anzuschließen. Fernere Briefe von ihm selbst und
der Mutter betonen wiederholt den Abscheu vor
den Ereignissen im engeren Baden und in ganz
Deutschland. Der badische Aufstand zwang die
weiblichen Mitglieder der Scheffelschen Familie sogar, zeitweilig nach Württemberg und zwar nach
Cannstatt zu übersiedeln.

Im folgenden Jahre, als Scheffel bereits Dienstrevisor am Oberamt Säckingen war, hatten sich noch nicht die Wellen der Empörung über den schleswig-holsteinischen Handel in ihm gelegt. Er schrieb an einen in Schleswig wohnenden Freund seines Vaters:

„Wenn ein guter Wille und ein heiliger Zorn über unser deutsches Elend hinreichten, um mich armen Schreiber an den Platz hinzustellen, wo jetzt jeder hin gehört, der noch Herz und Ehre im Leibe hat, so stünde ich längst als Wehrmann bei einem Ihrer tapferen Bataillone und hörte die dänischen Kugeln pfeifen. Verhältnisse, Umstände, Rücksichten, und wie all die lumpigen Motive heißen, die den edlen Trieb im Menschen abtöten, wollen es anders, und so bleibt mir nur der miserable, leider Gottes echt deutsche Trost, Ihnen, teurer Herr, mit der Feder meine Teilnahme auszudrücken. Ein reiches Maß von Prüfungen ist über Sie verhängt; aber was Sie leiden, und was Ihr Land leidet, wird eine Stelle finden, wo es gutgeschrieben wird bis zur großen Abrechnung. Ich weiß, daß Sie mit der nordischen Mannesruhe Ihr Schicksal tragen und daß Sie bereit sind, noch mehr hinzugeben im Kampf für deutsches Recht und deutsche Ehre, und darum wäre es eitel Mühe, Worte des Trostes beizubringen. Wer so mit dem Schwerte in der Faust seine Pflicht thut, der tröstet sich selber und verachtet das Pack, das da draußen herumsitzt und die Hände im Schoß liegen hat. Und wenn's unser Geschick nicht ist, daß wir als altes, schwaches Kulturvolk uns zu Grabe legen sollen, und wenn unser Deutschland durch eiserne That mal wieder jung geworden ist, dann wird sich's noch dankbar an seine besten Söhne in Schleswig-Holstein erinnern und wird zu den Kämpfern von Idstedt sagen: Ihr seid die einzigen, die 's verstanden und mir den Weg zum Gesundwerden zeigten. Ich habe seit Jahresfrist nichts Erfreuliches mehr erlebt und mich mit stiller Resignation in den Schwarzwald zurückgezogen, wo ich höchstens noch hie und da die alten Tannen rauschen höre, als schüttelten sie unwillig ihre Wipfel über das saft- und kraftlose Geschlecht, das auf dem Erdboden wandelt und Mensch heißt. Aber seit die Kunde von Schleswig-Holstein zu mir über die Berge ge-

kommen ift, ift mir's wieder frifch im Gemüt
geworden; das Herz fchlägt warm und freut
fich.“

Mit diefem fo viele unvergängliche Wahr-
heiten und teils bereits in Erfüllung gegangene
groß=deutfche Hoffnungen enthaltenden Briefe möge
vorläufig von der politifchen Rolle und den politifchen Anfichten Scheffels in den Drangjahren
der inneren Entwicklung unfres deutfchen Vater=
landes genug gefagt fein. Obige eigenhändige
Zeilen kennzeichnen die hochherzige Gefinnung des
kaum flügge gewordenen Mannes beffer, als irgend
eine längere Auseinanderfetzung es thun kann.

Die ftürmifchen Jahre 1848 und 1849 hatten
auch noch in anderer Beziehung einen gewichtigen
Einfluß auf den Rechtspraktikanten Scheffel aus=
geübt. Mit der Erweiterung feines Gefichtspunktes
und den aus dem gegenwärtigen Leben gefchöpften
Kenntniffen von Menfchenkunde Hand in Hand ging
eine immer unbezähmbarer werdende Sehnfucht
nach einer ihm zufagenderen, abwechslungsreicheren
Befchäftigung und ein immer heftiger fich äußern=
der Abfcheu vor der trockenen Akten= und Matrikel=
fchreiberei.

Sein Aufenthalt in Säkkingen wurde zum entscheidenden Wendepunkte seines Lebens.

Land und Leute bestärkten seine damalige
wetterwendische und launenhafte Stimmung. In
Kreuz- und Querzügen durchforschte er diesen Teil
des badischen und des sich anschließenden württem-
bergischen Landes, in einsamen Wanderungen, begleitet von dem ihn nunmehr nicht verlassenden
Skizzenbuche, suchte er seiner gedrückten Laune
Herr zu werden.

Alle Welt kennt heute das Waldstädtchen
Säkkingen im Hauensteinischen Schwarzwalde.
Scheffel hat ihm durch seinen „Trompeter von
Säkkingen" einen unsterblichen Ruhm und Namen
verschafft. Der Ausländer, der nur einigermaßen
mit der deutschen Litteratur vertraut ist, sowie der
Deutsche versäumen nicht, wenn sie in die Nähe
des jugendlichen Rheines kommen und der Grenz-
scheide zwischen Deutschland und der Schweiz, die
„heitere Stadt des heiligen Fridolin" aufzusuchen,
wo der „Scheffelsee", die Wirtschaft „zum schwarzen
Wallfisch", der Dampfer „Hibbigeigei" außer einem
monumentalen Erinnerungszeichen bekunden, wie
dankbare Bürger den Dichter, der des Städtchens
Weltruf begründet, zu ehren wissen.

Der Hauensteiner Schwarzwald ist eine an urwüchsigen Naturschönheiten überreiche Gegend; sie waren es, welche Scheffel so mächtig an sich zogen, daß er der dumpfen Luft in der Amtsstube übergram wurde. An Arbeit fehlte es auch nicht, denn die Waldbauern, die „Hotzen" sind ein gar händelslustiges, eifrig prozessierendes Völkchen, dessen Schilderung Scheffel selbst unternommen hat.

Ungefähr zu der Zeit, während welcher Scheffel „auf Don Paganos Dache wie ein Kater auf und ab ging", erschienen in dem „Morgenblatte für gebildete Leser", welches Cotta in Stuttgart herausgab, und zwar in den Nummern 14—18 des Jahrganges 1853 namenlose Aufsätze unter dem Titel „Aus dem Hauensteiner Schwarzwald". In diesen aus Scheffels Feder stammenden Artikeln erblicken wir somit den ersten größeren journalistischen Versuch des Dichters; in ihnen finden wir zum erstenmale die deutlichen Proben einer mehr als durchschnittlichen litterarischen Begabung des Verfassers und seines eigenartigen Stiles, die Verschwisterung der strengen Wissenschaft mit einem anmutigen und dabei doch charakteristisch schildernden Plaudertone.

Der Dichter selbst hat es versäumt, seine Auf-

säze in Prosa, die sich in einigen, wenigen Zeit-
schriften vorfinden, in Buchform erscheinen zu lassen.
Er hielt sie vielleicht für nicht bedeutend genug,
um ein größeres Publikum zu fesseln, vielleicht war
es auch seine übergroße, fast ängstliche Bescheidenheit, welche sich gegen ihre nochmalige Veröffentlichung für einen größeren Leserkreis sträubte. So
kam es, daß dieselben fast ganz in Vergessenheit
gerieten und erst sein Tod, der einem liebevollen
Suchen nach Zeichen von des Dichters Erdenwallen
Thür und Thor öffnete, förderte sie wieder an das
Tageslicht. Vielleicht wird es nunmehr geschehen,
daß Scheffels Reisebriefe dem deutschen Leserkreise
in Buchform übergeben werden. Dem Verfasser
ist es leider nur gestattet, nur soviele flüchtige
Proben von ihrem Inhalte hier mitteilen zu können,
als es ihm der beschränkte Raum seines Buches und
die Fülle des zu bewältigenden Stoffes gestattet.

Alle hier und später zu erwähnenden Aufsätze
Scheffels sind zweifellos von großem Interesse.
Sie sind, um es kurz zu sagen, lehrreich und unter-
haltend zugleich. Eine besondere Befürwortung
ihrer nochmaligen Veröffentlichung aber knüpft sich
an die Berichte Scheffels „Aus dem Hauensteiner

Schwarzwalde". In ihnen spiegelt sich so recht die Stimmung wieder, die den Dichter in der kritischsten Zeit seines Lebens übermannt hatte, aus ihnen erhalten wir den Schlüssel zu dem vollen Verständnisse der Dichtung des „Trompeter" und noch mehr die Beantwortung der Frage, welche schon viele Gemüter beschäftigt hat, warum der Geist Scheffels bei seiner ersten größeren Dichtung im gewaltigen Schwunge von Capris „sonnenum= sponnenen Felseneilande" sich hinschwang nach des Schwarzwaldes dunklen Tannengehegen.

Scheffels Charakter erinnert in seiner unge= schminkten Ursprünglichkeit an das Wesen der alten Deutschen, in ihm selbst vereinigten sich alle Vor= züge und alle Schwächen der germanischen Rasse. Dort nun, wo ein unsterblicher Dichter der Ale= mannen, Johann Peter Hebel, gelebt und gedichtet hatte, der Scheffel zum leuchtenden Vorbilde wurde und dem dieser zur Feier seines hundertjährigen Geburtstages die innig empfundenen Worte nach= sandte:

S'isch Kein me cho, der g'sunge het wie Du
So frisch vom Herze und so heimeth=treu,
Ders g'füehlt het, was im zarte Haberchörnli,

In Feld und Wald, in Felsen und in Bäche
Für e verborgni Offebarig lebt,
Kein, dem wie Dir, die guete Schwarzwaldgeischter
Ihr Sproch zueg'flüstert hen, ihri g'heimi Sache,
Der die Böse selber, be Irrgeist und be Puhu
So z'bschwöre weiß mit scherzhaft spitzge Wort! —,

dort, wo nahebei nach Hebel der Rhein:

— im verschwiegene Schoß der Felse heimli gebohre,
An be Wulle g'säugt, mit Duft und hinnmlischem Rege,
Schloft, e Bütscheli-Chind in sine verborgene Stubli
Heimli, wohlverwahrt. —,

da hat sich noch ein Rest jenes treuherzigen, quer-
köpfigen alemannischen Volksstammes in seiner
Eigenart rein erhalten, da spottet selbst die Natur
noch in ihrer unbeleckten, abgeschlossenen Wildheit
jedem Versuche der sonst alles zerstörenden, dem Geschmacke von uns Kulturmenschen sich anschmiegen-
den Verschönerungswut. „Außerdem aber," so
lautet eine Stelle in den in Rede stehenden Aufsätzen Scheffels „sitzt noch allerlei mannhaft und
merkwürdig Volk an beiden Ufern des Oberrheins
und auf den Bergen, die als Ausläufer des Schwarz-
walds sich ans Ufer vorschieben, und namentlich

dort oben, wo durch ein paar tausend Fuß Höhe
der Mensch vorerst vor dem Hinauflecken der mo=
dernen Kultur gesichert ist und in frischer Bergluft
selber frisch bleibt, ragen noch eigentümliche Gruppen
in zäher Abgeschlossenheit und Besonderheit als noch
nicht untergegangene Geschichte deutschen Volkstums
in die Gegenwart hinüber."

In der Natur wie in den Menschen des
Schwarzwaldes, in dem „Wälder" — so wird der
Schwarzwaldbauer auch genannt — wie in den
Wäldern fand Scheffel unzweifelhaft einen ihm ver=
wandten Zug heraus: er fühlte sich selbst als ein
zu spät auf die Welt gekommenes Stück „deutschen
Volkstums". Und von diesem erzählt er in den
Aufsätzen „Aus dem Hauensteiner Schwarzwalde"
gar manch packendes Geschichtchen. Er plaudert mit
uns von dem unablässigen Kampfe der „Wälder"
gegen ihre staatliche Obrigkeit und von den Sal=
peterern — so nannten sich die Murrköpfe, welche
immer und immer wieder danach strebten, die selb=
ständige Grafschaft ihres Landes aufzurichten, nach
dem Einungsmeister Johann Fridolin Albiez, der
den Beinamen „Salpeterhannes" führte, und „ebenso
kräftig zu fluchen als den Rosenkranz zu beten ver=

stand". Er rollt uns in seiner knappen und doch so haarscharf treffenden Sprache die ganze Vergangenheit dieser wunderbar in ihrer äußeren Erscheinung, wunderbar in ihrem Ideengange sich gebenden Bauern auf, er erzählt von den blutigen Tagen von Albbruck, wo das Haus Österreich endlich kurzen Prozeß mit den Aufständischen machte, und von der jetzigen „Theorie des passiven Widerstandes gegen alle Anordnungen der neuen (badischen) Regierung, die jene mit einer Zähigkeit und Bauernlogik durchführten, welche alles, was in diesem Fache anderwärts geleistet wurde, weit hinter sich läßt . . . Als die neue badische Feuerschauordnung verfügte, daß durch bestellte Schornsteinfeger die Kamine untersucht und gekehrt werden mußten, würde ein ächter Salpeterer geglaubt haben, sich am Geiste des Grafen Hanns (von Hauenstein) und der alten Rechte zu versündigen, wenn er einen neumodischen Kaminfeger in seinen Rauchfang hätte aufklettern lassen. Als das Impfen der Schutzpocken allgemein eingeführt war, konnte das Physikat von Waldshut nur unter Zuzug von Gendarmen den eingeborenen Salpetererkindlein diese medizinische Wohlthat spenden". Scheffel verratet uns ferner, wie die Hoffnung auf eine Rückkehr der alten freiheitlichen Zustände einen „ächten Salpeterer" niemals verlassen wird. „Oben auf dem Rücken des Eggbergs, von wo sich eine weite Aussicht über das Rheinthal ins aargauische Frickthal hinüber öffnet und die Spitzen der Alpen vom Appenzeller Säntis bis ins Berner Oberland aus duftiger Ferne herüberglänzen, schauen die Strohdächer des Hauensteiner Dörfleins Egg zwischen den Tannen hervor. Vor diesen steht, bei den verfallenen Giebeln eines steinernen Bauernhauses, ein Kruzifix mit kunstreichem, verwittertem Schnitzwerk und ein dürrer Apfelbaum, so seit lange keine Frucht mehr getragen. Die Trümmer des Hauses werden nicht abgetragen. Dort hauste einst Johann Thoma, der Lehenbauer von Egg, der zur Zeit des Salpetererkrieges ein großer Mann gewesen, auch am Wiener Hof viel feine Intriguen angezettelt und sich „Edler ab Egg" geheißen, schließlich aber von der österreichischen Regierung am Kragen genommen und ins Banat verwiesen worden. Dort ist er verschollen und in seinem Hause nisten jetzt die Fledermäuse. Bei den Salpeterern aber geht die Sage, daß, wenn einmal der „Rechte" kommen wird und das alte Reich und mit ihm die alten Recht und Privilegy und wenn ihre Landsleute aus dem Banat wieder auf dem Wald erscheinen werden, vorher an jenem Apfelbaum ein Zeichen geschieht. Und im November 1850, als es hieß, die Österreicher werden einrücken, da kamen ein paar alte Hauensteiner vier Stunden weit, um zu sehen, ob der Baum ein grünes Reis getrieben."

Und mit demselben gründlichen Forschungstriebe, mit dem Scheffel der Geschichte der Grafschaft Hauenstein nachgegangen ist und ihren alten Satzungen, hat er auch dem privaten Leben der „Wälder" nachgespürt, das sich ihm am unmittelbarsten in seiner Amtsstube erschloß. Denn das Prozessieren ist dem widerhakigen „Hotzen" das Alpha und Omega seines Lebens. „'s muß usprobyrt sy", sagt er und er prozessiert und führt so lange seine „Privilegy" ins Treffen, bis er um Haus und Hof gekommen ist. Als Muster eines Hauensteiner Streithahnes führt Scheffel den „Streitpeterle" an, Peter Gottstein in Hochschür, für welchen die Registratur des Amtsgerichtes in Säckingen ein besonderes Aktenfach einrichten mußte. „Wie ein Indianer die Kopfhäute seiner Feinde, so hing

er alle Sportelzettel, und zwar guirlandenweise
zusammen geheftet, in seiner Hütte auf . . . . . Seinen
Nachkommen hinterließ er eine geordnete Registratur, ein paar Dutzend unvollendete Prozesse und
die tröstliche Gewißheit, daß sein Nachlaß in Gant
fallen werde." Ein fernerer, sehr emsig befolgter
Grundsatz der Schwarzwaldbauern ist der: „g'soffe
muß doch sy", und wenn in der weiteren Folge
diesem Grundsatze zu sehr von ihnen gehuldigt worden
ist und Stuhlbeine zur Abkühlung der Gemüter
krachen, kann man die tröstliche Wahrnehmung
machen, daß ein Wirt, der ohne Unterschied auf
die kämpfenden Parteien einschlägt, in höherem Ansehen bei dem „Wälder" steht, als die hohe Obrigkeit. „Respekt vor dem Wirt, der ist ein fester
Mu, der zeigt's Einem." Und er kehrt das nächste-
mal wieder dort ein.

Ein besonderes Interesse wird der Leser dieser
Aufsätze Scheffels an dessen Ausfluge nach dem
„toten Bühl" nehmen, allwo beim Dörflein Hochschür das Einödgasthaus „zum dürren Ast" steht.
Hier lernen wir den nach seiner roten Nase benannten „füürigen Alexander" kennen und durch
ihn einen großen Teil des Elends, der unter dem

bortigen Gebirgsvolke herrſcht. Das Wirtshaus
„zum dürren Aſt“ aber iſt durch Scheffel unſterb=
lich geworden, denn nach ihm hat er ſich im „Trom=
peter“ und im Kreiſe des Heidelberger „Engern“
„Meiſter Joſephus vom dürren Aſte“ genannt. Ein
beredteres Zeichen für die Gemütsſtimmung des
Dichters während ſeines Säkkinger Aufenthaltes
giebt es ſchwerlich.

Wem fallen da nicht, wenn Scheffel ſo ein=
gehend Land und Leute ſchildert, als wäre er ſelbſt
der „Aetti“, der auf der Ofenbank ſeinen „Dis=
kurs“ hält, die prächtigen Dorfgeſchichten Berthold
Auerbachs ein, wem nicht die knorrigen Geſtalten
aus den Dichtungen Scheffels ſelbſt? Der Dichter
hat ſein ganzes Leben hindurch, für ſeine Schöpf=
ungen wie für ſich ſelbſt, Kraft und Nahrung ge=
ſogen aus dem, was die Schwarzwaldtannen ihm
gerauſcht. Sein innerſtes Weſen hat ſich wie der
Epheu an der Ruine feſtgerankt an dem teuren
Boden, mit dem er ſich eins fühlte, mit deſſen
Bewohnern zuſammen er feſt im Sturme der fort=
ſchreitenden Lebensanſchauungen blieb und treu bei
den Anſchauungen der Väter.

Im Dienst — im Dienst! o schlimmes Wort,
Das klingt so starr und frostig;
Die Lieb ist hin, der Lenz ist fort,
Mein Herz, werd mir nicht frostig.

Ja, er fühlte es trotz seiner Jugend mit Ent-
setzen, wie er innerlich gegen alles abzustumpfen
begann, was ihn an sein Amt, seinen Beruf er-
innerte. Wie ein eiserner Reif legte sich das Un-
erquickliche seiner Lage um seine Stirn und — er
fühlte es deutlich, daß er in dem nunmehr unab-
weisbaren Kampfe der Pflicht mit der Neigung
unmöglich auf der Seite der ersteren würde stehen
können. Es bedurfte nur eines geringen Anstoßes,
um fahnenflüchtig zu werden.

Dieser ist höchstwahrscheinlich in den Briefen
des Studienfreundes Julius Braun zu finden, der
zu jener Zeit von einer längeren Orientreise zurück-
gekehrt war und dessen Schilderungen die glühende
Sehnsucht Scheffels nach den Schätzen des Südens
offenbar auf die Spitze trieben, umsomehr als ihnen
eine Aufforderung Brauns mit ihm in Rom zu-
sammenzutreffen beigefügt war. Am 18. Dezember
1851 antwortete Scheffel, nach den Mitteilungen
R. Artarias, dem Freunde wie folgt:

„ . . . . . Während wir in Altdeutschland herum sitzen und uns immer noch die Augen reiben, als hätten wir einen bösen Traum geträumt, hast Du Dir auf klassischem Boden die Sohlen abgelaufen, manchen scharfen Ritt durch die Wüste und die ausgebrannten Steinberge Kleinasiens gemacht und vom Steuer Deines Schiffes hinaus ins blaue Meer des griechischen Archipels geschaut, und nun ruhst Du im alten Rom und rekapitulierst hinter dem Vater Herodot, der vor grauen Jahren desselbigen Weges gefahren, Deine Reisebilder.

Lieber Langer, wem das zu teil geworden, der darf wieder manchen schlechten Tabak in Deutschland rauchen, er hat immer noch 'was Erkleckliches voraus . . . . . Ich hab' im rauhen Schwarzwald oben in Säkkingen und auch zu Herrischried, wo ich im Ochsen und sonst mir manchen guten Freund erworben, gar oft meine Gedanken zu Dir fliegen lassen, und die schmutzigen Wände meiner Amtskanzlei kamen mir immer grau vor, und meine Hauensteiner wurden vom „jungen Ambtmå" immer viel glimpflicher behandelt, wenn ich ein Wanderblatt aus Italien ober aus dem Orient zu Gesicht bekommen hatte . . . . . .

. . . . . Langer! Dein gestriger Brief hat mir ins Herz geschnitten. Hättest Du vier Wochen früher geschrieben, so wäre jetzt mein Bündel geschnürt, und ich käme zu Dir über die Alpen, bräche in Rom bei Dir ein und sagte: Mensch, hauche mich an mit Deinem Odem, auf daß ich des Tintenschreibens erlöst werde. Am Neujahr wollt' ich fort, da kam der Louis Napoleon mit seinem Staatsstreich und wiewohl mich's herzlich gefreut hat, daß der kleine Thiers auch einmal mit jenem keltischen Gesang: „Ha' — ham' — hammer Dich emol" u. s. w. — abgefaßt und nach Ham in Schatten gesetzt wurde, so schien mir die Landstraße doch zu kritisch, um jetzt darauf zu wandern. Von Dir hatt' ich auch keine Nachricht, dachte, Du fährst von Konstantinopel donauaufwärts heim.

Um ein paar Monate nützlich zu arbeiten, laß ich mich von Bruchsal ans Hofgericht verschreiben, und wie ich kaum ein paar Tage hier sitze, kommt Dein Brief. „Rate, wo sind wir jetzt?"[1] habe ich mich gefragt, den Brief in der

____
[1] Anspielung auf eine Stelle dieses Briefes.

Hand und die Glut des Orients im Sinn. Auf meinem Sekretariat, wo die Gipfel des Zuchthauses zum Fenster hereinwinken und der alte Sekretär Sch..., der bereits 50 Jahre im Amt ist und nur noch im Kanzleistil denkt und ein Gesicht hat wie ein Schellfisch und vor lauter Dekreten und Urteilen die Liebe vergessen hat, so daß er sie jetzt — zu spät — nur seinem Hund Pfefferle zuwenden kann und um mich herum seinen Tabak schnupft — da sind wir jetzt! Daß ich's nicht lange aushalten werde, begreifst Du. Leer, unbefriedigt fahre ich schon lange in der Welt herum. In Karlsruhe bin ich oft stundenlang vor den Gyps= abgüssen gestanden, am Donnerstag hab ich der Frau Venus von Melos meinen Besuch gemacht, am Samstag der kleinen Büste der Sappho oder der schleierbuftigen Berliner Muse — ich muß mich an der plastischen Schönheit antiker Welt und südlicher Natur erlaben, sonst verbeißt sich alle Sehnsucht nach innen und ich bin im stande und schreib meinen Hofgerichtsräten einmal wahn= sinnige Entscheidungsgründe zu einem weisen Ur= teil. Schreib mir deshalb, ob Du den Sommer noch in Rom bleibst....Ich wollte oft, ich hätte

nie ein corpus juris gesehen und wäre in München
Maler geworden . . . . .

Deutschland ist gegenwärtig ein Janusbild
mit dem einen Kopf, der nach rückwärts schaut,
der vordere hat den Schnupfen gehabt und ist
vor allzustarkem Niesen abgefallen . . . . . Die
Professoren katzbalgen sich, wie früher, die deutsche
Bewegung fluktuiert jetzt im kleinlichen, die theo=
logische Fakultät ist wieder lebendig geworden,
denn die Jesuiten waren im Lande und haben
den Herren allerhand gesagt, was sie bereits der
Archäologie für verfallen hielten — und jetzt
streiten sie wieder über die Unterscheidungslehren
und es wimmelt mit Flugschriften wie vor drei=
hundert Jahren. Was sagst Du dazu?"

Als Scheffel obige Zeilen an Braun richtete,
hatte er bereits Säkkingen den Rücken gekehrt. Es
war die nicht zu tötende Unruhe, welche ihn davon
getrieben hatte. Später, als er sich in Italien frei
von den drückendsten Fesseln fühlte, welche ihm sein
Beruf aufgelegt hatte, da sah er erst ein, wie sehr
er an jenem abgeschiedenen Stück Erde und seinen
Bewohnern hing und was er aufgegeben hatte, als
ihn die Pflicht der Selbsterhaltung und das Unge=

wisse seines Schicksals von dannen trieb. Dankbar kehrte er in Vers und Prosa unverzüglich zur Heimat, zum Grenzsteine seiner bisherigen Lebensstraße zurück.

Am 2. Dezember 1851 hatte er beim Hofgerichte in Bruchsal um Zulassung zur Sekretariatspraxis angefragt. Sie wurde ihm vom Ministerium zugestellt und er übersiedelte daher am 9. Dezember nach Bruchsal. Ein gutes Zeugnis wird seinem klar und scharf denkenden Kopfe von einem amtlichen Berichte am 14. Mai des folgenden Jahres ausgestellt. Es heißt in demselben, unter Bezugnahme auf einen früheren Bericht: „daß Scheffel auch seit damals fortwährend durch seine Leistungen im Sekretariate sowie durch erstattete Vorträge sich sowohl hinsichtlich des Fleißes als hinsichtlich des Talents und der Kenntnisse in hohem Grade wahrhaft ausgezeichnet gezeigt hat."

Seine Thätigkeit in Bruchsal schien der letzte Versuch zu sein, durch übergroßen Fleiß der Empörung in seinem Innern Herr zu werden. Er war vergebens aufgewendet und erschwerte ihm nur das Fortkommen aus dem Amte. Er mußte, um zu begründen, warum er „behufs Antritt einer größeren

Reise nach Italien und Frankreich seine seitherige Stellung als Volontär bei hohem Gerichtshofe aufzugeben gedenke", zu der allerdings wahrheitsgemäßen Ausrede seine Zuflucht nehmen, daß „die beabsichtigte Reise, wie er hoffe, für seine weitere wissenschaftliche und universelle Ausbildung von Nutzen sein werde."

Mit denselben Waffen wird er den geharnischten Widerstand seines Vaters gegen das Fortlaufen aus dem Amte zu besiegen gewußt haben, dem das unstete Wesen seines Sohnes große Sorgen machte. Es schien so, als sollte er um seine Lieblingshoffnung, Joseph in der Stellung eines badischen Amtsrates zu sehen, betrogen werden. Es wollte dem in seinen Anschauungen kerzengeraden Major durchaus nicht in den Sinn, daß ein „in die Welt hinauslaufen" auch von Nutzen sein könne. Ein von der Erhabenheit der Rechtspflege fest überzeugter Vorgesetzter Scheffels soll ebenfalls das Seinige gethan haben, den jungen, unerfahrenen Mann von seiner beabsichtigten Reise mit unbestimmtem Urlaube abzuhalten. „Aber Herr Praktikant, bedenken Sie doch!", soll er gesagt haben, als alle Gründe bei dem Halsstarrigen nicht mehr verfangen wollten,

„in zwei Jahren können Sie Hofgerichtsassessor in Mannheim sein!" Auch diese trostreiche Aussicht konnte Scheffel nicht zum Bleiben bewegen. Wie Hannibal überschritt er die Alpen, seinen Rubikon:

Mein Hutschmuck die Rose,
Mein Lager im Mose,
Der Himmel mein Zelt:
Mag lauern und trauern
Wer will hinter Mauern,
Ich fahr' in die Welt.

Am Scheidewege. Der Trompeter.

(1852—1853.)

Auf den klassischen, vom Blute der Deutschen gedüngten Gefilden Italiens ist schon manchem das richtige Licht über seinen eigenen inneren Wert aufgegangen. Gewaltig zieht es uns Deutsche über die Alpen. Dort in dem Wunderlande, wo selbst der Pinien schlanker Wuchs, des Himmels Blau und der Berge Rundung eine gewisse Klassizität atmen, wo der Kunstschätze ungemessene Zahl das teure Vermächtnis eines Volkes bildet, welches einst der ganzen damaligen Welt seine Gesetze vorschreiben durfte und nach dessen Weisungen selbst die Jetztzeit noch ihre Schritte richtet, da kann unsre Phantasie nach Gefallen ihre

Reckenarme ausstrecken, da fühlen wir uns von einem frommen Schauer ergriffen beim Anblicke der auf uns überkommenen Bruchstücke eines Kulturlebens, welches noch in seinen Trümmern von seiner einstigen, nie wieder erreichten Größe Kunde giebt, da lodert aber auch inmitten unserer Träume eine heilige Flamme in uns auf, zu kämpfen und zu streben, um es jenen Menschen gleichzuthun, deren göttliches Ziel die ideale Vervollkommnung dessen war, was das menschliche Leben verschönern und veredeln kann.

Jenen Boden nun betrat Joseph Viktor Scheffel ebenfalls wie viele vor ihm, und doch mit anderen Gefühlen. Er betrat ihn und zwar als Sieger nach einem heißen Kampfe, in dem der väterliche Wille schließlich dem jugendlichen Ungestüme des Sohnes unterlegen war. Der Friede war nichts weniger als gesichert. Die Parteien hatten nur einen Waffenstillstand geschlossen, die Ergebnisse von Scheffels italienischer Reise erst sollten ausschlaggebend werden für das endgiltige Unterliegen des einen oder des anderen Teiles. Im Rücken also, im väterlichen Hause, welches für ihn der einzige Schutz war, den er hatte, hinterließ er Verstimmung und

Gereiztheit; beide Gefühle hatten sich natürlich auch auf ihn übertragen. Er hätte aber nicht der gute, seine Eltern heiß liebende Sohn sein müssen, wäre ihm selbst nicht das Herz sterbenswund geworden von dem Ungehorsam, den er dem Vater gezeigt hatte und zeigen mußte, weil er instinktiv fühlte, daß die bessere Einsicht des alten Herrn in diesem Falle mehr ein eigensinniges Beharren bei dem einmal für den Sohn aufgestellten Lebensplane war.

Sah er nun wenigstens ein festes Ziel vor sich, fühlte er, daß ein neuer, mit wirklicher Leiden= schaft zu ergreifender Beruf ihm Ersatz für die Laufbahn bieten würde, die aufzugeben er fest ent= schlossen war? Er mußte, wenn er aufrichtig dachte, diese Frage bei sich selbst mit einem entschiedenen Nein beantworten. Was war es denn gewesen, was ihn während seiner juristischen Thätigkeit „grämlich und verschlossen" — wie Scheffels Be= kannte aus jener Zeit versichern — gemacht, ihn hinaus in die einsame Natur getrieben hatte, ihn gezwungen, sich gegen den väterlichen Willen auf= zulehnen? Die unendliche Liebe zur Kunst! Jetzt war er so gut wie aller ihn drückenden Bürden ledig, jetzt konnte er nach Gefallen seiner Göttin dienen, ihr ein fleißiger und überzeugter Priester sein. Würde sie ihn aber auch erhören, ihn aufnehmen in die kleine, erlesene Schar gottbegnadeter Künstler? So hoffnungsfreudig er auch in dieser Beziehung sein mochte, so überzeugt er auch — und er war es gewiß, sonst hätte er einen so entscheidenden Schritt nicht gethan — von seinem Talente war, konnte er es bereits mit Bestimmtheit sagen, daß er endgiltig seinem Vater gegenüber Recht behalten würde? Wohl stand ihm eine Fülle theoretischen Wissens zu Gebote, wohl war von dem Aufenthalte in Italien eine Fülle von Anregungen zu erwarten, war aber beides hinreichend, um die unwiderruflich verloren gegangene jugendliche Behendigkeit und Lernfähigkeit zu ersetzen? Scheffel hoffte es.

Zunächst allerdings verstummten alle diese zwiespältigen Gefühle in ihm. Zunächst bewegte er sich wieder als ein freier Mensch, der Körper und Seele nicht genug im goldenen Sonnenstrahle mit Opfern erkaufter, ungebundener Lebenslust und Freude baden konnte. Endlich war das Ziel der heißen, unbändigen Sehnsucht erreicht, er fühlte unter sich den Boden, dem er so vertraut geworden, seit er sich mit nimmersatter Leidenschaft in die Klassiker

der alten Welt vertieft hatte. Er war ihm längst
kein Fremder mehr und doch war es eine neue
Welt, die sich mit unerwarteten, von Tag zu Tag
mehr überraschenden Fernsichten ihm aufschloß.

Von den Bergen der Schweiz hernieder stieg
er in das gelobte Land der Kunst und des ewig
blauen Himmels. An der Hand eines kundigen
Meisters, des Oldenburger Landschaftsmaler Willers
lernte er die herrlichen Himmelsstriche mit den Augen
des Künstlers betrachten.

> So im schlichten Leinwandröcklein,
> Große Mappe unterm Arm,
> Schmuck und flott als Landschaftszeichner
> Sahen mich Albanos Berge,
> Sah mich das Sabinerland —,

so hat er selbst unter sein Bild geschrieben, welches
der bekannte Künstler und Kunstgelehrte Eduard
von Engerth, heute Direktor des Belvedere in Wien,
im Jahre 1853 angefertigt hat.

Dieser Mann hat außer anderem auch das
Verdienst, die gewichtigsten Aufschlüsse über Scheffels
Aufenthalt in Rom und Albano und über die Weise,
wie und wodurch jener ein Dichter ward, gegeben

zu haben. Ich stehe deshalb nicht an, zum größten Teile hier wörtlich und ausführlich zu wiederholen, was Engerth Karl Emil Franzos hierüber mitgeteilt und dieser in der „Neuen Illustrierten Zeitung" wie folgt veröffentlicht hat.

Es war im Herbste 1851, als Engerth nach Rom kam; seine junge, blühende Gattin begleitete ihn, die Künstlerfahrt war zugleich eine Hochzeitsreise. Bald sammelte sich ein Kreis von deutschen Freunden, Malern, Bildhauern, Archäologen um das junge Paar; ein großer Teil bezog im Frühling 1852 mit ihm die Sommerfrische zu Albano. Es waren manche darunter, die später ihren Namen bekannt gemacht, der Archäologe Braun, der Maler und Dichter Hollpein — wieder andere, die trotz ihres Talentes unberühmt geblieben, so eine feine, künst= lerische Natur, der Schleswig=Holsteiner Lorentzen, und ein kurioser Kauz, ein kränklicher, verwachsener Mensch, der es dennoch vielen an Lustigkeit vorthat, ein Berliner Maler namens Schlegel. Auch an be= deutenden Frauen fehlte es dem Kreise nicht. Da waren außer Engerths Gattin die nachmalige Hofdame Fräulein von Schulte, die schöne Frau Malvine von Backhausen aus Norddeutschland und ein allzeit munteres, älteres Mädchen, die Malerin Amalie Benſinger aus Schwaben. In dieſen Kreis traten im Mai 1852 zwei neue Ankömmlinge aus Deutſchland. Der eine, ein ſchöner, hochgewachſener Mann mit mächtigem hellblondem Bart und Haupthaar war der Landſchaftsmaler Willers aus Oldenburg, der andere, Willers Schüler, ein junger, mittelgroßer Mann mit faſt bartloſem feinem, geiſtvollem Geſichte, hieß Joſeph Scheffel.

„Ich ſtehe nicht unter dem Banne ſeiner ſpäteren Berühmtheit,“ erzählt Engerth, „wenn ich Sie verſichere, daß er uns allen binnen wenigen Tagen teuer war, daß wir insgeſamt die Empfindung hatten, einem außergewöhnlich begabten Menſchen und einem ungewöhnlichen Schickſal gegenüberzuſtehen. Ein geiſtvoller, hochgebildeter Mann hatte er einem Beruf, der ihn nicht befriedigte, deſſen Anforderungen er jedoch in jeder Beziehung gewachſen war, entſagt, um ſich unſerer Kunſt zu widmen. Gegen die Vernünftigkeit dieſes Entſchluſſes ſchien ſo ziemlich alles zu ſprechen: nicht bloß, daß er alles hatte aufgeben müſſen, was er an Wiſſen und Arbeit für ſeine Zukunft angelegt, nicht bloß der entſchiedene Widerſpruch der Eltern, von denen

er materiell ganz und gar abhängig war, sondern
hauptsächlich sein Alter und die geringe Stufe der
künstlerischen Vorbildung, auf der er stand. Sechs-
undzwanzig Jahre alt, war er eben erst dazu gekommen, nach der Natur zu zeichnen, an Pinsel und
Palette durfte er noch lange nicht denken. Dies
war selbst bei außergewöhnlicher Begabung spät,
vielleicht zu spät, und lag hier eine solche Begabung
vor? Wir konnten es nicht finden; unleugbares
Talent war ja vorhanden, bei einem Dilettanten
hätte man es sogar ein sehr hervorragendes Talent
genannt, aber ungewöhnlich war an diesem Schüler
der Kunst nicht die künstlerische Kraft, sondern nur
die Begeisterung, der eherne Wille. „Ich will und
muß ein Maler werden," sagte er und handelte
darnach. An Fleiß und Energie übertraf ihn
niemand, gegen welche Hindernisse er, dem seit der
Knabenzeit das Landschaftzeichnen das höchste Ver-
gnügen gewesen, sich endlich erkämpft, seinem
Drange folgen zu dürfen, erzählte er gern immer
wieder und ohne Verbitterung; so spricht einer, der
nach harten Kämpfen einen Sieg errungen, ein
Glücklicher, der auf die Zeiten des Unglücks zurückblickt. Schon der bloße Entschluß habe ihn zu einem

anderen Menschen gemacht, versicherte er. Kurz —
wenn je ein Künstler seiner inneren Stimme, seinem
„Dämon“ vertrauen durfte, so war Scheffel auf
dem rechten Wege, als er unter Willers Anleitung
streng stilisierte Landschaftstudien zeichnete. In diesen
ersten Monaten hat ihn wohl kein Zweifel beirrt.

Uns aber wollten die Zweifel nicht verstummen,
und wir sprachen viel über seine Zukunft, eben weil
wir ihn herzlich lieb hatten. Es war aber auch
kaum anders möglich. Wie er früher und später
war, weiß ich nicht, mir lebt Scheffel als einer
der liebenswürdigsten, anregendsten Menschen, die
ich je kennen gelernt, in der Erinnerung fort. Er
sprach nicht bloß gern und viel, sondern auch ganz
ausgezeichnet in Form und Inhalt. Was hatte er
nicht alles gesehen und studiert! Er war so ziemlich
in allen Sätteln gerecht; er wußte mit den Archäologen über Altertümer, mit uns Malern über Kunst,
mit den Historikern über Geschichte, mit den Poeten
über Litteratur zu sprechen, zu disputieren, als ob
er jedes einzelnen spezieller Berufsgenosse wäre;
nie war er um ein Faktum verlegen, und sein Standpunkt war stets ein geistreicher, ja nicht selten ein
ganz origineller. Aber vielleicht das beste daran

war die Art, wie er sich gab — so durchaus
natürlich und anspruchslos. Der Mann war nicht
geistreich, weil er es sein wollte, er sprach nicht,
um andere zu überglänzen, sondern, weil es ihm
Bedürfnis war, sich mitzuteilen — ein Mensch voll
der reichsten Gaben, voll überschäumender Kraft,
eine reine, schöne, großangelegte, glücklich entwickelte
Natur: so ist Scheffel uns allen erschienen. Und
dabei als ein harmloser, munterer, bescheidener
Mensch! Er war unter uns fröhlichem Künstler-
volk vielleicht der fröhlichste, jeden Tag wie ein
Fest genießend, die Arbeit sowohl wie die Erholung.
Kein Wunder, wenn uns allen etwas fehlte, so oft
„Sor Giuseppe", von seinem Arbeitseifer hingerissen,
so spät oder gar nicht beim Mittagsmahle erschien.
Gleichwohl verließ uns ihm gegenüber eine zwei-
spaltige Empfindung nicht; wir freuten uns des
prächtigen, erquicklichen Genossen, und dabei mußten
wir doch immer denken: „Jammerschade, wenn aus
diesem ungewöhnlichen Menschen nichts weiter werden
soll, als nach langen Jahren harter Arbeit ein
Landschaftmaler, wie viele andere."

Es ist kein gerade sehr erfreuliches Bild,
welches Engerth von dem sechsundzwanzigjährigen

Scheffel da entworfen hat. Man erblickt ein von
der Vorsehung mit überreichen Gaben ausgestattetes
Menschenkind auf einem Pfade, der geraden Weges
in den Abgrund führen muß, das will hier sagen,
in eine Lebensbahn, welche in diesem Falle ebenso
falsch gewählt war wie diejenige, welche Scheffel
soeben mit heißem Dankgefühle für die ihm erwiesene
Gunst, sich in einem anderen, ihm mehr zusagenden
Sattel versuchen zu dürfen, verlassen hatte. Engerth
hat nicht nur gut, er hat vorzüglich beobachtet.
Alles spricht dafür, ganz abgesehen von Scheffels
eigenen Worten, die sich in einem später hier anzu-
führenden Briefe an Frau von Engerth vorfinden,
daß Scheffel in einem Zwiespalte mit sich selbst
lebte, der sich immer deutlicher ihm offenbarte, je
näher die Forderung an ihn herantrat, eine feste
Beschäftigung zu ergreifen, an den er aber mit der
ihm eigenen hartnäckigen Verschlossenheit nicht glauben
wollte. Die Blüte seines Wesens, seiner eigentlichen
Natur hatte sich unter den Sonnenstrahlen der
wiedergewonnenen Freiheit, fern von den miß-
trauischen Blicken des Vaters und der Vorgesetzten,
überraschend schnell und in duftiger Frische erschlossen. Wir haben gehört, wie sie berauschte und ent-

zückte. Jede Faser in Scheffels Natur bebte ihrer eigentlichsten Bestimmung entgegen, jede Muskel an ihm zuckte ungeduldig in der Erwartung, daß endlich die Erleuchtung über den Mann kommen und ihm zeigen würde, er sei ein Dichter, nichts anderes. Das Scheffel angeborene Mißtrauen aber erlaubte ihm nicht, daran zu glauben. Goethe sagt:

> Niemand will ein Schuster sein,
> Jedermann ein Dichter. —

und er hat leider recht. Unser Scheffel wollte nun gerade kein Dichter sein, trotzdem er es bereits damals war. Dieser Zug seines Wesens macht ihn uns nur teurer, wir können auch ihn einzig in seiner Art nennen und empfehlen diese übergroße, liebenswürdige Bescheidenheit denen zur Nachah= mung, welche es wirklich nötig haben, an ihrer dichterischen Fertigkeit zu zweifeln.

Die Dinge in Albano nahmen ihren naturge= mäßen Verlauf. Je enger sich der Freundeskreis der dort hausenden deutschen Landsleute zusammen= schloß, je mehr sich die launige, geistreiche, gemüt= volle Art Scheffels die Herzen eroberte, desto mehr betrübte es die Freunde, daß sie Scheffel immer tiefer sich in eine Lebensbahn hineinverirren sahen, die ihn früher oder später ebenso unbefriedigt lassen mußte, wie das Amt eines Rechtsprechers, desto unverhüllter wurden ihre Andeutungen, daß Scheffel sich auf einem Holzwege befände und den Dichter vor lauter Dichtern nicht sähe.

Eine Eigenschaft, die spätere Bekannte desselben bestätigt und ebenfalls bemerkt haben, machte sich schon bei dem jungen Manne in auffälliger Weise bemerkbar: „Scheffel konnte mündlich erzählen," plaudert Engerth, „wie ich's kaum wieder von jemand gehört habe; die einfachste, nüchternste Begebenheit wurde in seinem Munde spannend und reizvoll. Dabei sprach er unaffektiert, wie immer, und dennoch ganz anders, als sonst im Gespräch; nicht bloß, was den Ton der Stimme, sondern auch die Ausdrucksweise betrifft, welche durchaus eigentümlich war und Wendungen aufwies, wie man sie sonst wohl nur schreibt, aber nie spricht. Ich erinnere Sie, um Ihnen von dieser individuellen Färbung seiner mündlichen Erzählungen eine Anschauung zu geben, an den „Ekkehard"; das ist sein natürlichstes Werk; als ich es las, hörte ich immer seine Stimme." Zweifellos war Scheffel künstlerischer

Fähigkeiten voll und auch sich derselben bewußt. Nur beging er das Versehen, zu glauben, daß er ihnen durch die Führung des Pinsels werde den überzeugendsten Ausdruck geben können, während er seinen entzückten Hörern bereits, noch ehe er Verse niederzuschreiben begonnen hatte, in Worten die glühendsten Farbentöne und charakteristische Gemälde vorführte.

So vollkommen der Dichter Scheffel war, so voller menschlicher Schwächen war es der Kunstjünger. Auch er wollte die Wahrheit nicht hören und er zog sich gekränkt und beleidigt zurück, als eines Abends, während er seine Hörer durch seine lebhafte Darstellungsgabe wieder einmal hinriß, Frau von Engerth in die Worte ausbrach: „Aber Scheffel, Sie sind ja ein Dichter, warum schreiben Sie das Zeug nicht auf!?"

Einen tiefen Eindruck machte dieser spontane Ausruf der von Scheffel hochverehrten Frau, welchem die Anwesenden lebhaft zugestimmt hatten, auf diesen, wenn er auch mit süßsaurer Miene, sichtlich verstimmt, versicherte, er wäre nur ein Maler und nichts anderes. Denn einige Tage später gestand er ein, einige Gedichte geschrieben zu haben, ein weiteres

Zureden aber, sich ganz der Schriftstellerei zu widmen, schnitt er mit den Worten ab: „Vielleicht später einmal, wenn ich bereits ein Maler von Ruf bin. Dann schadet's nicht mehr, wenn ich ab und zu etwas schreibe. Jetzt würde es schaden, es könnte mich von dem Berufe ablenken, für den ich geboren bin."

„Aber das blieb nicht sein letztes Wort in jenen Tagen", so lautet Engerths weiterer Bericht, der wichtig genug ist, um wörtlich wiedergegeben zu werden. „Wir bemerkten bald, daß eine Veränderung in ihm vorging. Minder fleißig wurde er nicht, aber ernster und nachdenklicher. Nun kam es vor, daß er ganze Abende lang schwieg. Fragten wir ihn, was ihn bedrücke, so schüttelte er den Kopf; forderten wir ihn auf, doch wieder einmal etwas Hübsches zu erzählen, so lehnte er ab; ihm falle nichts mehr ein, wir hätten ihn nach dieser Richtung überschätzt und so weiter. Den wahren Grund verriet er mir, als er mir eines Tages — es war schon im Herbste — bei einem Spaziergange, den wir selbander unternommen, voll Bitterkeit sagte: „Ich merke wohl, Euch allen gefallen meine Geschichten mehr als meine Zeichnungen.

Und das thut mir sehr, sehr weh. Denn was soll anders aus mir werden, als ein Maler?!" — „Ein Dichter", erwiderte ich; und weil ich fühlte, daß diese Stunde vielleicht von Bedeutung sein könnte für das Schicksal eines hochbegabten und meinem Herzen teuren Mannes, so hielt ich mich in meinem Gewissen für verpflichtet, ihm nicht zu verhehlen, was ich dachte. Ich hielt ihm vor, wie spät er zum Malen kommen werde, daß er sich hier erst die Handwerksbehelfe aneignen müsse, ehe er an künstlerische Thätigkeit denken dürfe. Für die Dichtkunst bringe er sein Geschick des Ausdrucks, seine hohe Bildung, seinen feinen Geschmack mit. Er hörte mich blaß und stumm an, dann nickte er mir schweigend einen Gruß zu und verließ mich. Von da ab vermied er es einige Tage lang mit mir allein zu sein; daß er mir nicht grollte, konnte ich aus der verdoppelten Freundlichkeit ersehen, mit der er mir begegnete, wenn wir uns in Gesellschaft anderer trafen."

Wem es selber schon im Leben begegnet ist, daß die im Herzen lange Jahre hindurch gepflegten, großgezogenen und zu ihrer Erfüllung herangereiften, mit Opfern erkauften Ideale plötzlich von fremder

Hand niedergerissen und mit scheinbar grausamer
Rücksichtslosigkeit in den Staub getreten werden,
der wird Scheffels Gefühle in jener Zeit richtig
zu würdigen verstehen. Er fühlte sich verletzt, trotz=
dem er im innersten Herzen den Genossen recht
geben mußte, gleichzeitig aber auch beglückt durch
die Teilnahme, die Fremde an seinem Geschicke
nahmen. Er grollte ihnen zwar, trotzdem schloß
er sich ihnen noch inniger an, er erstarkte in sich
wieder, weil er sich in seiner Krisis nicht verlassen
und sich nicht ohne Beistand demselben Kampfe um
die Existenz ausgesetzt sah, den er soeben beendet
zu haben glaubte. Man kehrte nach Rom zurück
und Scheffel besprach sich offen mit Herrn und
Frau Engerth über Gegenwart und Zukunft, was
den ersteren veranlaßte, eine Zeichnung zu ent=
werfen, die Scheffel als befrackten Herkules mit
Löwenfell und Keule ausgestattet darstellte; zwei
weibliche Gestalten, die Malerei und die Dichtkunst
versinnbildlichend, umschweben ihn. Scheffel soll
den gutgemeinten Scherz mit Humor aufgenommen
haben. „Dann aber ward er wieder schweigsam,
ja finster, wie wir ihn bisher nicht gekannt. Selbst
meiner Frau, an der er sonst mit rührender

Verehrung hing, vertraute er nun nicht mehr an, was ihn drückte. Und im Februar war er plötzlich verschwunden, er schrieb nur eine kurze Zeile, er müsse fort in die Einsamkeit. Dann erfuhren wir zufällig, daß er auf Capri sei .... Das erste Schreiben, welches wir schon nach unsrer Rückkehr in die Heimat, im Dezember 1853 von ihm erhielten, klärte uns darüber auf, was er auf Capri getrieben." Dieser schon angedeutete Brief an Frau von Engerth ist von großer Wichtigkeit für die Kenntnis des Charakters des Dichters, seiner ersten großen Dichtung und seiner späteren Lebensziele. Er lautet:

Hochverehrte Frau!

Der Poet hat allerlei Vorrechte, die sich andere Leute nicht herausnehmen dürfen: er redet Kaiser und Könige mit Du an, und man nimmt's ihm nicht übel, und Heinrich von Ofterdingen wollte bekanntlich, als es ihm beim Sängerkampf auf der Wartburg ans Leben ging, bis unter den Mantel der Landgräfin sich flüchten, ohne daß er später wegen Majestätsbeleidigung verklagt wurde. Auf dies Poetenrecht gestützt, habe ich den Mut, diese Zeilen an Sie zu richten, und ich hoffe, Ihr Herr

Gemahl, den ich hiermit feierlich um seine Geneh=
migung ersuche, erteilt mir ohne Bedenken die Er=
laubnis, Ihnen das beiliegende Büchlein als Gruß
eines Abwesenden, der's viel lieber selbst nach Rom
gebracht hätte, zu Füßen zu legen.

Ich weiß selber kaum, wie ich dazu kam, es
zu schreiben. In dem prächtigen Sommer im Alba-
nergebirg, in dem frischen strebsamen Künstlerleben
und in den heitergeselligen Stunden, die sich unsre
Kolonie dort schuf, ist mir, ganz unbewußt, eine
poetische Ader aufgegangen — später in Rom ließ
mich der Gedanke nicht los und ich hatte keine Ruhe
mehr, bis in der Einsamkeit von Capri der mitfolgende
Sang ausgebreitet war. Hiernach wird sich auch
mein damaliges schnelles Abreisen im Februar er=
klären. Sie haben mich oft freundlich neckend ge=
fragt, was die Falten auf der Stirn bedeuten sollen,
die mich unwillkürlich anflogen; ich hab's selber kaum
gewußt, vielleicht waren's die Anfänge des „Trompeters", die mich damals plagten. Seit jener Zeit
hab' ich wenig frohe Stunden mehr gehabt; in der
Heimat erst häusliche Betrübnis, dann, wie gott=
lob wieder alles leiblich beruhigt war, überfällt
mich eine Augenentzündung, die durch anfängliche

Vernachläffigung fo hartnäckig wurde, daß ich jetzt wieder feit acht Wochen meine Stube nicht verlaffen habe. Das ift aber alles nicht viel; dagegen bin ich bei klarer Betrachtung der Verhältniffe und bei dem ernft und beftimmt ausgefprochenen Willen meiner Eltern, vorerft von meinem Lieblingsgedan= ken, mich ganz auf die Malerei zu werfen, wieder abgegangen — und den Schmerz hierüber werde ich fobald nicht los, da mein innerfter Beruf mich dahin zog. Es wird mir immer deutlicher, daß das Schönfte und Befte, was fich der Menfch im Leben wünfcht, nicht in Erfüllung gehen darf — warum? Viel= leicht gerade weil er fein größtes Glück nicht zu ertragen fähig ift, und weil einmal die Entfagung auch zu den menfchlichen Dingen gehört, wie der Schatten zum Licht.

Darum kommt immer eine unendliche Wehmut über mich, wenn ich an Rom denke oder fchreibe; es ift mir, als ob das Waffer von Fontana Trevi noch auf den Lippen brennte; und wenn mich frei= lich die Erinnerung oftmals wieder hinausträgt auf die Ariccianer=Straße oder zum Albanerfee, oder mit luftiger Kavalkade und arri-he sommaro! hinauf auf den Monte Cavo; oder aber zum Kaminfeuer

Ihres Saales in der Via Isidoro, wo wir so manche heitere Stunden verbrachten, so ist dann die Enttäuschung nur um so größer, wenn ich die Augen wieder aufmache und den Schnee des Heidelberger Marktplatzes vor mir habe. Ich kann dann sagen wie Platon:

> Was hab' ich nun Gebliebenes
> Von all der Lust und Pracht,
> Als weniges Geschriebenes
> In schlechten Vers gebracht?

denn außer den Zeichnungen in meinen Mappen wird dieses Büchlein das einzig sichtbare Denkmal meiner Thätigkeit in Italien sein.

Die größte Freude, die es mir macht, besteht nun darin, daß ich vermittelst desselben mich bei liebgewordenen Freunden ins Gedächtnis zurückrufen kann. Für Rom hätte ich gerne ein Dutzend geschickt, aber es stehen mir nicht mehr als zwei zur Zeit zu Gebote. Ich ersuche Sie, das eine wohlwollend aufzunehmen und das andere, nach Ihrem und Herrn Engerths Dafürhalten, aufs zweckmäßigste zu verwenden, nämlich es entweder unter die Bekannten, die sich gewiß auch in diesem Jahre

wie früher öfter zu gemütlichen Abenden versam=
meln, zu verlosen, — oder es dem Verein der
Künstler zu seiner Bibliothek zuzustellen, — oder
es meinem teuren Lehrer Willers zu stiften — wo=
fern dieser nicht einen grimmigen Fluch ausstößt,
daß ihm sein ungetreuer Sohn Joseph mit solchem
Larifari, anstatt mit tüchtigen Studien unter die
Augen tritt.

Für uns Albaner Gesellschaft habe ich aus=
drücklich eine Stelle im Büchlein stehen lassen, deren
Sinn sonst niemandem recht klar sein kann; Sie fin=
den sie auf Seite 292 und Fräulein Bensinger wird
mir ein schön Gesicht machen, wenn ich's ihr zeige.

Ich wäre glücklich, wenn ich gelegentlich erführe,
wie man in Rom den „Trompeter" aufgenommen
hat; und wenn Herr Engerth einmal eine freie
Stunde hat und mir einen besseren zeichnen wollte,
als den auf dem Titelblatt, so wäre es mir ein
großer Spaß.

Wenn's Gottes Wille ist, so sehe ich Sie, hoch=
geehrte Frau, und Ihren Gemahl in späteren Tagen
wieder, in Wien oder Rom, denn Sie hier am
Neckar einmal zu begrüßen, darf ich doch kaum
hoffen. Vielleicht fahren Sie auch durch, wie Fräu=

lein von Schulte, die nichts mehr von mir gewußt zu haben scheint, was ich jedoch kaum verdient zu haben glaube.

Leider ist es mir nicht mehr möglich, diese Sendung, wie ich ursprünglich vorhatte, auf Weihnachten in Rom eintreffen zu lassen; möge sie denn im neuen Jahr, zu dem ich alles erdenkliche Glück wünsche, willkommen sein.

Ich schließe mit den herzlichsten Grüßen an Herrn Engerth, an Willers, Hollpein und alle Freunde aus den glücklichen Tagen von ehemals; und mit der Bitte um Entschuldigung der Kühnheit, daß ich Ihnen selbst zu schreiben mich unterfing. In wehmütiger Erinnerung an Rom und seine Berge
Ihr ergebenster
Joseph Scheffel.
Heidelberg, den 17. Dezember 1853.
(bei Schlosser Kraus, gegenüber dem Museum.)
Nachschrift.

Wie ich das Paket zur Absendung für die Post gerichtet habe, kommt mein langer Freund Doktor Braun und teilt mir die Nachricht mit, daß Sie schon im November Rom verlassen haben. Da muß ich jetzt die Sendung auf gut Glück, und ohne das zweite Exemplar, nach Wien abgehen lassen. Ich hoffe, daß dieselbe Sie dort im besten Wohlsein treffen möge.   D. O.

Aus einer Stimmung heraus, die wohl die der Verzweiflung genannt werden kann, ward also jener „Sang vom Oberrhein“ geschaffen, der den Dichter volkstümlich gemacht hat. Mit dem „Trompeter“ war anfänglich nicht die Dichtung geboren, welche wie ein Sturmwind dahergebraust kam und die Herzen der staunenden Menschen mit Grauen und Ehrfurcht zugleich vor der Majestät des Genies des Verfassers erfüllte. Eher kann sie mit einem Regentropfen verglichen werden, der auf die dürre, ausgemergelte Sandfläche der deutschen Litteratur als Vorbote des heraufziehenden Gewitters der geistigen Umwälzung gefallen ist, dem das Schicksal bevorstand, von der nach Erquickung lechzenden Erde aufgesogen zu werden, wäre ihm nicht rechtzeitig Verstärkung in Gestalt reichlich fließenden Regens zu teil geworden.

Was war die Dichtung für den Dichter selbst, das ist wohl die Frage, die an erster Stelle erörtert werden muß. Wir haben gehört, wie ungern und mit wie heftigem Widerstreben er an das Dichten überhaupt zu jener Zeit gegangen ist, und doch muß es ihm ein Trost gewesen sein, zu hören, in wie hohem Grade er die Phantasie und Fähigkeit besaß, seine Gefühle poetisch auszudrücken. Scham vor sich selbst, sich eingestehen zu müssen, daß mit der Malerei vielleicht doch nicht die geeignetste Berufsart für ihn gefunden wäre, andererseits ein angeborener Trotz, das einmal Angefangene unter allen Umständen zu Ende führen zu wollen, auch wenn es sein Unglück sein sollte, wiederum das erklärliche Bestreben, den Freunden zeigen zu wollen, daß wirklich kein Dichter in ihm stecke, das Gefühl des Verlassenseins und das Bewußtsein, sich vielleicht doch an den Eltern, der Heimat, an seinem eigenen Fortkommen vergangen zu haben, alles das zusammen zwang ihm die Feder in die Hand. Wie schon manch Einer wollte er Trost und Erleichterung im Liede suchen, sich mit Hilfe der Phantasie hinwegtäuschen über die augenblickliche Verlegenheit, in der er sich seiner selbst willen befand.

Keiner war wohl erstaunter als er selbst, als er sah, was aus seiner Dichtung unter seiner Hand, gegen seinen Willen, geworden war. Der „Trompeter von Säkkingen" ist eine Generalbeichte von

des Dichters bisherigem Leben, von seinen Erleb-
nissen, seinen Empfindungen, seinen Leiden und seinen
Hoffnungen. Was ihn bis dahin bergeschwer be-
drückt hatte, das strömte im Liede aus und hob
wieder seine Brust zu neuem Streben, was er bis
dahin Heiteres erlebt, das stattete ein kerngesunder
Humor mit drastischen Schalkszeichen aus, und wo
er gefehlt, wo er geirrt, da ergoß sich die scharfe
Lauge des Witzes mit unerbittlicher Strenge über
ihn selbst. Und noch mehr. Denn nicht engherzige
Selbstsucht, nicht persönliche Empfindsamkeit führten
ihm die Feder, das Vaterland war sein erster und
sein letzter Gedanke bei der Arbeit. Sein Ruhm,
seine gegenwärtige Stellung, seine Leiden und seine
Zukunft fanden in Scheffels Dichtung einen tiefempfundenen, liebevollen, einen geradezu herrlichen
Ausdruck.

Nach dem, was wir aus dem Munde des Herrn
von Engerth wissen, wird uns manches im und am
„Trompeter" erklärlich, erklärlich auch, daß ein
kaum siebenundzwanzigjähriger Mensch ein Epos
schreiben konnte, welches an Wert nie wieder erreicht worden ist und einem neuen Litteraturab-
schnitte zur Vorkämpferin wurde. In diesem harm-

losen, schulmeisterlich nüchternen Menschen, der mit fast ängstlich zu nennender Scheu vor den Weltkindern unsres Jahrhunderts zurückschreckte, lebte und webte eine göttliche Kraft. Sie brang mit siegender Überzeugung aus seinen Augen, wenn sein eigentliches Wesen ihn packte und seine Phantasie ihn mit prophetischen Blicken über seine Umgebung hinwegschauen ließ. Sie spricht mit Engelszungen aus seiner ersten großen Dichtung, aus den Liedern, die sie wie ein ewig grünender Kranz umwinden, sie spricht aus dem tiefen Verständnisse des innersten Kernes der Seele des deutschen Volkes, welches wir in ihnen vorfinden.

Hierin vor allem liegt auch der Angelpunkt, die ganze litterarhistorische Bedeutung des „Trompeters". Nichts konnte den wassersuppigen, mondscheinsüchtigen Litteraturerzeugnissen der damaligen Zeit mehr Abbruch thun, als Scheffels Dichtung, die wie ein rotbäckiges frisches Dorfkind einer mit falschen Farben belegten, hochfrisierten und aufgeputzten Stadtdame gegenübertrat, nichts mehr die innere Hohlheit der „amaranthnen" Versedrechsler zeigen, als der kecke „Trompeter", der mit sprudelnder Laune, unbekümmert, ob die Form und das

Maß seiner Sprache auch den ästhetischen Gesetzen der sogenannten guten Gesellschaft entsprach, so recht redselig aus dem Herzen heraus plauderte und in dem beißenden Tone fortfuhr, den schon Heine gegenüber der in Deutschland an der Tagesordnung befindlichen falschen Gefühlsduselei und dem süßmauligen Geplapper alter, zahnloser Jungfern anzuschlagen für gut befand. Der „Tendenz Verpfeff'rung" lag Scheffel, wie er selbst es sagt, fern. Er dichtete aus sich selbst heraus; da sein Wesen aber in so auffallender Weise die Grundzüge deutschen Charakters aufwies, Gemüt, Schwärmerei, ernsthaftes Wissen, Schwarzseherei und namentlich die Kunst, sich selbst und andere zu belachen, so konnte es nicht fehlen, daß dieselben Eigenschaften in noch verstärktem Maße sich im „Trompeter" vorfanden und ihn zu einem Hauptstück der einheimischen Litteratur machten.

Wie mächtig muß doch das vaterländische Gefühl in Scheffel gewesen sein, daß es ihn von dem blauen Himmel Italiens, den Stätten klassischen Altertums und moderner Lebensfreude hinwegtrug zu dem wildromantischen Schwarzwalde, in dem er mit Groll im Herzen gegen die Vorsehung, welche ihn zum „Mußjuristen" gemacht, umhergeirrt war.

Ein wie dankbares Gemüt hat dieser seltene Mann doch besessen, daß er selbst auf kleinere Episoden aus seinem Leben und Jugenberinnerungen das Gefilge der Erzählung aufgebaut hat. Ist doch selbst der philosophische Kater Hibbigeigei, wenn Scheffel vielleicht auch an Hoffmanns Kater Murr gedacht haben mag, eine Schöpfung aus dem Leben, ein dem elterlichen Hause und besonders der Liebe zur Schwester entrichteter Tribut. „Das Geschlecht des Katers Hibbigeigei genoß,“ so erzählt Alberta von Freydorf in ihrem bereits erwähnten Buche ‚In der Geißblattlaube‘, „große Verehrung und hatte eine Freistatt im Scheffelschen Garten, weil es von der schönen Angorakatze stammte, welche das Lieblingstier der verstorbenen teuren Tochter (Scheffels Schwester) gewesen war. Die Katze fühlte wohl das besondere Anrecht auf die Liebe ihrer alten Herrin, sie war so zahm, daß sie ihr folgte auf Schritt und Tritt. Wenn wir in der Geißblattlaube saßen, so lag sie stets schnurrend zu unseren Füßen. — Aber nicht nur sie allein, sondern die ganze Nachkommenschaft der würdigen Altahne genoß desselben Schutzes. Kein Kätzlein durfte ertränkt werden; die, welche nicht bei Freunden untergebracht werden konnten, behielten Heimatrecht in Garten und Haus. So kam es, daß zu der Zeit, als ich aus der Pension zurück war, mehr denn zwanzig dickgeschwänzte, langhaarige Katzen und kleine Kätzchen im Garten herumliefen; ja, es wären ihrer noch viel mehr gewesen, wenn die Nachbarn, oft genug belästigt durch die tollen Frühjahrskonzerte, nicht heimtückisch manch eine nächtlicher Weile weggefangen oder weggeschossen hätten. Wenn im Herbste die Oleanderbäume zur Überwinterung in der Einfahrt untergebracht waren, wurden diese für die verschiedenen Katzenfamilien der beliebteste Aufenthalt. Sie saßen auf den grünen Pflanzenkübeln herum, wie Kanarienvögel auf dem Stengel." Hat er doch sogar — und darauf bezieht sich die Stelle im Briefe an Frau von Engerth, welche mit den Worten beginnt: Für uns Albaner Gesellschaft u. s. w. — eines kleinen Ausfluges gedacht, den die Sommergäste in Albano nach dem Kloster Palazuola gemacht, allwo der ältliche Prior desselben der Malerin Fräulein Amalie Bensinger die besten Bissen vorsetzen ließ und ihr in ehrerbietiger Weise zum Ergötzen der Gesellschaft den Hof machte. Die Verse, welche sich auf dieses doch gewiß nicht

außergewöhnliche Ereignis beziehen, sind die fol=
genden:

> Mit den Franziskanern aus dem
> Kloster Ara coeli kam der
> Prior auch von Palazuola

und so fort bis:

> In Gedanken schritt er selber,
> Und wer weiß, warum sein Murmeln
> Klang nicht wie Gebet, es klang wie:
> „Fahre wohl, Amalia!"

Und so lassen sich noch verschiedene Stellen im
„Trompeter" zeigen, aus denen hervorgeht, wie das
dankbare, schnell befriedigte Gemüt des Dichters
selbst geringfügigere Dinge aus seinem Leben durch
Hineinflechten in den Rahmen der Dichtung zu ver=
ewigen trachtete.

Was ist da noch viel von ihr zu sagen? Sie
ist zum Gemeingut der Nation geworden und zwar
muß man in diesem Falle unter Nation nicht nur
die Gebildeten verstehen, sondern auch den über=
wiegenden Bruchteil unseres Volkes, der nur an
von ihm verstandene Dichtungen herantritt, dann
aber auch mit der ganzen Liebe und Herzensfreu=

digkeit, deren nur der Deutsche fähig ist, wenn man den Kernpunkt seines Wesens getroffen hat. So harmlos und knapp der erzählende Teil des „Trompeters" auch ist, so nebensächlich er auch im Gefüge der Dichtung erscheint, so echt deutsch trotzdem ist selbst das Liebesleben und Liebesleiden Jung Werners und Margarethens, welches Scheffel in freier Erfindung an den Grabstein auf dem Säkkinger Kirchhofe knüpfte:

> Hier ruht Herr Wernher Kirchhofer,
> Der einstmals ein Trumpetter war,
> Und seine Eheliebste,
> Marie Ursula, geb. Freiin von Schönau —

und wie die unvergleichlichen Lieder im „Trompeter" unsere Herzen zu bewegen verstehen, wie sie die Stimmung der Volksseele zu treffen verstanden, das hat jeder von uns selbst erlebt uud gefühlt und fühlt es noch, wenn er das „Behüt dich Gott" oder „Altheidelberg, du feine" — doch nicht nur diese allein — zu hören bekommt oder auch nur liest.

Es widerstrebt einem, an solche Dichtungen, wie der „Trompeter" eine ist, deren Vortrefflichkeit durch Volkswillen anerkannt wurde, das Winkelmaß mäkelnder Kritik zu legen. Wer sich dadurch abgestoßen fühlt, daß Scheffel in den gemeinsamen Fehler aller jugendlichen Anfänger verfallen ist und hier und da mit einer behäbigen Breite und Weitschweifigkeit erzählt, oder daß der Verse Bau und die Sprache im „Trompeter“ zuweilen ungetüncht erscheint, der möge getrost sein: „animam meam salvavi“ der Welt verkünden. Wir anderen aber wollen über dergleichen Schattenseiten hinwegsehen und uns der ersten litterarischen That Scheffels mit ungetrübtem Herzen freuen, wir wollen die geniale Fertigkeit bewundern, mit welcher der an seine eigentlichste Bestimmung nicht glauben wollende Malschüler sich in eine fernliegende Vergangenheit mit geschichtlicher Treue zurückzusetzen verstand, und das gute Beispiel, welches Scheffel uns gegeben, beherzigen, indem er uns, anstatt in krankhaften Pessimismus zu verfallen, den Humor als echtesten Ausfluß aller Lebensweisheit, als besten Schutz gegen heimliche Unzufriedenheit mit sich selbst hinstellte. Wer, wie unser Dichter, sich gegen jede bessere Einsicht fest verschließend, dennoch darauf beharrte, trotz seines nicht über das Durchschnittsmaß hinausragenden Talentes ein Maler zu werden

und trotzdem in der Person des Malers Flubribus die
Selbstverhöhnung auf die Spitze zu treiben verstand:

> — — — —; im Schloß des Papstes
> Hat die besten Kunstideen,
> Die ich selbst im Busen hegte,
> Ein gewisser Rafael schon
> Früher an die Wand gemalt —,

der verdient gewiß die Krone der uneigennützigsten
Selbstverleugnung.

Jeder weiß, wie schwer es in Deutschland einer
wirklich gediegenen, ernsthaften Dichtung gemacht
wird, sich durchzuringen, während mittelmäßiges
Gut, welches geschickt auf den Markt gebracht wird,
ganz wider Erwarten schnell sein Publikum findet.
Heute, wo eine große Doppelpresse der Bonzschen
Druckerei in Stuttgart jahraus jahrein Scheffelsche
Bücher in ihren stählernen Fangarmen hat, nimmt
es uns fast Wunder, daß es eine Zeit gegeben,
wo der „Trompeter von Säkkingen" innerhalb vier
Jahren nur zwei Auflagen erlebte. Die damaligen
litterarischen Verhältnisse in unsrem Vaterlande
waren aber derartige, daß es überhaupt ein Wunder
ist, daß Scheffel gleich für seine Dichtung einen Ver=

leger bekam. Der verstorbene Adolf Bonz muß indessen wohl den richtigen Blick für das Epos des Unbekannten gehabt und erkannt haben, daß neben der blauen Blume der Romantik, von der das Publikum nachgerade übersättigt schien, im „Trompeter" ganz eigenartige, vollsaftige Lebensanschauungen und Derbheiten zu finden waren, deren Darreichung im lyrischen Gewande allmählich auf das Publikum wirken mußten. Die mir vorliegenden Proben zeigen, daß auch die Presse dem „Trompeter" eine glückliche Zukunft prophezeite. Als daher im Jahre 1858 die zweite Auflage mit einer neuen Vorrede versehen erschien, war schon ein gewisser Erfolg des „Trompeters" festzustellen. 1862 erschien die dritte, 1867 die vierte. Auch zu diesen schrieb Scheffel poetische Begleitreden. Inzwischen waren politische Veränderungen durchgreifender Natur in unsrem Vaterlande eingetreten; die Gemüter verlangten nach einem poetischen Erzeugnis, das urdeutsch zu nennen war; seit dem ersten Erscheinen des „Trompeters" war aber nichts Ebenbürtiges auf den Markt gekommen und so stieg die Auflage desselben in nie, vom Dichter am wenigsten geahnter Höhe. Zum fünfzigsten Geburtstage Scheffels erschien die fünfzigste, sechs Jahre später bereits die hundertste, heute stehen wir vor der hundert= dreiunbvierzigsten Auflage, der illustrierten nicht zu rechnen. Ein zweites Beispiel von solcher Nach= frage nach einer lyrisch=epischen Dichtung hat Deutsch= land bisher noch nicht erlebt, denn es ist nicht ab= zusehen, bis zu welcher Höhe der Auflage sich der „Trompeter" noch nach dem Tode des verehrten Meisters aufschwingen wird.

Als Faksimile der Handschrift des Dichters bietet der Verfasser seinen Lesern in Folgendem das Vorwort zur hundertsten Jubiläumsausgabe. Bemerkenswert sind die wenigen Zeilen, welche Scheffel an seinen Verleger gerichtet hat: ein be= redtes Zeugnis dafür, daß selbst ein mit gewaltigem Rüstzeuge des Wissens ausgerüsteter Mann, wie Scheffel es gewesen ist, zweifeln und irren kann.

Der Verlagsbuchhandlung
A. Bonz u. Co.   Stuttgart.

Vorwort
zur neuen Jubiläumsausgabe No.
H. Trompeter v. Säckkingen.

Ich ersuche, dieses Vorwort alsbald auf
drei Druckseiten setzen zu lassen, so
daß auf 2.ͭᵉ u. 3.ᵗᵉ Seite je 2
Verse u. die entsprechenden Aus-
bringen kommt.
Correcturbogen albald einsichtigen
Adresse.
Karlsruhe 12 febr. 1882.   Scheffel

N.B. fragen Sie aber einen Gymnasial-
Professor, ob die Spruch habend uno fata
libelli! von Horaz, oder von welchem
anderen Autor ist? Ich bin nicht
sicher.

Zur einhundertsten Auflage.

Habent sua fata libelli!

"Auch Bücher haben ihr Schicksal!" so sag
Mit Horaz ich freudig verwundert; —
Die Neuauflage vom heutigen Tag
Ziert sich mit der Nummer Einhundert,
Als Glückwunschboten erscheinen vor mir
Drei schmucke fremde Trompeter,
In fremder Sprache und Zunge grüßt
Und plaudert und lacht an Thür

Der Rhein hat sich von Rotterdam
dem „Bovenrijn" zugewandt;
Ihn hat ein würdiger geistlicher Herr
ein „Nederlandsch Gewaad" geschneidet;
Und er schmeichelt mich an, als wär' mir
                                   Am Base
Mit Flössern nach Holland geschwemmen,
Und kräftiglichst glatt deutsch angehaucht
„Aan der Nordzee" zurückgekommen. ")

____

Aan. 1.) De Trompetter van Säckkingen.
Een Lied van den Bovenrijn., naar
het Hoog duitsch van J.V. Scheffel
door W.P.R Bouman. Rotterdam., H.A. Kramers & Zoon 1877

In classischem Englisch, stolz wie ein Lord
Kommt aus London der Zweite geschritten,
Sein [mustergültige?] Plauze wie
Ihm Albions Haltung und Sitten,
Und Sie wünscht mir gütig, ich möge gesund
Ausharren und unverdrossen
Bis mein Schwarzwaldsang sich ein Heimatrecht
In englischem Klima erworben. 2)

Anm. 2.   O Scheffel, may thy years be long!
              And may'st thou live to see the time,
          When she thy genial Schwarzwald song
              Will find a home in every clime

The Trumpeter of Säckkingen   A Song from
the Upper Rhine, by Joseph Victor von Scheffel
Translated from the German by Mrs.
Frances Brünnen. London, Chapman and
Hall 193 Piccadilly. New-York, Scribner. Arm
strong & Co   1877

Der Dritte über die Brauen sich schwang
Als italischer Trombettiere;
ein ausgelehrter freisinniger Sohn
Verona's erwies mir die Ehre.
Der Herzen frommer — Bildung hält
die Voelker in Freundschaft verbunden; —
Auf Capri hat als Cäsareusschild
Huldigriger Achtung gefunden. 3)

Anm. 3. Il Trombettiere di Saekkingen;
canto dell'Alto Reno. prima traduzione
italiana dalla IX. edizione tedesca
[di G. B. Fasanotto. Verona, H. F.
Münster](C. Kayser succ.) 1879

— 163 —

Nun dank' ich den Frauen und
  Jungfrauen all
Und all den guten Gesellen
Die in der Heimath schauen schauen
Daß wer den ... Gestellen;
Und vor Allem dank' ich dem lieben Gott
Der seine Güte ließ walten,
Und euch wie Verfasser in Gnaden hat
Zu solcher Freude erhalten!

Radolfzell, am 56. Geburtstag
16 Februar 1882.

Dieses der äußere Erfolg der Dichtung, deren Urheber kopfschüttelnd vom verstorbenen Herrn Heinrich Erhard, dem damaligen Chef des Metzlerschen Verlages, aus dem der Bonzsche, der jetzige Verlag von Scheffels Werken hervorgegangen ist, betrachtet wurde, als er sich diesem zum erstenmale vorstellte; so wenig wollte sich die Vorstellung, welche sich der erstere von dem Dichter gemacht, mit dessen persönlicher Erscheinung vereinigen.

Um nun noch einmal auf den nationalen Wert des „Trompeters" zurückzukommen, so gehört dieses Epos unbedingt zu denjenigen deutschen Werken, von denen ein Mann, der viel gefehlt hat, aber dennoch einen vorzüglichen Scharfblick in Bezug auf deutsche litterarische Verhältnisse besitzt, Johannes Scherr, in der Einleitung zu seiner „Allgemeinen Geschichte der Litteratur" (Stuttgart, Carl Conradi, 2 Bände) mit vollem Rechte gesagt hat: „Seitdem die jungdeutsche Französelei vorübergegangen wie andere französische Tagesmoden auch vorübergehen, ist es den Deutschen mehr und mehr zum Bewußtsein gekommen, daß die Idee des Vaterlandes die Seele aller Kulturarbeit sein müsse und demnach auch das Grundmotiv der Litteratur. In diesem Prinzip, welches, richtig gefaßt und richtig angewandt, unsrer Universalität keinen Abbruch thut, lag die Hoffnung auf dem Ausbau der Einheit, Macht und Größe unsres Volkes, — eine Hoffnung, welche mittels des wundersam heldisch und herrlich geführten Krieges von 1870—71 schöner, als die begeistertste Vaterlandsliebe je zu ahnen gewagt hätte, sich zu erfüllen begonnen hat. Und worauf wir am meisten stolz sein dürfen, ist, daß unsre nationale Wiedergeburt eine Zeugung des Geistes war, bevor sie ein Werk der materiellen Kraft wurde. Die Idee der deutschen Einheit ging der politischen That voran wie der Blitz dem Donner. Auf dem Amboß geduldiger Kulturarbeit hat der Hammer des Gedankens das deutsche Siegesschwert geschmiedet, und alle, welche mitschufen an unsrer Wissenschaft und Litteratur, an unsrer Philosophie, Geschichteschreibung, bildenden Kunst, Dichtung und Musik, haben auch mitgeschaffen an dem neuen deutschen Reichsbau!"

Gaudeamus igitur! Der Ekkehard.

(1854—1855.)

Das Schicksal hat mit unsrem Dichter eigentümlich Fangeball gespielt. Kaum hatte es ihn einmal rosig angelächelt, kaum fühlte er sich einmal als Mensch unter Menschen, so war es auch gleich wieder mit einem kalten Wasserstrahle bei der Hand, der je nach dem aus Ereignissen bestand, welche von außen auf ihn einwirkten, oder aus Gemütsstimmungen, welche die Folgen jener waren.

Scheffel hat, während er den „Trompeter" auf Don Paganos Dache auf Capri dichtete, nicht daran gedacht, daß die Schriftstellerei nach Juristerei und Malerei sein endlicher Lebenszweck sein würde.

Trotzdem er also an das Dichten nicht herange-
gangen ist wie einer, dessen Wohl und Ruf von
dem mehr oder weniger guten Gelingen seiner Arbeit
abhängen, so hat er dennoch die Befriedigung und
das Behagen empfunden, welches jeder fühlt, der
mit ganzem Herzen bei einer Sache ist. Und daß
dies bei Scheffel der Fall war, daß er nur darum
wie ein Kater auf und abgegangen ist, weil in ihm
jede Fiber aus Unruhe zuckte, die Dichtung ge-
fördert zu sehen, das fühlen wir, so oft wir eine
Seite derselben aufschlagen mögen, am deutlichsten.
Der Humor im „Trompeter", der in selbstquälerischer
Weise des Dichters grau in grau Stimmung decken
und verhöhnen sollte, übertrug sich unmerklich auf
seine Person. Er wurde heiter und gesprächig, die
Unzufriedenheit mit sich selbst und anderen, derent-
wegen er aus Rom geflüchtet war, wich einer ver-
söhnlicheren Stimmung. Er hatte sogar Augen für
die schöne Luisella, der Schwester des „pfiffig
krummen" Apothekers von Sorrent, es schmeckt ihm
wieder mancher „goldgrüngelber" Seefisch, mancher
Hummer und Polyp, und „wie Tiber" trank er den
Rotwein. Und als das Lied ausgesungen war, als
er im nahen Sorrent dem Freunde aus der Berliner

Zeit, Paul Heyse, die Dichtung vorlas, da kamen
die Tage von Albano wieder, Tage, deren Erinnerung im stande ist, ein Menschenleben bis zur
letzten Minute seines irdischen Daseins zu durch-
wärmen und zu durchleuchten.

> Lieber alter Freund, gedenkst Du
> Unsrer Sorrentiner Tage,
> Da wir in der Rosa magra,
> Jener billigen, bescheidnen
> Künstlerherberg' alten Stiles
> Treulich hausten Thür an Thür?
> Du von Capri erst gelandet,
> Da wir kaum in rotem Landwein
> Uns den Willkomm zugetrunken,
> Gabst des Säkinger Trompeters
> Erst Kapitel mir zum besten,
> Frisch gedichtet in Paganos
> Palmenschatten; ich dagegen
> Ließ Dich sehn die Arrabiata
> Kaum noch von der Tinte trocken . . . —,

so Paul Heyse in der frohwehmütigen Erinnerung
an jene schöne Zeit, in welcher der Genius der Dichtkunst beschattend über zwei auserwählten Menschen-
kindern schwebte.

Frühling und Herbst des Jahres 1853. Welch entgegengesetzten Anblick boten sie dem jungen Scheffel! Dort ein Schwärmen zweier edler, von den erhabensten Gefühlen beseelter Dichter in einer paradiesischen Gegend, hier das nochmalige Auflodern eines erbitterten Kampfes zwischen väterlichem Ansehen und starrem Eigensinne des Sohnes in der Heimat, welche diesen trotz des treuen Gedenkens unter diesen Umständen denn doch etwas gar zu prosaisch anmuten mußte.

Der Herr Major hatte so entschieden des Sohnes Rückkehr gefordert, daß dieser notgebrungen sich dieser Anordnung fügen mußte, wollte er nicht das Tafeltuch zwischen dem elterlichen Hause und sich ganz zerschneiden. Er kehrte also heim, und was brachte er als Ausbeute des unbestimmten Urlaubes von seiner anwaltlichen Thätigkeit mit? Eine Mappe mit landschaftlichen Skizzen, welche nur ein Durchschnittstalent verrieten, und eine große Dichtung, welche zwar den teuren Eltern gewidmet, aber in den Augen des Vaters gewiß nicht das Papier wert war, auf dem sie geschrieben stand. Die „häusliche Betrübnis", von der Scheffel in obigem Briefe an Frau von Engerth spricht, sie deutet auf einen tiefen Standpunkt des häuslichen Barometers, auf einen heftigen Unwillen des Vaters gegen den Sohn, der durchaus nichts Rechtes werden wollte. Der Major verstand unter etwas Rechtem die Laufbahn eines Beamten, vielleicht auch noch die eines Soldaten; Künstler und Schriftsteller waren in seinen Augen minder angesehene Leute, in deren Adern mehr Leichtsinn als solides Blut pulsierte. Sein Zorn hatte eine um so größere Berechtigung, als Jakob Scheffel selbst in wenigen Monaten Gelegenheit hatte, ein Jubiläum seiner Amtsthätigkeit zu begehen. Am 1. Februar des folgenden Jahres konnte er auf vierzig Jahre ununterbrochener Amtsthätigkeit zurückblicken. Er war inzwischen, als ältester Rat, mit der Oberleitung der Geschäfte der Wasser- und Straßenbaudirektion betraut worden und empfing — um es gleich hier zu bemerken — an seinem Ehrentage aus den Händen seines Großherzogs das Ritterkreuz des Zähringer Löwen.

Der Vater dankte alle seine wohlverdienten Erfolge seinem treuen Ausharren im Amte, in dem von ihm einmal erwählten Berufe. Kein Wunder also, daß er den Sohn in ähnliche Bahnen zu drängen wünschte, auf denen ihm ein reichlicher

Lorbeer gesproßt war. Der Kampf zwischen beiden war somit so ungleich wie möglich und der Sohn mußte, wie wir bereits gesehen haben, zähneknirschend dem Vater die Überlegenheit des Handelns desselben zugestehen, vielleicht mit dem schüchternen Einwürfe, daß sich Eines nicht für Alle schicke. Die sanfte, stets zur Versöhnung ratende Mutter, welche mit ihrem Herzen gewiß auf Seiten Josephs stand, wird ihren Einfluß auf diesen des lieben Friedens halber ebenfalls geltend gemacht haben: Joseph entschloß sich, den Zeichnenstift beiseite zu legen und wieder zum Gänsekiele des Juristen zu greifen.

Ein neuer, unerwarteter Zwischenfall überhob den Dichter des „Trompeter“ der Schwierigkeit, das verhaßte Joch sogleich wieder auf sich zu nehmen. So schmerzlich er war, so willkommen kam er dem jungen Manne. Ein heftiges Augenleiden zwang ihn auf Monate hinaus zum Abstehen von jeder anstrengenden Thätigkeit. Doch der ältere Scheffel ließ deshalb nicht locker. Im Namen seines wegen Augenleidens abwesenden Sohnes kam er beim Ministerium darum ein, denselben unter Erlassung einer zweiten Prüfung zum Referendär zu ernennen. Dem allbeliebten und all-

geachteten Manne schlug man diesen Wunsch nicht
ab und so war im Großherzoglichen Badischen
Regierungsblatte vom 20. Juli 1854 zu lesen, daß
„auf Grund des § 24 der Allerhöchst landesherr=
lichen Verordnung vom 16. Februar vorigen Jahres
der Rechtspraktikant Dr. Viktor Joseph Scheffel von
Karlsruhe, aufgenommen am 2. November 1848,
unter Erlassung der zweiten Prüfung zum Referenbär
ernannt worden ist, was hiermit zur öffentlichen
Kenntnis gebracht wird."

Es war die letzte eigenmächtige Einwirkung
auf den Beruf des Sohnes, dessen Schutzengel auch
diesmal das vermeintliche Unglück zum Glück wandte.
Eine unbezähmbare Sehnsucht hatte ihn inzwischen
von den mißlichen Verhältnissen in Karlsruhe fort
nach Heidelberg getrieben, wo ihm während seiner
Studienzeit zum erstenmale seine künstlerischen Fähig=
keiten und Neigungen zum bestimmten Bewußtsein
gekommen waren. Damals vermählte sich des Stu=
denten Seele mit dem Zauber der Örtlichkeit selbst,
diesmal war es der gesellige Kreis, in welchen der
Praktikant und Doktor Scheffel in Heidelberg trat,
als ihm der mildere Zustand seines Augenleidens
solches erlaubte, der ihm den trockenen Beruf eines

Rechtskenners bis in die Seele hinein verleidete und so nachdrücklich, daß Scheffel in der That trotz seiner Beförderung zum Referenbär sein Amt nicht mehr angetreten zu haben scheint.

> Unten braust der Fluß im Thale
> Und der Häuser bunte Reihn,
> Buntes Leben schließend ein,
> Schimmern hell im Mondenstrahle.
>
> Auf den Frohen, der genießet
> Und die Freude hält im Arm,
> Auf den Trüben, der in Harm
> Wellt und Thränen viel vergießet,
>
> Auf der Thaten kühnen Fechter —
> Winkt hinab voll Bitterkeit
> Die Ruine dort, der Zeit
> Steinern stilles Hohngelächter. —,

singt der unglückliche Lenau. Ein weniger stilles Hohn= und Schalksgelächter pflegte ein geselliger Kreis von Männern der verschiedensten Berufsarten anzuschlagen, der sich im Schatten des geschicht=lichen Riesendenkmals, des romantischen Heidelberger Schlosses zu versammeln pflegte und „den Mittwoch

in den Donnerstag zu längern bei goldnem Rhein=
wein oft beflissen war.“

Es ist viel über den Heidelberger „Engeren“
geschrieben und ihm von manchem blassen Neid=
hammel oder Verächter von harmlos frohen Stunden,
in denen der Staub der materiellen Alltäglichkeit
mit einigen Tropfen guten, poesiedurchsetzten Rhein=
weines hinuntergespült wird, böses nachgesagt
worden. Wir finden in jeder größeren und kleineren
Stadt Deutschlands derartige zwanglose Vereini=
gungen, wo achtbare Bürger, die sich miteinander
zu vertragen wissen, beim Glase Bier oder Wein
ernsterer und heiterer Rede pflegen. Der „Engere“
hatte nun gerade das Glück, Persönlichkeiten zu um=
fassen, welche eines guten Rufes in der wissenschaft=
lichen Welt sich erfreuten und denen trotzdem der
pädagogische Zopf nicht so lang in den Nacken
hineinhing, daß sie sich, einmal in der Woche, nicht
hätten an minder gelehrten, dafür desto frohlauni=
geren, weltlichen Scherzen erfreuen sollen. Auch
will es die Örtlichkeit Heidelbergs selbst, daß dort
des Lebens Sein weniger hart empfunden und zu
ernsthaft genommen wird, weil daselbst der roman=
tische Schein seinen Thronsessel aufgeschlagen hat:

Natura hat die Luft allher gesetzet,
Daß die auf Dich mit Müh gestiegen sind,
Hinwiederumb auch wurden recht ergetzet,

so Martin Opitz, allerdings mit Bezug auf den Königsstuhl bei Heidelberg. Und wenn dann noch zu der Fülle feingeistiger Erzeugnisse der bekannte „feine Troppen“ kommt, dann kann schon eine Gesellschaft von vollwertigen Männern in der zumeist umschwärmten Gegend unsrer lieben Heimat ihrem geselligen Kreise einen gewissen, weiteren Ruf geben.

Ludwig Häußer, der bedeutende Geschichtsschreiber, dessen bei der Heidelberger Jubelfeier der hohe Rektor der Ruperto-Carola, Großherzog Friedrich von Baden, in so ehrenvoller Weise gedachte, besaß neben anderen liebenswürdigen Eigenschaften auch die, einen vorzüglichen Maitrank herstellen zu können.

Es braut kein Mann in Europa
Den Maitrank so würzig und gut:
Die Andern tappen im Finstern,
Der Historiker weiß, was er thut.

Er war es, der um das Jahr 1842 den „Engeren“ gründete, ihn während der Sturmjahre flott zu erhalten wußte und eine Blütezeit desselben herauf-

beschwor, welche bis zu seinem im Jahre 1867 er=
folgten Tode anhielt. Um den Führer dieser aus=
erlesenen Ulk=Gesellschaft scharten sich gleichgesinnte
und hochbegabte Männer, von denen die meisten
heute ebenfalls bereits unter kühlem Rasen ruhen,
als da waren unter anderem A. von Rochau „eine
vornehme, durch langes Exil in Frankreich keiner=
weise geschädigte Natur", der uns bereits bekannte
Archäologe Doktor Julius Braun, das „Schiff der
Wüste" genannt, Professor Heinrich von Treitschke,
Professor Wattenbach, Kirchenrat Hitzig, Rechts=
anwalt Mays, heute Abgeordneter für den badischen
Landtag, Notar Sachs, Pfarrer Schmezer von
Ziegelhausen, Dr. Ludwig Knapp aus Darmstadt,
Kunsthändler Meder, Pfarrer Roos, Kassierer
Schleuning und viele, viele andere gelehrte Herren
und Bürger Heidelbergs.

Da fiel's nicht schwer, die Saiten hell zu schlagen,
Selbst würdige Pfarrherrn wurden singend laut,
Wenn uns ein Meister, dessen Tod wir klagen,
Mit kundiger Hand den Maientrank gebraut.

In diesen „Maiweinnippekreis" nun, dessen
Teilnehmer ihm schon größtenteils bekannt sein

mochten, trat Joseph Scheffel ein und er blieb ein
thätiges Mitglied desselben auf allen seinen späteren
Fahrten, die er zu unterbrechen pflegte, wenn er
der Sorgen schwarzes Heer durch einen wohlthuenden
Aufenthalt in Heidelberg verscheuchen wollte.

**Und prangt Altheidelberg im Lenzschmuck wieder,
Sorgt Niemand viel sich um des Lebens Mühn.**

Wem selber es einstmals wohl gewesen oder
wem es heute noch wohl ist im Kreise wackrer
Zecher, dem kann eine Beobachtung nicht entgangen
sein. Es giebt nämlich viele Männer, denen die
Phantasie beim Trinken einen vollkommenen Streich
spielt. Die Stimmung einer ausgelassen heiteren
Gesellschaft benebelt oft, nicht der Wein oder das
Bier, welches man in nur mittelmäßiger Menge zu
sich genommen hat. Am nächsten Tag oder am
selben Abend noch glauben dann die Betreffenden
fest und bestimmt, sie wären ganz kannibalische
Trinker gewesen, und wer von solchen Leuten das
richtige Zeug am Leibe hat, der ist wohl im stande,
in der Einbildung seiner unbegrenzten Zechlust ganz
brauchbare Trinklieder zu schaffen, welche denen des
seligen Anakreon nichts nachgeben.

Das ist die einfache Erklärung der Völlerei, welche man Scheffel ungerechter und unbedachter Weise zur Last gelegt hat. Wer bis hierher das Leben des Dichters aufmerksam verfolgt hat, bedarf derselben nicht einmal. Scheffels Phantasie war eben so dehnbar und ausgiebig, daß sie im stande war, ihn selbst in jedem gewünschten Lichte zu zeigen. Seit wann aber verschmäht ein echter Deutscher einen guten Trunk, zumal, wenn er als Süddeutscher mit einer feinfühligen Zunge für ein gutes Weinchen auf die Welt gekommen und sein Großvater Keller-meister einer Abtei gewesen ist? Die Neider und Lügenmäuler, welche späterhin dem Dichter den Wein, den er getrunken, aus dem er sich Be-geisterung geholt, nachträglich noch versauert haben, die verdienten, nach ihrem Tode in das Heidel-berger Riesenfaß gesperrt zu werden und dort als ruhelose Geister vergebens nach einem Schluck Wein suchen zu müssen, während vor demselben „feucht-fröhliche" Studentenscharen unter Leitung des Zwerges Perkèo „immer noch eins" trinken.

> Man kann, wenn wir es überlegen,
> Wein trinken fünf Ursachen wegen:
> Einmal um des Festtags willen,

Sodann vorhandnen Durst zu stillen,
Ingleichen künft'gen abzuwehren,
Ferner dem guten Wein zu Ehren
Und endlich um jeder Ursach' willen. —,

meint Rückert und es kann jeder — so denke ich — mit dieser geistreichen Erklärung der menschlichen Trinklust zufrieden sein. Es waren seiner Zeit viele Männer, darunter hochbegabte Menschen, gern geneigt, zu glauben, daß Scheffels Eintritt in den „Engeren" durch wahlverwandtschaftliche Beziehungen zu Professor Häußers weithin berühmter Maiweinmischung bedingt worden sei. Das war indessen ganz entschieden nicht der Fall. Es war im Gegenteil der witzsprühende Geist dieser auserlesenen Gesellschaft, welcher ihn lockte, ebenfalls teilhaftig zu werden des Heidelberger „Genius Loci", der da:

— ging nicht steif in klassischen Gewanden,
Ging keck und flott und trank wie ein Student
Und glich nicht viel den neun antiken Tanten,
Die man im Mythus mit Apollo nennt.

Es war nach den uns bekannten Geschehnissen in Italien, nach dem drückenden Gefühle, welches der Streit mit den Eltern erzeugte und die langwierige Augenkrankheit vermehrt hatte, für den zwischen den zwei Berufspolen der Juristerei und Malkunst mit der Anwartschaft auf einen dritten Beruf, der Schriftstellerei, hin- und herschwankenden jungen Menschen eine Wohlthat, in einen Kreis älterer, gesetzter Männer gezogen zu werden, von denen er lernen konnte, wie man sich des Amtes und des Lebens Bürden zu erleichtern weiß. Eine Wohlthat auch, daß in der Gesellschaft des „Engeren" der Wein die Zungen nicht zu banalen Gesprächen löste, sondern daß Witz und Geist an den Ereignissen des Tages auf allen Gebieten, auch an den werten Genossen der Tafelrunde sich prüften und im Wettstreite um die Krone der humoristischen Leistung gar kampfliche Redeturniere abgehalten wurden. Bürgt doch der für unterrichtet geltende witzige R. Falck in einem älteren Aufsatze „Die Gesellschaft des Heidelberger „Engeren"" (Schorers Familienblatt) für die Thatsache, daß in „Schublade Nr. 2" des Archivs der Gesellschaft ein braungebundenes Exemplar älteren Jahrganges der berühmten Grammatik Valentin Meidingers geruht habe, und daß diese vom Sekretär stillschweigend auf Befehl des Präsidenten Häußer neben den Platz des Silnbers gelegt wurde, der es gewagt, einen uralten oder banalen Wiß den Genossen als eine selbstgezogene Blüte feingeistigen Humors aufzutischen.

Der „Engere" war daher ein Feld, welches Scheffels geistige Vorzüge nicht nur in das hellste Licht setzen, sondern auch alle seine Lebensgeister zu neuem Leben erwecken mußte. Er traf mit Männern zusammen, welche die verschiedensten Gebiete beherrschten und ihm Anregung gaben, seinen Bildungsgang zu vervollständigen; er fand für sein Wissen und sein Können, so mannigfaltig beides war, volles Verständnis, Gegner, mit denen er sich getrost messen konnte.

Es war um diese Zeit seines Heidelberger Aufenthaltes, als ihm der Gedanke wiederholt nahetrat, den akademischen Lehrstuhl zu besteigen. Er befaßte sich ernstlich mit germanistischen Studien, auf die in Folgendem nochmals zurückzukommen ist, und besuchte wieder emsig Vorlesungen, aus deren Zahl vornehmlich die naturwissenschaftlichen des Pfarrers Schmetzer von Ziegelhausen zu erwähnen sind, weil sie die Anregung zu den „naturwissen-schaftlichen Liedern" der „Gaudeamus-Sammlung"

boten, während die „kulturgeschichtlichen" Gesänge
derselben Gattung auf Scheffels germanistische Lieb-
lingsstudien zurückgeführt werden müssen.

Scheffel genoß somit noch eine zweite ver-
besserte Auflage seiner akademischen Lehrjahre, deren
Wert für ihn selbst er um so höher anschlagen
konnte, als seine vielumfassende Bildung es ihm erlaubte, Neues mit den Blicken des kritisch geschulten
Mannes anzuhören und zu beurteilen. Daß dieser
zweiten akademischen Periode auch die burschikose
Seite des Studentenlebens nicht fehlte, dafür sorgte
der „Engere" auf Nummer 8 des Gasthauses „Zum
Holländer Hof". Mit den Perlen des Weines um
die Wette stiegen da die zündenden Reden auf,
welche Gelerntes und Gehörtes mit Fluten ätzenden
Humors übergossen. Ihr geistiger Gehalt in Verbindung mit der vom Dufte des Weines beflügelt
dahinschreitenden Phantasie war wohl im stande,
einen Dichtergenius zu gebären, der in Versen,
welche dem Weine an Feuer nichts nachgaben, be-
sang, was das Herz in den schönen Augenblicken
fühlt, in denen selbst der strengen Göttin Wissenschaft
von ihren eifrigsten Verehrern die buntbezipfelte
Narrenkappe auf das denkende Haupt gesetzt wird.

Scheffel war es vornehmlich, der zuerst im „Engeren", später für das ganze junge und ältere Deutschland diese Stelle ausfüllte, der mit seinen studentischen Liedern eine vollständige Umwälzung im Lieberbuche unsrer trinklustigen Jugend zu stande brachte. Es ist unfaßbar, mit welch sicherer Hand, mit welch biegsamem Gedankengange dieser Mann seine burlesken Lieder niederzuschreiben wußte, wie er im kühnen und vollsaftigen Humor zu schwelgen verstand, ohne gegen die Gesetze der Schönheit und des Anstandes zu verstoßen. Noch großartiger ist seine Fertigkeit, in wahrhaft plastischer Weise den vorweltlichen Dingen den Lebensatem der heutigen Welt einzuhauchen und dem mittelalterlichen Weinschwelgentum eine Romantik des Trinkens nachzuformen, welche alles bisher Dagewesene völlig in den Schatten stellte.

Bedeutsam und charakteristisch für die gesamte dichterische Thätigkeit Scheffels ist die Art, wie derselbe arbeitete und schuf. Da finden wir im „Trompeter" sowohl wie in den Liedern des „Engeren" nichts Gemachtes und Geschraubtes. Wir fühlen beim Lesen Scheffelscher Dichtungen, wie ihm alles plötzlich angeflogen ist, daß es wirklich Gefühltes, wirklich Gedachtes, wirkliche Natur war, was er von sich gab. Sein Genius bedurfte einer von außen kommenden Anregung; hatte er diese erhalten und Gefallen an dem Stoffe gefunden, dann saugte sich sein ganzes Selbst förmlich an demselben fest und die geschäftige Phantasie säumte nicht, die Gedanken klar und logisch auf das Papier zu werfen. Gleich der erste Entwurf gelang ihm, Wort saß richtig beim Wort; Scheffel bildete sich nicht nach und nach zum Meister, der Meister war mit ihm geboren und trat in die Erscheinung, sobald die Frucht, die ihm ein Gott ins Herz gelegt, ihrer Bestimmung entgegengereift war. Deshalb die unvergängliche Jugendfrische seiner Lieder, die alles bezwingende Macht, welche den Leser mit unabweisbarer Gewalt bei ihrem Anhören packt, der sich selbst das philiströseste Studentengemüt sowie der im frohen Weltgetümmel einsiedlerisch in seiner Klause hockende Theoretiker nicht entziehen kann.

Wir brauchen nur an unsre eigenen Gefühle zu denken, um auf die jener Glücklichen schließen zu können, welche mit Scheffel zusammen dem „Engeren" angehörten. Wie muß es diese Männer durchzuckt haben, wenn nach altbekannten Melodien oder nach

eigens zu den Liedern von Pfarrer Schmeßer kom-
ponierten Weisen —

> Zwei Kesselpauken dienten als Orchester
> Und eines Ofenschirms gewalztes Blech,
> Das dröhnte oft zum Rundgesange fester
> Denn Meeressturm und wilden Heers Gezech. —

jene Trinkgesänge des „Meisters Josephus vom
dürren Aste" — so lautete Scheffels Spitzname im
„Engern" — Zimmer Nr. 8 durchbrausten, welche
seitdem mit nie enden wollender Begeisterung Tag
und Nacht im Süden und Norden, Westen und
Osten unsres Vaterlandes und wo nur immer „die
deutsche Zunge klingt" wiederholt werden. Wie
müssen doch ihre Herzen gewaltiger geschlagen haben,
als die Gestalten des „Zwerges Perkéo", des wilden
„Rodensteiners", „Ottheinrichs des Pfalzgrafen bei
Rheine", des „pessimistisch-angehauchten Ichthyosaurus" vor ihren freudetrunkenen Blicken aufge-
taucht sind, als der „Hausknecht aus Nubierland"
zum erstenmale den Gast vor die Thür setzte und
die „letzte Hose" versetzt wurde, — kurz als alles
das zum erstenmale dem fruchtbaren Hirne eines
plötzlich zum Dichter gewordenen, abtrünnigen

Juriſten entſprang, was ſeitdem mit den bekannteſten Kraftgeſtalten der Schillerſchen Trauer- und Schau- ſpiele an Volkstümlichkeit gewetteifert hat.

Es finden ſich natürlich in den Liedern des „Engeren" viele perſönliche Beziehungen und An- ſpielungen, wie das ja immer der Fall iſt, wenn eine heitere Geſellſchaft von Trinkern poetiſcher Laune wird. Dieſe kleinen freundſchaftlichen Bos- heiten, welche mit Humor ausgeteilt und mit Humor eingeſteckt wurden, hatten anfänglich nur für die damaligen Mitglieder des „Engeren" ſelbſt eine verſtändliche Bedeutung; wie man denn überhaupt nicht vergeſſen wolle, daß es Scheffel beim Ab- faſſen der Trinklieder niemals in den Sinn ge- kommen iſt, dieſe im Drucke herauszugeben, ge- ſchweige, daß ſie jemals einer der beſtgehüteten geiſtigen Schätze unſres Volkes werden würden. Als letzteres aber der Fall geworden, da veränderte Scheffel ſo gut wie nichts an der urſprünglichen Form der Lieder. So kommt es, daß heute noch die einzelnen, vielfach ſchon längſt dahingeſchiedenen Trinkgenoſſen Scheffels, an denen letzterer ſeinen ſcharfen Witz geübt, von den ſtudentiſchen Sängern der Gaudeamus-Lieder unbewußt geſchraubt werden, ohne daß die meisten eine Ahnung haben, daß viele Schlagworte in den Liedern ein genaues Verständnis des Kreises des „Engeren" und seiner Mitglieder voraussetzen.

Wer aber glaubt, daß das Durchhecheln im „Engeren" nur einseitig gewesen ist, das heißt nur von Scheffel ausgegangen ist, der irrt gewaltig! Auch er, der Meister „Josephus vom dürren Ast" mußte tüchtig herhalten. Als der „Trompeter" erschienen war, empfing sein Dichter eines schönen Morgens, wie der schon einmal erwähnte R. Falck erzählt, eine Anzahl Briefe, deren Handschrift darauf schließen ließ, daß verschiedene Personen sie an Scheffel abgerichtet hätten. Scheffel mag nicht wenig erstaunt gewesen sein, als er beim näheren Hinsehen in den Absendern ein gutes Teil seiner eigenen Geisteskinder wiedererkannte, Persönlichkeiten, welche im „Trompeter" eine hervorragende Stelle einnehmen; daneben hatten auch andere ihm unbekannte Personen geschrieben, welche sich durch den „Trompeter" beleidigt fühlten. Natürlich war das Ganze ein Scherz, dessen Haupturheber Ludwig Häußer gewesen sein soll.

Zum Beispiel schrieb ein Pfarrer Raßmann,

ein angeblicher Verwandter des „brävsten aller Stabs=
trompeter",: „Herr Doktor! Ich habe die Ehre,
Ihnen gar nicht zu kennen; Sie aber mich auch
nicht. Ich weiß darum auch gar nicht, wer Ihnen
die Erlaubnis gegeben hat, unsre Familie in Ihrem
gedruckten Buche zu verschimpfieren. Ich bin der
Pfarrer Raßmann und folglich aus einer anstän=
digen, im ganzen Hessenlande wohlbekannten Familie.
Trompeter haben wir keinen unter unseren Ver=
wandten gehabt, am allerwenigsten einen, der im
Suff ertrunken ist. Die Raßmänner — das muß
wahr sein — haben alle einen guten Durst, aber
sie können auch was Ordentliches heben. Daß ein
Raßmann, auch wenn er ein Trompeter gewesen
wäre, sich so übernommen hätt', kann nur einem
Gelehrten, der die Welt nicht kennt, in den Sinn
kommen. — Kurz und gut, Herr Doktor, wenn Sie
nicht binnen 8 Tagen im Frankfurter Journal das
Bewußte förmlich revocieren, so werde ich mich am
neunten Tage a dato in meiner neuen Amtsuniform,
begleitet von meinem Vikar, nach Heidelberg auf=
machen und persönlich mit Ihnen darüber reden.
Ich kann es dann ganz machen, wie ich will. Gott
befohlen!" Noch origineller lautet die Epistel der

„Knopfwirbin von Säkkingen", die ich noch aus der
Zahl der Scheffel damals zugegangenen kneipfröh=
lichen Mahnungen, daß man nicht leichtfertiger
Weise viele ehrbare Leute in Ruf und Ansehen
kränken dürfe, hervorheben will. Die würdige
Matrone drückt sich mit echt pfälzischer Treuherzig=
keit folgendermaßen aus: „Was ischt awer des,
Herr Affessor? Wie mögen Sie mich so brosch=
bibuieren in einem gedruckten Buch noch dazu? Und
es ischt ja doch Alles verlooge, was Sie vom „goldne
Knopf" und der Knopfwirbin gesagt haben. Es
ischt verlooge, daß im „Knopf" ein Gascht ist ab=
gewiesen worde und noch gar ein Säkkinger. Das
ischt doch nicht recht, von ehrbaren Menschen solche
Sache zu sagen. Sie habens doch gut bei mir
gehabt, ich hab Ihnen niemals was zu Leibs than,
uguntär habe Sie immer des Bescht von mir kriegt.
Und mit der Zahlung habe ich Sie auch nicht un=
recht behandelt. Aber über die Bedienung dürfe
Sie auch nicht klage. Heiliger Friedl, wenn ich
reden wollt! Mainen Sie nit, daß Unser Ains nit
auch den Weg un Steg kennt was unter die Leute
zu bringe? Aber warten Sie nur, Herr Affessor,
wenn Sie wieder in unsre Gegend kommen. Der

Kaplan ist wild auf Sie, der Förster au, der Büttel will Ihnen den Kittel auskloppe von wegen dem Frühschobbe und der lang Fridli von Bergalingen ischt vor Amt gangen und hat sich ein Zeugnis ausstellen lassen, wegen dem, was Sie ihm nach=gesagt haben. Herr Assessor; wer hat das von Ihne denkt und es ischt doch alles verlooge."

Neben Scheffels dichterischer Fähigkeit, welche sich gleichsam über Nacht entfaltet hatte, als wäre sie von einem erquickenden Tau gestärkt worden, war es auch im „Engeren" wie in Albano und Rom wieder seine Persönlichkeit, welche die Genossen an ihn fesselte. Auch diese hatten das Gefühl, als stände ihnen ein Mann von Bedeutung gegenüber, ein Mann, der noch eine große Zukunft vor sich hätte. Die erdrückende Überlegenheit seines Wesens, sein zündender Geist aber machten die andern nicht kleinlaut, denn beides wurde aufgewogen durch die Be=scheidenheit und Milde, mit der Scheffel sprach und auftrat. Daher fehlte später, wenn der Dichter ab=wesend war, den Herren im „Engeren" ihr teurer „Sodale" ganz gewaltig. Dessen Liebenswürdigkeit aber mußte in Anerkennung der ihm angetragenen und von ihm ebenso herzlich erwiderten Freund=

schaft die entfernende Kluft durch einen regen Briefwechsel zu überbrücken, von dem jedes einzelne
Schreiben gewiß eine Perle an Humor und phan-
tasievoller, feuchtfröhlicher Schöpfungskraft ist. Leider
hat ihn der Dichter selbst in späteren Jahren aus
dem Archiv des „Engeren" zurückgeholt. Wir werden
ihn, wenn es ein gutes Geschick will, noch in
Scheffels Nachlaß vorfinden und hoffentlich wird
er uns nicht vorenthalten bleiben. Die Freunde
im „Engeren" ermangelten natürlich auch nicht, dem
Dichter die überzeugendsten Beweise von ihrer fort-
bestehenden ungetrübten Heiterkeit und Lust an
Schelmenstreichen zu geben. So beschloß der „Engere",
nach der Vollendung des „Ekkehard" einen Abge-
sandten an den Dichter abzurichten, der gerade am
Bodensee weilte, um zu erfragen, „wo herum wohl
das Urbild der Jungfrau Praxedis aufzufinden sein
möchte, welches der Dichter in bemeldeter Geschichte
so gar lieblich gezeichnet und dargestellt hätte." Die
Freunde in Heidelberg beschlossen ferner feierlichst,
„den fahrenden Scholar Josepho Scheffel die lange
Fribrun in Gnaden nachzusehen; in Betreff der
Herzogin Hadwiga aber und des Schulmeisters
Ekkehard, die zusammen nur den Virgilium lasen,

den Verfasser zu gemahnen an die Worte Dantes aus seiner Hölle:

Quell giorno più non vi leggemm avanti [1] und wäre es so schöner gewesen."

Eine Probe der mittelalterlichen und fast übermütig zu nennenden Tonart, in welcher der sonst still heitere Scheffel an den „Engeren" schrieb, gewährt ein Brief, den derselbe aus Donaueschingen nach Heidelberg richtete. Der Inhalt desselben bezieht sich auf eine Weinprobe, welche Scheffel abzuhalten hatte, als die Gesellschaft des Heidelberger Museum, dessen engeren Teil eben der „Engere" bildete, selbst ihre Keller zu verwalten begann und Ludwig Häußer als Weinwart dem sachverständigen Dichter einige Weinproben zur Begutachtung übersandt hatte.

Hochwürdiger Engerer!

Bericht des Meisters Josephus
vom dürren Ast, derzeit in Donau-
eschingen.

Weinprobe betreffend.

Mittwoch den 12. Januar abends geschah es, daß auf des Berichterstatters kleiner Klause, die er

---

[1] Desselben Tages lasen wir nicht weiter.

in der Geisenstraße hiesiger Residenz bewohnt, nach=
verzeichnete sachverständige, der Weine verschiedener
Tugenden wohl kundige Männer zusammentraten:
Kalliwoda, ein Meister der Tonkunst, Kirsner, ein
Landstand, Marquies, ein Rechtsanwalt, Wolff, ein
Amtsrichter, und ich, Josephus, der Buchwart.

Und nachdem ich den Beamten viel Löbliches
von meiner zweiten Heimatstadt Heidelberg, dortigem
Museum und dortigem „Engeren" erzählt, auch
sämtliche Anwesende ein wohlgefälliges Nicken des
Hauptes nicht zurückgehalten, da ich mit des „Engeren"
Weihnachtssendung hervorgerückt, schritten wir, ge=
sammelt und wohlbedacht, wie es der Vornahme
feierlicher Handlungen geziemt, zur Eröffnung und
Kostung der Flaschen, in wohlgeordneter Skala vom
einfachen zum fürnehmeren vorrückend. Und wie
sich in jeglichem Kollegium durch Zusammentrag
und Vergleich der Ansicht ein Urteil zusammenstellt,
so wurde auch bei genannten prüfenden Männern
jedweder Flasche, gleich einem ins Examen ge=
nommenen Schulknaben, ein Prädikat und Zensur
zu erteilen versucht, deren Kunstergebnis ich hier=
mit nachträglich zusammenzufassen suche.

1. Ruppertsberger. Angenehm, klar, süffig,

mehr Flöte als Hoboe, mehr Gondolier als Kutscher.

2. Zeller Roter. Prälatenwein.

3. Ruppertsberger Traminer. Aufs erste Versuchen nicht in ganzer Gediegenheit erkannt, schlicht latente Wärme.

4. Forster Riesling. Sehr rechtschaffen.

Hier ist nun ad 3 und 4 zu erwähnen, daß etliche der Anwesenden teils wegen langjähriger oberländischen und badensischen Weinstudien, teils wegen italischer Übungen an den süßen Stoffen des Südens etwas antirheinweinisch gesinnt sind, und daß ad 3 und 4 auch manche Parallelen von Auslesen, die zu Meersburg, Kattenhorn und im gesegneten Markgräfler Land vorkommen, gezogen wurden. Welches Parallelenziehen jedoch ad 5 nicht nur gänzlich aufhörte, sondern auch einem stromartigen Anwachsen der Prädikate Platz machte.

5. Deidesheimer Kirchgarten. Echte Lebensnahrung, zerfallene Gemüter mit Deutschland auszusöhnen fähig. Ein frommer Wein. Einer, bei dem alles Schöne, was das Leben brachte und nahm, Erinnerung zu feiern. Hat einen Kapellmeister, der fortgehen wollte, zum Dableiben bewogen. Ein Wein, von dem ein vorsichtiger Fa-

milienvater für Ausbrüche unvorhergesehenen Durstes immer ein paar Flaschen im Keller vorrätig haben sollte. Steckt aber ein Dämon drin; ein Wein mit He! Juche! Juvivallera! sollte unter keinen Umständen von Revisoren und Kassenbeamten getrunken werden. Für Dichter anregend, dem Lied von der letzten Hose das vom letzten Hemd beizufügen. Ein Wein, um einen Kranz frischer Rosen auf das Haupt zu setzen, damit er würdig getrunken werde, mit welchem anzustoßen, wenn die erste Schlacht in Italien gewonnen sein wird.

6. Hallgarten 1857er Eisenlohrisches Gewächs. Wie nun die schmerzlich hingenommene Leerung von 5 erfolgt war und der Meister Josephus den Pfropfen von 6 gelöst, da sah er aus derselbigen Flasche Nr. 6 ein feines Räuchlein aufsteigen, das zog sich duftig und verschwindend an der Wand empor zu seinen Häupten. An besagter Wand aber hängt eine alte Schwarzwälder Uhr, die der Meister Josephus einst beim Gordian Hettich in Furtwangen als Denkmal alter Uhrmacherkunst mitgenommen. An besagter Uhr ist alles Räderwerk von Holz und steht ohne Gehäuse offen zu Tage; statt des Perpendikels oben eine zweizinkige hölzerne Gabel, an der

Bleigewichte hangen; ist auch ein starker Wecker mit einem Glöcklein dabei angebracht. Da nun dieselbige Uhr mehr als Merkwürdigkeit, denn als Stundenweiser dort hängt, war sie in Ruhestand gesetzt und ging nicht. Wie aber das Räuchlein Hallgarten 1857er aufstieg, da wurde obbeschriebene alte Schwarzwälder Uhr an ihrer Wand lebendig und hub von selber fröhlich zu gehen an.

Da beschlossen die sämtlichen Prüfer, dem Hallgarten 1857er kein Prädikat mehr zu erteilen, sondern einfach von obbemeldeter Thatsache Akt zu nehmen.

Wurde übrigens von sämtlichen Eingangs Genannten die Gesundheit der Heidelberger Benefaktoren mit einem Ausdruck von Herzlichkeit und Erquickung getrunken, die den Berichterstatter zu der fröhlichen Überzeugung brachte, daß dem Weine eine länder- und völkerverbindende Kraft segensreich innewohnt."

Es ist in neuer Zeit zur beliebten Unterhaltung geworden, aus der Schrift eines Menschen auf seinen Charakter zu schließen. Ein Schriftdeuter hätte bei der Handschrift Scheffels ein leichtes Spiel. Denn es ist jedermann unschwer aus der

weiter oben gegebenen Handschrift des Dichters
erkenntlich, daß dieser selbst, wie jene zeigt, klar und
bündig seine Gedanken zu fassen pflegte und es in
hohem Grade verstand, letztere mit der ganzen Kraft
seines Willens auf einen gewünschten Punkt hinzu-
lenken. Scheffels Dichtungen zeigen daher wenig
Verbesserungen. Was er hinschrieb, stand da, gut
und ehern, als wäre es für die Ewigkeit verfaßt.
Vergleicht man die kleine Sammlung der Lieder
aus dem Heidelberger Engern, welche damals zunächst für engere Kreise bei dem Kunsthändler Meder
in Heidelberg, selber, wie mitgeteilt, ein Mitglied
dieser auserlesenen Gesellschaft, erschienen ist, mit
dem später von Bonz verlegten stattlichen Gaudeamus-
Bande, so findet man schnell die Bestätigung von
der geistigen Klarheit und Gedrungenheit, über
welche der Dichter zu verfügen imstande war, und
die sich in noch überzeugenderer Weise nach dem
Erscheinen des „Ekkehard" offenbarte. Man findet
in den Liedern so gut wie keine nennenswerte Verbesserungen. Wohl ist hier und dort eine Überschrift geändert worden; es hieß zum Beispiel
früher: „Der letzte Ichthyosaurus", jetzt: „Der
Ichthyosaurus", früher: „Guanolied", jetzt: „Guano",

früher: „Der alte Granit", jetzt: „Der Granit",
einst: „Des Kometen Jammer", jetzt: „Der Komet",
einst: „Lied vom Rodenstein. In 3 Abtheilungen",
jetzt: „Lieder vom Rodenstein. Die drei Dörfer."
—, auch ist beim „Komet" nicht nur eine ganze
Strophe eingeschoben, sondern auch noch eine Än-
derung getroffen worden, die auf wissenschaftlicher
Grundlage beruht, doch sind diese nur unbedeutenden
Verbesserungen nichtssagend gegenüber der Thatsache, daß Scheffel seine Dichtungen nur festgefügt
und reiflich überlegt zu Papier brachte.

Um nun noch einmal auf den Einfluß zurückzukommen, den Scheffel durch seine Trinklieder auf
die deutsche studierende Jugend ausgeübt hat, so
steht es wohl außer Frage, daß vorzugsweise das
geniale Parodieren der verschiedenen Wissenschaften
es war, welches in den Herzen unsrer hoffnungs-
vollen akademischen Jugend auf einen fruchtbaren
Boden fiel, nachdem Scheffels Lieder durch die
Aufnahme in das bekannte, von Silcher und Erk
bei Schauenburg in Lahr herausgegebene „Allgemeine deutsche Kommersbuch" die weiteste Verbreitung gefunden hatten. Dieser Einfluß war nichts
weniger als ein schädlicher; denn Scheffel machte

durch das Glossieren der wissenschaftlichen Ent=
deckungen und Forschungen die Errungenschaften des
Geistes durchaus nicht lächerlich. Er machte im
Gegenteil das trockene Studium, das insgemein den
freiheitsdurstigen jungen Leuten noch nicht recht be=
hagen will nach dem jahrelangen Gedrilltwerden in
den Fesseln der Schule, sozusagen schmackhaft, er
milderte den harten Übergang von der Romantik zu
dem Ernste des Lebens. Er selbst hatte, nachdem
er im „Engeren" nochmals oder eigentlich zum erften=
male das echte studentische Leben durchkostet, dessen
Reiz in der Verbindung des ernsten Studiums mit
der sorglosen Ungebundenheit lebenswarmer Jugend=
luft besteht, einen viel zu hohen Begriff von dem
akademischen Leben selbst, als daß er hätte zum
Irrlicht auf den Wegen der Wissenschaft werden
können, der er alles, sogar sein jüngstes Erwachen
wie aus einem bösen Traume verdankte, der er, wie
ihm während seines damaligen Aufenthaltes in Heidel=
berg ernstlich der Gedanke kam, sein ferneres Leben
ganz weihen wollte. Man braucht nur sein studen=
tisches Glaubensbekenntnis zu lesen: .

    Nicht raften und nicht roften,
    Weisheit und Schönheit koften,

Durst löschen, wenn er brennt,
Die Sorgen versingen mit Scherzen:
Wer's kann, der bleibt im Herzen
Zeitlebens ein Student. —,

um ein vollwichtiges Zeugnis zu besitzen für die Gesinnung, mit der Scheffel seine Trinklieder schrieb, und welche er bei den Sängern derselben vorauszusetzen zu müssen glaubte. —

Zu derselben Zeit, während welcher dem Dichter infolge des übermütig geselligen Lebens im „Engeren" und der begeisterten Aufnahme seiner Trinklieder endlich ein überzeugend helles Licht über seinen wahren Beruf aufging, betrieb er emsig altdeutsche Studien, und zwar in solchem Umfange, daß er mit Ernst daran dachte, einen Lehrstuhl der Universität zu besteigen. Es waren namentlich die alten Mönchschroniken, die ihn mächtig anzogen, aus denen ihm eine ihm zusagende knorrige und doch dichterisch verbrämte Sprache entgegenklang. Das erste Stammeln deutscher Selbständigkeit in Sprache und Dichtung, das unsrem erhabenen Geiste natürlich fast einfältig erscheinende Wort der ersten Träger deutscher Kultur und die Wiegenlieder deutscher Art, mit denen sie sich aus den Fesseln romanischer Überlegenheit freisangen, das waren die Lockspeisen, welche einen sich selbst so ursprünglich deutsch als möglich gebenden Charakter, wie denjenigen Scheffels, unfehlbar anziehen mußten.

Das Geschick hatte diesen zunächst einem Landstriche geboren werden lassen, in dem es von geschichtlichen Erinnerungen wimmelt, auf dem namentlich sich der Prozeß des Werdens der deutschen Nation vollzogen hatte. Ein ruheloser Wandervogel, wie Scheffel einer war, hatte er vielfach als Student wie später als Aktuar die helvetischen und rhätischen Gegenden mit dem Wanderstabe in der Hand durchzogen und von jeher gewohnt, nicht nach dem Beispiele der lieben Mehrheit gedankenlos zu reisen, sondern als nachdenkender und aufmerksam beobachtender Mensch, hatte er wiederholt genauen Einblick sowohl in Land und Leute selbst, wie in die geschichtlichen Beglaubigungen genommen, die sich, ein wohlgehüteter, unvergänglicher Schatz, in den ehrwürdigen Klöstern am schwäbischen Meere vorfinden. „Unter dem unzähligen Wertvollen", sagt Scheffel in der Vorrede zu seinem „Ekkehard", „was die großen Folianten der von Pertz herausgegebenen „Monumenta Germaniae" bergen, glänzen

gleich einer Perlenschnur die sanktgallischen Kloster=
geschichten, die der Mönch Ratpert begonnen und
Ekkehard der Jüngere (oder zur Unterscheidung von
drei gleichnamigen Mitgliedern des Klosters der
Vierte genannt) bis ans Ende des zehnten Jahr=
hunderts fortgeführt hat. Wer sich durch die un=
erquicklichen und vielfältig dürren Jahrbücher anderer
Klöster mühsam durchgearbeitet hat, mag mit Be=
hagen und innerem Wohlgefallen an jenen Auf=
zeichnungen verweilen."

Zunächst war es der Waltharius des jüngeren
Ekkehard, welcher „um seiner markigen Kraft willen
zu den merkwürdigsten Denkmalen deutschen Geistes
zählt," der Scheffel zwang, es nicht bei seinem
bloßen Lesen zu belassen, sondern Geist und Feder
an ihm zu probieren. Scheffel versuchte die Uber=
tragung des Walthariliedes in das Hochdeutsche und
vollendete sie während seines Aufenthaltes in Heidel=
berg im Jahre 1854. Sie ist dann später voll=
ständig in den „Ekkehard" aufgenommen worden,
woselbst sie sich aber nicht so würdig, als sie es
verdient, vorstellt. Der Bonzsche Verlag hat daher
auch später eine Sonderausgabe mit Zeichnungen
von Albert Baur veranstaltet, welche viel zu wenig

beachtet worden ist. Denn die Scheffelsche Über=
tragung des Walthari zählt anerkannterweise zu
den besten, welche wir von sachkundiger Seite be=
sitzen. Des Dichters damalige Studien für die Über=
tragung sind dann später von ihm selbst noch wesent=
lich erweitert worden. Es erschien im Jahre 1876
von Scheffel in Gemeinschaft mit dem trefflichen
Bibliothekar der Karlsruher Hofbibliothek, Doktor
Alfred Holder, eine ungefähr 10 Bogen starke Schrift:
„Waltharius. Lateinisches Gedicht des zehnten Jahr=
hunderts". In dieser Abhandlung wird das Original
des lateinischen Textes „nach sorgfältiger Ver=
gleichung und Sichtung a l l e r bekannten Hand=
schriften, fußend auf der in den Erläuterungen näher
begründeten Ansicht von dessen ursprünglichem Zu=
standekommen" mitgeteilt. „Die deutsche Übersetzung
— ähnlich wie ihr lateinisches Vorbild, eine Jugend=
arbeit ihres Verfassers und ebendarum von einem
Hauche jugendlicher Frische durchweht — macht
keinen Anspruch auf Worttreue und sucht nach Ab=
streifung der virgilianischen Flitter den Inhalt in
moderner Kunstform knapp und sicher wiederzugeben.
Die Erläuterungen wollen manches in helleres Licht
setzen, was zum allseitigen, kulturgeschichtlichen Ver=

ständnis des Gedichtes dienlich sein kann." Wer sich des Genaueren überzeugen will, wie in Scheffel der Forscher Hand in Hand mit dem Dichter ging, der verschmähe nicht, wenn er den Roman „Ekke= hard" gelesen, auch dieses kleine Buch zur Hand zu nehmen und in den Erläuterungen zu dem Wal= thariliede zu blättern. Die beiden Verfasser haben in denselben ein klares, in knappen geschichtlichen Formen und doch phantasievoll gezeichnetes kultur= geschichtliches Bild vom mönchischen Leben im Ale= manien des zehnten Jahrhunderts entworfen.

Die unmittelbarste Folge der mittelalterlichen und altdeutschen Studien, des Durchforschens der Mönchschroniken war das Niederschreiben des Ro= manes „Ekkehard". Es giebt keine bessere Erklärung für die Entstehung desselben, sowie für die Art, wie man kulturgeschichtliche Romane abfassen soll, auch für die Existenzberechtigung derselben, als die Vor= rede, welche der Dichter zu seinem Meisterwerke in meisterhafter Weise verfaßt hat. Ihr Entstehen datiert von Heidelberg und zwar vom Februar des Jahres 1855, während der Roman selbst an Ort und Stelle der Handlung zusammengefügt wurde „Darum griff auch ich zu meinem Handgewaffen, der Stahlfeder, und sagte eines Morgens den Folianten, den Quellen der Gestaltenseherei, Valet und zog hinaus auf den Boden, den einst die Herzogin Hadwig und ihre Zeitgenossen beschritten; und saß in der ehrwürdigen Bücherei des heiligen Gallus und fuhr in schaukelndem Kahn über den Bodensee und nistete mich bei der alten Linde am Abhang des Hohentwiel ein, wo jetzt ein trefflicher schwäbischer Schultheiß die Trümmer der alten Feste behütet, und stieg schließlich auch zu den luftigen Alpenhöhen des Säntis, wo das Waldkirchlein keck wie ein Adlerhorst herunterschaut auf die grünen Appenzeller Thäler. Dort in den Revieren des schwäbischen Meeres, die Seele erfüllt von dem Walten erloschener Geschlechter, das Herz erquickt von warmem Sonnenschein und würziger Bergluft, hab' ich diese Erzählung entworfen und zum größten Teile niedergeschrieben.“

Ja, man fühlt es beim Lesen der goldenen Worte des Romanes „Ekkehard“, daß er nicht hinter den dumpfen Mauern der in ihrer geschwätzigen, atemlosen Alltäglichkeit ersterbenden Großstadt geboren worden ist. Wer jemals — und wer von uns Jüngeren hätte es nicht von Jugend auf gethan? —

die Seiten des „Ekkehard" durchblättert hat, dem ist gewiß ob der wunderbaren Schilderungen der gewaltigen Alpennatur mehr als ein wohliger Schauer über den Rücken gekrochen. Wer mit so einfachen und doch so beredten Worten so überzeugende und mit unentrinnbarer Kraft fesselnde Bilder zu entwerfen versteht, der hat nicht mit der Phantasie, sondern nach der schönen Gottesnatur selbst gearbeitet, der hat von dem Gottesodem, den er selbst verspürt, den schönsten Teil auch anderen zur Erquickung mitgeteilt.

Der Verfasser muß, wie vordem beim „Trompeter von Säkkingen", darauf verzichten, auf den Inhalt des „Ekkehard" selbst näher einzugehen. Er setzt eben voraus, daß jeder, der dieses Buch zur Hand nimmt, das Hauptwerk Scheffels mindestens einmal gelesen hat, trotzdem dasselbe es bis jetzt nur bis zur fünfundachtzigsten Auflage gebracht hat. Man sieht also, daß die Höhe der Auflage eines Buches nicht maßgebend für seine Beliebtheit und seinen litterarischen Wert ist, und die Zeit wird kommen, wo dank der sich immer mehr ausstreckenden geistigen Aufklärung auch die minder gebildeten Kreise das Verständnis für eine so herausfordernd

volkstümlich angelegte Dichtung, wie der „Ekkehard"
ist, besitzen werden, ohne daß erst ein zweiter
Komponist kommen muß, der mit seinem ausdrucks-
losen Trala derselben ihre ursprüngliche Frische
nimmt. Hat doch schon einmal gegen Ende der
Siebziger Jahre der Stuttgarter Komponist J. Abert
sich am „Ekkehard" versucht, was den Dichter veranlaßte, demselben als Urteil den Vers zu schreiben:

Gestalten sah ich schweben den Hohentwiel hinan,.....
O, Abert, Kapellmeister Abert, was hast Du mir
angethan!

Man weiß, wie eigenmächtig und rücksichtslos
Librettisten und Komponisten die Romane und Dichtungen, denen sie die Ehre ihrer zweifelhaften Aufmerksamkeit zu teil werden lassen, zu zerstückeln
pflegen. Man kann sich also unsres Dichters Empfinden vorstellen, als die nahe bevorstehende Aufführung der Abertschen Oper „Ekkehard" in Berlin
Scheffel veranlaßte, an Freund Anton von Werner
die Klageworte zu richten: „Ich fürchte Schlimmes,
denn das Libretto hat, weil der Komponist eine
Figur braucht, die Baß singt, dem Ekkehard einen
scheußlichen Grafen Montfort als Nebenbuhler ge-

sellt." Man denke sich, eine fremde Hand in dieser edlen, wie aus einem Gusse hergestellten Dichtung herumwirtschaften, und an den Vandalismus einer mittelalterlich geistig umnachteten Zeit. Die Ähnlichkeit von Einst und Jetzt in dieser Beziehung liegt auf der Hand.

Scheffels dichterische Selbständigkeit trat zum erstenmale mit dem „Ekkehard" in die Erscheinung. Die Trinklieder aus dem „Engeren" waren zwar ebenfalls ihrem Inhalte nach durchaus selbstschöpferischer Art, ihre Form aber lehnte sich bekannten studentischen und Volksweisen an; auch ist ihr litterarischer Wert nicht ein solcher, daß sie ihrem Verfasser einen hervorragenden Platz in der deutschen Litteraturgeschichte sichern konnten. Was nun vollends das „Trompeterlied" anlangt, so wimmelt es in ihm von Anlehnungen an zeitgenössische „schlechte" deutsche Dichter. Daß die jüngste Arbeit Scheffels etwas Besonderes, zum mindesten Eigenartiges werden mußte, lag in der Natur der Sache, des Gegenstandes, den seine Phantasie sich ausgesucht hatte und welchen sie sowohl wie sein Wissen völlig beherrschten.

Man pflegt zu sagen, daß das Geld für denjenigen noch auf der Straße liegt, der es aufzunehmen

verſteht. Man darf mit demſelben Rechte behaupten, daß das Weſen des deutſchen kulturgeſchicht-
lichen oder archäologiſchen Romanes zum Be-
ginn der Fünfziger Jahre in der Luft lag. Scheffel
war derjenige, der den Schatz zu heben verſtand,
und zwar mit einer Fertigkeit, welche ſeine Nachtreter
nie erreichen konnten; ja ſelbſt in der ganzen Weltlitteratur ſind es nur Scott und Freytag, auf die
das ehrende Beiwort „einzig in ihrer Art" ebenfalls Anwendung finden kann. Die Revolutions-
jahre hatten das nationale Bewußtſein bei uns trotz
der in ihnen begangenen Thorheiten doch ungeheuer
geſtärkt. Man fühlte ſich wieder als Deutſcher und
die Wiſſenſchaft hatte begonnen, auch ihrerſeits durch
Ausgrabung der im tiefen Schlamme ſteckenden
geiſtigen Schätze unſres Volkes zu zeigen, daß wir
Jungdeutſchen eine Vergangenheit beſaßen, auf welche
wir ſtolz ſein konnten, der nachzueifern eine Pflicht
der Ehre für uns ſein mußte. Nun iſt nicht jedem
Wiſſenſchaftler von der Natur „gelehrtes Scheide-
waſſer in die Adern gemiſcht", nicht jeder „ätzt
viel allgemeine Sätze und lehrreiche Betrachtungen
als Preis der Arbeit heraus. Manchem wachſen
bei dem Studieren Geſtalten empor, erſt von wallen-

dem Nebel umflossen, dann klar und durchsichtig,
und sie schauen ihn ringend an und umtanzen ihn
in mitternächtigen Stunden und sprechen: „Ver=
dicht' uns!"

Welch eine Gefahr die Verquickung der Archäo=
logie mit der Dichtkunst im Gefolge hat, wir haben
es erfahren müssen und erfahren es noch heute aus
den Schöpfungen, welche der Gunst ihr zudring=
liches Leben verdanken, die Scheffels wohlgestaltete
Muse gefunden hatte. Im allgemeinen darf die
kulturgeschichtliche Richtung einer Litteratur nicht
Führerin der gesamten Geistesrichtung eines Zeit=
abschnittes sein. Denn die Litteratur soll und muß
in erster Reihe das gegenwärtige Leben und Streben
in allen seinen Teilungen und Strömungen wieder=
spiegeln. Wohl aber wird das Nachfühlen einer
einstigen Gedankenwelt in Poesie und Prosa zur
wortführenden Zwischenträgerin zwischen einer alten
und der neuen litterarischen Geschmacksrichtung, zu
einer grünenden, erquickenden Oase während der
Dürre der Übergangszeit in der Litteratur. Doch
sie wird es wiederum auch nur dann, wenn ein
wirklicher Künstler über sie kommt, wenn „einer
schöpferisch wiederherstellenden Phantasie ihre Rechte

nicht verkümmert werden, wenn der, der die alten Gebeine ausgräbt, sie zugleich auch mit dem Atemzuge einer lebendigen Seele anhaucht, auf daß sie sich erheben und kräftigen Schrittes als aufgeweckte Tote einher wandeln." Nach diesem Rezepte hat Scheffel den Wundertrank bereitet, den er uns im „Ekkehard" überreicht hat; gegen dieses Rezept haben mit nur sehr wenigen Ausnahmen diejenigen gefehlt, welche es ihm nachthun wollten: sie hauchten ihren Gebilden keine Seele ein. „Unterstützt vom Publikum, das, „niemals gewöhnt, Schein und Wesen zu trennen," anfängt, die poetische Idee, die poetische Gestaltung und Stimmung als Neben-, die Treue des kulturhistorischen Details als Hauptsache anzusehen, und im Wohlgefallen an vermeintlich neuen und pikanten Schilderungen, an glänzenden Farben, an fremdartigen Formen die Stärke der Motive und die Lebendigkeit der Gestalten zu schätzen verlernt, nehmen die einzelnen Autoren nach Maßgabe zufälliger oder beabsichtigter Studien von den verschiedenen Geschichtsperioden, Völker und Kulturen Besitz .... Doch auch da, wo das Äußerste nicht eintritt und die Absichten poetische bleiben, setzt die Richtung, die wir hier im Auge haben, eine

Vorliebe für das Grelle, Manierierte oder für das geistreich Seltsame voraus, welche dem schöpferischen Zug und Hauch in poetischen Werken nicht gedeihlich ist." So Adolf Stern im siebenten Bande seiner nun vollendeten „Geschichte der neuern Litteratur" (Leipzig, Bibliographisches Institut). Auch er stellt Scheffel als eine Dichtererscheinung ersten Ranges hin, als einen, „der die Ausartungen in der archäologischen Richtung unsrer neueren Litteratur sicher nicht verschuldet hat."

Der große Erfolg des „Ekkehard" ist vornehmlich darin zu suchen, daß Scheffel mit der geschichtlichen Treue nicht vergessen hat, das rein Menschliche in den Figuren des Romanes genügend hervorzukehren. Vor seinen geistigen Augen versank der Abstand, der unser Jahrhundert von dem der schönen Schwabenherzogin trennt, und durch die mit einer ungeheuren Schärfe des Verstandes herausgefühlten Anschauungen jener Zeit hindurch erkannte der Dichter in jenen vom Nebelschleier der Sage und Geschichte umhüllten Gestalten dasselbe warmblütige Fühlen, welches die Menschheit überhaupt, insonderheit alle, die deutschen Stammes sind, wie mit einem magischen Zaubergürtel unsichtbar an-

einanderkettet. Und er fand diese Zusammengehörig-
keit, diese seelische Verwandtschaft des inneren
Menschen aller Jahrhunderte um so eher heraus,
als sein reines, nicht vom Gifthauche der modischen
Anschauungen angekränkeltes und von Idealen durch-
glühtes Gemüt an denselben keuschen Empfindungen
festhielt, welche folgerichtigerweise in womöglich
noch ausgedehnterem Maße einer Zeit zu eigen gewesen sein müssen, die weit nähere Beziehungen als
der modische Mensch zu der Natur selbst und ihren
erhabenen Erscheinungen gehabt hat. Dieser Herzens-
roman der Hadwig und des Ekkehard, die kindliche
Zuneigung, das erste Aufdämmern der Liebe in den
Herzen von Audifax und Hadumoth, die täppische
und doch so ehrlich gemeinte Anbetung des Romeias,
der geradezu wunderbar entworfene Charakter der
Griechin Praxedis und alle die anderen hundertfachen
scheinbaren Nichtigkeiten in den nebensächlicheren
Gestalten der Dichtung — bilden sie nicht sämtlich
das uralte Heergerät des Menschengeschlechts, die
jahrtausende alten Waffen, mit denen Mann und
Weib den Kampf der Liebe und der Vernichtung,
je nach Individualität und Neigung, führen und
noch für alle Zeiten führen werden? Ein wie un-

enblich großer Künstler war doch Scheffel, daß er
die eigentlichste Natur im Menschen so vollkommen
zu schildern gewußt hat. Dieser blöde, weltuner-
fahrene junge Mönch, der sein Herz mit der Reli-
gion und der Gelehrsamkeit schulmeistern möchte,
der das Weib beleidigt, weil er dessen Wesen nicht
versteht, und zu spät einsieht, daß er sich selbst um
sein irdisches Glück betrogen, die stolze Frau, welche
ohnmächtig ihre Schwäche eingestehen muß, ihre
Demütigung unverstanden sieht und, schnell beleidigt,
im falschen Zorne ein edles Herz fast bricht, das
junge Mädchen, welches ihr Herzblut tropfenweise
für den Geliebten hingiebt, ohne daß dieser das
große Opfer ahnt, welches ihm unter Lachen und
Scherzen und scheinbarer Oberflächlichkeit darge-
bracht wird — ist an diesen Gestalten, sowie an
den andern des Romanes etwas Gemachtes, Er-
künsteltes, irgend etwas Falsches? Liegt nicht den
Beziehungen derselben zu einander, trotz aller Idylle
der eigentlichste, urwüchsigste Roman, den das Leben
bietet, zu Grunde? Reine Wirklichkeit strömt aus
allen Poren desselben und der Kampf um die idealen
Güter der Menschheit bildet in ihm den natürlichen,
deshalb um so spannenderen dramatischen Konflikt.

Des Romanes Vorzüge sind unendliche. An den erhabensten Meisterwerken unsrer größten Dichter haben sich die kritischsten Geister versucht; es ist und wird über deren größeren oder minderen Wert auf das heftigste gestritten. Vor dem „Ekkehard" haben sich späterhin die schneidigsten Federn ehrfürchtig gesenkt, aus der Tinte, die dieses Romanes wegen geflossen ist, scheint jeder Gallapfel des Streites verschwunden zu sein. Nur die ausländischen Kritiker haben in ihr gern gespendetes Lob einige Saat des Zweifels gestreut. Man findet, daß das wirklich rein Menschliche in der Erzählung notwendiger Weise zu einem ganz anderen Ende geführt haben müßte, umsomehr als Scheffel nichts zwang, der geschichtlichen Treue zu Liebe einen unwahrschein=lichen Ausgang des Romanes zu schaffen. J. Bourdeau, der im Jahre 1883 in der „Revue des deux mondes" über Scheffels Bedeutung in der deutschen Litteratur einen längeren Aufsatz veröffentlichte, meint, der Roman hätte mit Recht folgenden Titel führen können: „Ekkehard" oder „Die verlorene Gelegenheit", und Ekkehard hätte in seiner General=beichte lieber sagen sollen: „Ich klage mich an, die flüchtige Schäferstunde nicht benutzt, versäumt zu haben, manchen verstohlenen Kuß von teuren Lippen zu pflücken." Bourbeau, der Scheffel durchweg einen „deutschen Humoristen" nennt, ferner Ekkehards Vorgehen in der Kapelle als ein rohes (brutale) bezeichnet! Der in diesem Sommer verstorbene bedeutende holländische Litterarhistoriker Konrad Busken Huet hatte einen Tag vor seinem Tode eine längere, äußerst günstige Abhandlung über den Wert der Dichtungen Scheffels vollendet. Dieselbe ist im Juni-Heft von „De Gids" veröffentlicht. Dieser sonst so weitsichtige Kritiker schließt sich dem Urteile Bourbeaus an und sagt: „Scheffel war in seinem Rechte, von dem, was er in den lateinischen Chroniken vorfand, nach seinem Gutdünken mit genialer Freimütigkeit Gebrauch zu machen. Er war nicht an seine Herzogin, ihren herrschsüchtigen und völlig unangenehmen Charakter gebunden. Er konnte sich aus den verschiedenen Ekkehards, welche die Zierde der Abtei von Sankt Gallen bildeten, einen auswählen. Doch da er sich einmal eine Herzogin Hadwig mit einem entzündbaren Herzen und einen Ekkehard mit jugendlichem Blut gedacht hat, so hätte er auch die menschliche Natur freier spielen lassen müssen. Sein Verhalten hätte dann

zu derselben tragischen Spannung führen können,
die wir in der Erzählung von Abälard und Heloïse
finden."

Es ist den beiden Herren in keiner Weise unrecht zu geben. Sie haben von ihrem Standpunkte
aus recht, und doch wiederum kein Recht. Als
gewissenhafte Kritiker hätten sie berücksichtigen
müssen, daß der Roman „Ekkehard" sowie sein
Schöpfer von urdeutschem Wesen und urdeutschen
Anschauungen durchdrungen sind. Es ist damit
nicht gesagt, daß bei uns zu Lande die Leidenschaften weniger stark sprechen, daß wir lauer in
unsrem Lieben wie in unsrem Hassen sind. Im
Gegenteile, in einem Volke, das sich seiner urwüchsigen, geistigen und körperlichen Kraft wohl
bewußt ist, strömt Männlein und Weiblein gewiß
kein laues Blut durch die Adern, und die verrufene
deutsche Schwerfälligkeit mag sich vielleicht an andrer
Stelle, nur nicht da, wo die Leidenschaften sich
offenbaren, zeigen:

> Das Glück läßt sich nicht jagen,
> Von jedem Jägerlein,
> Mit Wagen und Entsagen
> Muß drum gestritten sein.

Wohl aber breitet sich über unser sittliches Leben
und über unser Empfinden noch eine gewisse, wohl-
thuende Scham aus, welche selbst die Elemente,
die nur dem Tage und seinen materiellen Genüssen
leben, nicht zu zerstören vermocht haben. Man ge-
winnt bei uns den edleren Trieben des Herzens
immer noch mehr Geschmack ab, als der Befriedigung
roher, tierischer Instinkte. Wir fühlen selbst in den
Augenblicken, in denen die sinnliche Lust die seelischen
Regungen meistert, eine gewisse keusche Achtung vor
den Empfindungen jener, welche sich unsrem Ver-
langen widersetzen; wir verzichten lieber, ehe wir
mit Gewalt das zu nehmen versuchen, was uns nun
einmal vorenthalten bleiben soll. Wir überlassen
es schließlich gern der Macht der Poesie, unsre
Trübsal zu heilen. Es ist dies einer der Grundzüge des deutschen Charakters, ein Edelmut, der
aber nur von uns selbst verstanden wird und seinen
Lohn nur in der Befriedigung unsres eigenen Innern
findet. Wie Scheffel hat ihn auch Gustav Freytag aus
dem geschichtlichen Hintergrunde seiner vaterländischen
Romane in überzeugender Weise hervorleuchten
lassen. Aus demselben Grunde finden wir auch
in der vielgestaltigen Idylle, welche Scheffel uns

im „Ekkeharb" vorführt, einen gewiſſen berb reali-
ſtiſchen Zug, den wir um keinen Preis miſſen
möchten. Wir fühlen durch den romantiſchen Schleier,
welcher die Erzählung umgiebt, nicht nur das Wehen
der Neuzeit mit ihren leckeren Anſichten, ſondern
auch eine höhere, reinere Auffaſſung von den
Pflichten, die uns das Leben auferlegt, ohne daß
durch ſie eine falſche Gefühlsheuchelei zur Bedingung
wird. Daß der deutſche Träumer, im holden Wahne
befangen, ſo manchen ihm frei gebotenen Vorteil
außer acht läßt, das iſt das Rührende in ſeinem
Schickſale, an ſeinem Weſen, vielleicht an ſeinem
einſtigen Verhängniſſe:

> Harmlos Volk! In Selbſtbetäubung
> Werdet ihr noch lyriſch tollen —,
> Wenn vernichtend ſchon des Oſtens
> Tragiſch dumpfe Donner rollen! —,

ſingt der Katerheldengreis Hibbigeigei. Selbſt Goethe
ſieht ſich in rührender Selbſtverleugnung genötigt,
das Geſtändnis abzulegen, daß wir das Geheimnis,
die Freuden der Welt zu genießen, noch nicht ge-
löſt hätten:

Ja, wir haben, sei's bekannt,
  Wachend oft geträumet,
Nicht geleert das frische Glas,
  Wenn der Wein geschäumet;
Manche rasche Schäferstunde,
Flücht'gen Kuß vom lieben Munde,
  Haben wir versäumet . . . .

Sollen wir uns wegen dieser Charakterschwäche verurteilen? Gewiß nicht, im Gegenteil, sie ist ein Bürge für die Aufrechterhaltung unsrer Ideale; wir dürfen auf sie stolz sein, weil sie uns verhindert, ebenfalls in den Sumpf der allgemeinen Verflachung zu versinken. Der Dichter aber, dem es gelungen, uns ein so genau getroffenes Bild von unsren realistischen Lebensanschauungen zu entwerfen, der sei hundertfach in Schutz genommen vor der Anfechtung ihn mißverstehender Ausländer!

Der „Ekkehard" ist nicht nur ein Roman, sondern auch eine archäologische, kulturgeschichtliche Arbeit in ganz bedeutendem Umfange. Der Laie ist des Staunens voll über diese Fülle an gelehrtem Wissen, welche im „Ekkehard" sich birgt und dennoch an keiner Stelle dickprotzig den Fluß der Erzählung hemmt. Der Gelehrte prüft mit dem Entzücken des Kenners dieses bis in die kleinsten Kleinigkeiten sich als echt erweisende Kulturbild. Er spürt vergebens den Stellen nach, wo das Genie Scheffels an die Überlieferungen der Chroniken ansetzt; Wahrheit und Dichtung sind hier mit meisterhafter Vollendung zu einem gewaltigen Ganzen verschlungen. Selbst die lehrreichen Anmerkungen, welche der Dichter seinem Buche angehängt hat, als wollte er seine Leser gleichsam zur Begutachtung seines Werkes herausfordern, bestätigen zwar, daß Scheffel den Roman auf wissenschaftlichen Grundlagen erbaut und mit wissenschaftlichem Rüstzeug ausgestattet hat, sie lassen indessen nur dem Eingeweihten erkennen, wo der Dichter die Naht gezogen, die an das Vergilbte die diesem so treulich folgenden Phantasiestückchen knüpft. Unter diesen Umständen sind die mehrfachen Freiheiten, welche sich der Dichter genommen hat, zum Beispiele das Hineinflechten der einzelnen Persönlichkeiten, welche nicht zu gleicher Zeit gelebt haben, in den engeren Rahmen des Romanes — das Vertauschen des älteren Ekkehard mit dem Lehrer der Hadwig —, das Anbringen symbolischer Gestalten — im „Trompeter" die epische

Charakterkatze und der „stille Mann", hier der „Alte in der Heidenhöhle" wohl zu entschuldigen. Es war ihm vor allem darum zu thun, ein Gesamtbild des ganzen zehnten Jahrhunderts in seinen verschiedensten Strömungen hervorzubringen, und es ist ihm das über alle Maßen gelungen. Mit welch kaustischem Humor ist das damalige Kloster- und Mönchsleben geschildert, mit welcher Liebe auch das Volk der Hunnen, überhaupt das Heidentum! Wo Hiebe niedersausen, da hört man ordentlich sie fallen; wenn das Volk der Klosterschüler durch die sonst stillen Hallen des Klosters tobt, da glaubt man fast, sich zwischen ihm zu befinden; kurz, es scheint uns, als stünden wir auf jeder Seite des Romanes auf einem hochgelegenen Plateau, von dem aus man die entzückendsten Fernsichten in der Runde hat.

Der Zauber, welchen der Roman ausströmt, liegt nicht zum geringsten Teile in der knappen, altertümelnden Sprache. Ihre Anwendung ist uns in der Folgezeit bis heutigen Tages ziemlich verleidet worden. Die Nachtreter Scheffels haben mit dem Guten nicht hauszuhalten verstanden; sie haben uns die aus der Vorzeit aufgeschnappten Brocken

so geschmacklos auf die Brust gesetzt, daß sie nicht
nur eine Übersättigung, sondern auch noch den
Spott dazu beim Lesepublikum wachriefen. Wir haben
bereits oben aus der Schilderung des Wesens unsres
jungen Dichters seitens des Herrn von Engerth ver-
nommen, wie sehr die Sprechweise Scheffels an die
Weise erinnere, in welcher der „Ekkehard“ verfaßt
sei. Was Scheffel in diesem Romane also gegeben
hat, ist so ziemlich Natur; er besaß eine großartige
Fertigkeit, die selbständig vorgenommenen Wort-
bildungen getreu nach den Regeln der mittelalterlichen Grammatik auszuführen und sich trotzdem in
der Beschränkung als Meister zu zeigen. Daher
beleidigt er nirgends, er drängt dem Leser nie seine
Gelehrsamkeit auf, er ist eben echt und originell in
seiner Sprache.

Wollte man alles, was am „Ekkehard“ interessieren kann, eingehend beleuchten, so könnte man
wohl ein Buch allein über diesen Gegenstand schreiben.
„Den Mann hat’s“, sagt man oben im hauen-
steinschen Schwarzwalde und „den Mann hat’s“,
können wir heute sagen, wo der „Ekkehard“ nächst
dem „Trompeter“ und gewiß mit mehr Recht als
dieses Epos zu einer Art Hausbibel der Gebildeten

geworden ift. Der Dichter hat in unerwartet großartiger Weiſe den eigenen Spruch erfüllt:

Aus dem Dunkel eignen Meinens
Nie entkeimt Dir friſche Saat,
Im Nachdenken nur erschwingt ſich
Menſchengeiſt zur Schöpferthat.

Wanderjahre.

(1855—1856.)

Mit einer seltenen Schaffensfreudigkeit war das große Werk, der „Ekkehard" unternommen und in einer verhältnismäßig kurzen Zeit vollendet worden. Der junge Dichter hatte mit dem ihm eigenen, unermüdlichen Fleiße und auch mit dem ganzen humorvollen Frohmute seines Temperamentes bei der Arbeit gesessen. Der Jugendfreund Scheffels, Oberamtsrichter Schwaniß in Ilmenau, hat in der „Eisenacher Zeitung" eine hierauf bezügliche Episode aus der Zeit der Entstehung des „Ekkehard" veröffentlicht, welche der Vergessenheit entrissen zu werden verdient. Der treue Freund des Toten, dem wir verschiedene wichtige Scheffeliana zu verdanken haben, schrieb:

„Im Jahre 1854 wohnte Scheffel, mit Abfassung seines „Ekkehard" beschäftigt, längere Zeit auf dem Hohentwiel und trug schließlich in das Fremden=buch des dasigen Schultheißen Pfizer folgendes, „von einem Ungenannten" herrührende Gedicht ein:

Was tönet in nächtiger Stunde
Gespenstisch vom Hohen Twiel?
   — Es sitzen zwei auf dem Turme
Im Mondschein und lesen Virgil.

   „Den unsäglichen Schmerz zu erneuen,
Gebeutst Du, o Königin, mir", —
   So flüstert's in klagenden Lauten,
Der Wind verweht's im Revier.

   Herr Ekkehard ist's von Sankt Gallen,
Hell glänzt sein mönchisch Gewand,
   Gegenüber Frau Hadwig, die Stolze,
Die Herrin in Schwabenland.

   Sie nahm einst vor tausend Jahren
Lateinischen Unterricht;
   Da däucht' ihr des Lehrers rot Mündlein
Viel schöner als alles Gedicht.

   Sie lasen nicht weit in dem Buche,
Es hat sich so wonnig geträumt,

Jetzt müssen die Geister vollenden,
Was die Lebenden fröhlich versäumt.

Drum, wen der Herr im Grimme
Zum Mönch und Professor gemacht,
Der führe sich das zu Gemüte
Und nehme sich besser in acht!

Das Original dieses Eintrags ist, wie behauptet wird, von einem Ulmer Kaplan entwendet worden. Der in meinen Händen befindlichen Abschrift aber ist folgendes, vom Dichter für seine Eltern bestimmtes Anhängsel beigefügt: Wie der alte Schultheiß aber vorstehenden Eintrag gelesen, schüttelte er sein runzelgefurchtes Haupt, schlug auf die Buxbaumdose, trank seinen Schluck Bergwein und sprach: „Ich weiß gar net, was der jez do will mit seim Geschreibs. Sitz ich doch schon dreißig Jahr auf dem Twieler Berg und hab zeitlebens noch keinen lateinischen Jammer von der Festong herunter tönen g'hört. Und von Sankt Gallen ist noch nie einer droben gesessen, als der Herr Apotheker Wagemann, und von einer Frau Hadwig ist gar nichts auf dem Schultheißenamt bekannt. — 's muß also mit dem Herrn doch nicht ganz richtig sei, — mei Tochtermann hat's schon lang g'sagt!'"

Eine Welt voll Glanz und eine sorgenfreie Zukunft schien sich plötzlich vor Scheffel aufgethan zu haben. Ohne jede Überhebung, die seinem Charakter überhaupt fernlag, konnte er sich dennoch mit der Befriedigung, welche das Bewußtsein, etwas Tüchtiges vollbracht zu haben, verleiht, sagen, daß sein „Ekkehard" eine selbständige litterarische That, ein Ergebnis emsigster Quellenforschung in Verbindung mit dichterischem Vermögen, ein Werk voll sittlichen Gehaltes und aufrichtiger Überzeugungstreue sei. Seine Phantasie bevölkerte sich im Nu mit dem „Ekkehard" ähnlichen Entwürfen. Kaum hatte das Zünglein, welches seine Lebenswage bisher in banger Schwebe gehalten, sich nach einer Richtung, der litterarischen, endgültig geneigt, kaum hatte die Freude über das Finden einer ihm und seinen Anlagen in jeder Beziehung zusagenden Beschäftigung in Scheffel ihre Schwingen geregt, da ward auch jeder geisthemmende Zweifel in die Schatten des Nichts versenkt und die goldig schimmernde Sonne der Überzeugung schuf im Handumdrehen ein Meer von Plänen, eine Welt von Arbeitslust. Es trübte ihm nicht einmal die Laune, daß er, auch darin ein echter Dichter, das jüngste und beredteste Kind seiner

Phantasie fast verschenkt hatte. „Ekkehard" wurde
nicht in einem Unterhaltungsblatte in Frankfurt am
Main veröffentlicht. Kastropp behauptete es im
„Magazin für die Litteratur des In- und Auslandes"
fälschlich, auch daß der Roman nicht nur vom Publikum stillschweigend abgelehnt, sondern auch der Abbruch der Fortsetzungen verschiedenerseits brieflich
gefordert wurde. „Ekkehard" erschien sofort in Buchform und zwar in der „Deutschen Romanbibliothek".
Es war schlimm für den Anfänger, daß die Kritik
mitleidslos über das Werk herfiel. Natürlich, der
„Ekkehard" sang ja eine neue, ganz unerhörte Weise.
Wie es auch heutzutage noch in ähnlichen Fällen
geschieht, gab man sich nicht die Mühe, den Wert
oder die Berechtigung der neuen Kunstform zu unter-
suchen. Sie paßte nicht in den Rahmen der üblichen litterarischen Jahrmarktsware und taugte aus
diesem Grunde auch nichts. Noch schlimmer aber
und verhängnisvoll für das gesamte fernere Schaffen
des Dichters — wenn auch nicht für den Augenblick — war es, daß Scheffel einem dehnbar an-
gelegten Verlagskontrakte zum Opfer fiel. Die
Firma Meidinger Sohn und Co. in Frankfurt am
Main erwarb den „Ekkehard" auf 15 Jahre zu

freiem, unbeschränktem Vertriebe gegen ein Honorar von 1200 Gulden! Nach dieser Frist sollte das Werk in das volle Eigentum des Verfassers zurückfallen.

Es ließen sich an diesen folgenschweren Vorfall im Leben unsres Scheffels viele lehrreiche Bemerkungen über das Vorurteil knüpfen, welches selbst die größten Verleger manchen dichterischen Erzeugnissen entgegenzubringen pflegen, und über das starre Festhalten derselben an dem Buchstaben des Kontraktes, wenn die von ihnen anfänglich mit Mißtrauen empfangenen Werke schon längst „den Schweiß der Edlen" zu goldenem Regen verwandelt haben. Die Litteraturgeschichte aller Völker hat diesen Mord am Lebendigen schon längst gebrandmarkt, und es genügt in diesem Falle, den Abscheu vor einer Handlungsweise auszudrücken, die durchaus geeignet war, ein dichterisches Talent schon im Keime zu ersticken. Doch wie gesagt, vorläufig machte sich Scheffel keine Sorgen um die elende Rente, die ihm ein großangelegtes und durchdachtes Werk abgeworfen hatte. Als klassisch geschulter Mann tröstete er sich vielleicht mit dem Ausspruche, daß namentlich der Schriftsteller vor seinem Tode nicht glücklich zu preisen wäre, welchen Gedanken er selber in die bitteren Worte gekleidet hat:

Du mußt, o Freund, erst im deutschen Land
Lebendig zur Mumie werden.

Zum Leben besaß er, beziehungsweise sein Vater das Nötige und er hatte überdies diesem schließlich gezeigt, daß auch die Dichtkunst ein Erwerbszweig sein könne. Den Kopf mit neuen Entwürfen voll, ging er nach Unterbringung des „Ekkehard" noch im selben Jahre zum zweitenmale nach Italien. Er begleitete den Maler Anselm Feuerbach in die nördlichen Teile der schönen Halbinsel, insbesondere nach Venedig.

Es war kein Wunder, wenn er nun, nach Ordnung der Dinge in der Heimat, mit dem Bewußtsein in der Brust, ein neues Leben begonnen zu haben, die Welt mit ganz anderen Augen anblickte. Er vertiefte sich an Ort und Stelle gründlich in die Kunstschätze aus der Blütezeit Italiens und konnte sich keinen bewanderteren Führer wünschen, als Anselm Feuerbach. Und diese Schätze der Malerei und Baukunst, welche in der Lagunenstadt angehäuft sind, die finsteren Paläste und von buntem

Leben erfüllten Kanäle, sie redeten für den geistreichen Dichter bald keine stumme Sprache mehr·
Vor seinen inneren Blicken entstand in immer greif-
bareren Formen die Zeit, in der in Italien zum
anderenmale die bildenden Künste einen klassischen
Triumph feierten, während welcher der höchste,
selbst der entartete Adel des Landes den Fürsten
der Malerei zu Füßen lag. Ein auf italienischem
Boden spielender Romanstoff aus dem 16. Jahrhundert war ein Vorwurf, der einen Scheffel locken
mußte. Hier hätte sein ungeheures Wissen, sein
Bewandertsein in der Geschichte überhaupt, wie insbesondere in derjenigen der bildenden Künste, in
Verbindung mit den lokalen Studien wahrscheinlich
den glänzendsten Sieg seines Genies herbeigeführt.
„Tizians Ende" — unter diesem Titel und unter
diesem Gesichtspunkte sammelte Scheffel die Notizen
zu seinem künftigen Romane — wäre jedenfalls ein
noch vollenderetes Kulturbild aus dem Mittelalter,
als der „Ekkehard" es ist, geworden.

Die glückliche, arbeitsluftige StimmungScheffels,
welche in Venedig über ihn gekommen war, cha-
rakterisiert ein Beitrag aus seiner Feder zu dem im
Jahre 1855 von Otto Müller und Theodor Creizenach

gegründeten „Frankfurter Museum". In diesem
„Briefe aus Venedig", wie in allen feuilletonistischen
Arbeiten Scheffels, finden wir den getreuen Beobachter in harmonischer Weise mit dem Dichter vereinigt. „In der Akademie der schönen Künste",
heißt es da, „strahlt der Farbenglanz der alten
venetianischen Meister in unvergänglicher Glut und
in so gleichmäßig weicher Harmonie, daß es einem
schier bedünken möchte, als wären die Pinsel all'
jener, die im 16. Jahrhundert zu Venedig das
Reich der Farbe beherrschten, mit einem besonderen
Zauber gefeit gewesen, von dem ernst einfachen
Giovan Bellini bis zu dem glutsprühenden Titian,
dem graziös sicheren Paris Bordone und dem anmutig kecken, lebenstreuen Paul Veronese, eine
Grundstimmung, die mir jetzt erst klar gemacht hat,
daß das Malen kein Kolorieren von Kartons ist,
sondern ein eigenes, volles, in Farben und nur in
Farben sich bewegendes Denken, dem Linie und
Komposition und alles andere nur als ganz unter-
geordnete Nebensachen dienstbar sind." So spricht
der Theoretiker der Kunst und dann tritt er dem
von dem Zauber der venetianischen Nächte tief er-
griffenen Dichter das Wort ab. Die Gondel führt

ihn hinaus an den Lido, „wo hinter weißen Sand-
dünen das Adriatische Meer seine unendliche Fläche
fluten läßt. Man wirft sich in die stärkenden Wellen
und fährt erst in dunkler Nacht seinem alten Venedig
wieder entgegen — und die Lagunen leuchten in
einem beständigen Phosphoreszieren bei jedem Ruder-
schlag, als würde ein Gewimmel silberner Funken
in der Tiefe wach, und die Seele möchte sich schier
verträumen, wenn das Menschengelärme an der
Riva degli Schiavoni und der klagende Marionetten-
könig, der oft um 11 Uhr nachts seinen fünften
Akt und seinen Tod noch nicht gefunden, sie nicht
wieder in die Gegenwart zurückriefe.“

Aus der kaum gefundenen Gleichstimmung des
Gemütes scheuchte Scheffel das Gespenst der asia-
tischen Cholera. Der Dichter packte seine Notizen,
der Maler Pinsel und Palette ein und Scheffel sowie
Feuerbach nahmen Aufenthalt am Tobliner See im
Kastell Toblino. „Und eine Reihe von Wochen“,
heißt es in dem ebenfalls im „Frankfurter Museum“
und zwar in den Nummern 11, 12, 13 veröffentlichten
Briefen „Aus den tridentinischen Alpen“, „sind wir
beide Bewohner dieses stillen, seitab von allem
Menschengewimmel gelegenen Seeasyls geblieben;

es verdiente freilich eine nähere Schilderung, wie
zwei löbliche Meister freier Künste, ein Maler und
ein Poet, hier an welscher Grenzmark, unter Menschen
fremder Zunge ihr Sommeridyll nicht ersannen,
sondern erlebten. Denn die allgütige Frau Poesia,
die zur Zeit in der Welt draußen, wo die Kriegs-
völker aufeinander schlagen und die Industrie der
Maschine mit goldenen Preisen belohnt wird,, böse
Tage durchmachen muß, hat ihnen viel Schönes beschert zum Dank dafür, daß sie in fremdem Berg-
land getreulichen Sinnes ihren Spuren nachzogen."
In diesen Reiseskizzen, deren versprochene Fortsetzung
später nicht erfolgt ist, kommt Scheffels Kunst,
seiner Anschauungsweise plastische Form zu ver-
leihen, zu vollem Durchbruche. Er zeigt sich in
ihnen außer als Forscher, den er nie verleugnet, als
Meister der Novelle, und der Verfasser bedauert es
lebhaft, nur eine kleine Probe der stimmungsvollen
Gestaltungskraft Scheffels in Folgendem geben zu
können. „Es war an einem heißen Sommernach-
mittage, würde eine Novelle in altem Stil beginnen", — mit diesen Worten eröffnet Scheffel
den ersten seiner Briefe — „als zwei junge Männer
in einem einfachen, einspännigen Fuhrwerk das

Städtlein Riva am Garbasee verließen und auf
staubiger Heerstraße in die Gebirge einfuhren, die
sich zu beiden Seiten des wilden Sarcathals als
letzte Ausläufer südtirolischer Alpen der lombardischen
Ebene entgegenstrecken." Die Reisenden stoßen auf
ein gut erhaltenes Kastell, „und daß sie von ihm
nichts Näheres wußten, war, wie der eine sehr ernst=
haft bemerkt hatte, just ein Grund mehr, schleunigst
hinzugehen." „Dieser Anfang", schrieb seiner Zeit
Johannes Prölß in der „Frankfurter Zeitung" sehr
treffend, „ist recht romantisch — samt der leisen
Ironie, welche von vornherein in die geheimnisvolle,
Spannung erweckende Stimmung hineinspielt. Eine
Reise ins Blaue, ins Unbekannte — ohne Reise=
führer, ohne Reiseplan . . . . In solcher Sphäre
findet die Muse Scheffels ihre volle Gewalt über
Sprache und Schilderungskunst." „Jetzt schritten
sie den schiefrigen Fußpfad empor und standen bald
vor dem inneren Portal. Verblichene Malerei war
unter einem einfachen Erker sichtbar. Ein finstrer
Gang führte ins Innere der Behausung; alte rauch=
gebrannte Säulen, denen als Fußboden der unzu=
gehauene, verwitterte Felsboden diente, standen als
Träger einer geschwärzten rußigen Halle vor einem

offenen inneren Hofe; an der einen Wand eine
rissige römische Inschrift, von dem ehemaligen
„Kameralverwalter" (actor praediorum Tublinatium)
Druinus in Kaiser Hadrians Zeit den Schicksals-
göttern geweiht, an der andern Wand Reste von
Arabesken und freskogemaltem, heraldischem Ge-
tier . . . eine luftige, leichte Loggia, von zierlichen
toskanischen Säulchen und Rundbogenstellungen über-
baut, zog sich um das zweite Stockwerk. Ein Stück
blauer Himmel schaute sparsam auf den dunklen
Geviertraum. — „Die Sache macht sich!" sprachen
die beiden zusammen, denn alles war schön in der
Form und „wohlangeraucht" und mit einem leisen
Anflug von Verfall behaftet, kurz ein Gebäu, als
ob es lediglich mit Beziehung auf deutsche Jünger
und Verehrer der edlen Künste in den grünen See
hineingestellt sei. — In der Loggia oben saß allerhand fremdartig aussehendes Volk, neugierig schmucke
Frauengesichter tauchten auf und verschwanden, zu
den Fenstern eines anstoßenden Saales glänzte der
See in tiefsmaragdner Farbe herein. An einem
Tische waren Meß-Instrumente gelagert und tranken
etliche vorüberstreifende Geometer mit einem Kapu-
ziner und einem Jägersmann ihren Wein. Bei

ihnen ging, die Hände auf den Rücken gekreuzt, im
weißen, hausväterlichen Negligékittel, der alte
padrone di casa, von dem das Schicksal der zwei
jungen Männer für die nächsten Wochen abhängen
sollte. Der Alte hatte ein dunkelgefärbtes Antlitz,
das weniger von südlicher Sonne gebräunt, als von
südlichem Weine gerötet schien, halb lag Schlauheit,
halb Wohlwollen auf seinen Zügen, um den Mund
aber ein vertrauenerweckendes Schmunzeln. Die
zwei nahmen eine prüfende Position ein und er=
baten sich einen Trunk vino santo, den man ihnen
als der Gegend preiswürdigstes Erzeugnis gepriesen.
Wie der vino santo mit seinem goldbraunen Feuer
ihre Lippen erwärmt, da waren sie im Innern eins,
daß hier nur im Fall evidentester Unmöglichkeit an
einen Rückzug zu denken sei, und eröffneten dem
Alten rund heraus und ohne Umschweife ihre Ab=
sicht, sich allhier auf dauernde Sommerzeit einzu=
nisten und nicht mehr zu weichen. — Ein solches
Ansinnen aber war Giacomo Sommadossi, dem
Hausherrn, noch nicht vorgekommen, denn wiewohl
er in seinen weiten Hallen jedem, der durch das
einsame Sarcathal zieht, einen Trunk Weines oder
ein Stück Polenta verabreicht, so nimmt er doch

keine fremden Gäste unter das Dach des Schlosses, verschließt vielmehr gegen Abend sorgfältig seine Thore, damit nicht unbekanntes Gesindel, die einsame Wildnis der Gegend benutzend, ihm einen Streich spiele." Als der Alte vollends erfährt, daß es sich um „pittori" handle, will er von der Sache nichts wissen. Da ergreift Scheffel das Wort zu einer gewaltigen Rede über die Ehrbarkeit deutscher Künstler. „Und ein gut Glück wollte, daß just ein blasses, dunkeläugiges Kind mit seltsam schwermütigem Blick durch den Saal schritt. Der deutsche Redner aber hatte nicht umsonst in der Schule gelernt, daß durch geschickte Benutzung unvorhergesehener Ereignisse während der Rede deren Wirkung in hinreißender Art verstärkt wird, darum ergriff er des dunkeläugigen Kindes Rechte, führte es zu Sommadossi dem Alten, legte ihm die Hand wohlwollend aufs Haupt und sprach: „Und nun sag' Du selber, Angiolina, dem Großvater, ob wir hier bleiben oder wieder fortgehen sollen." Das Mädchen hieß zwar, wie sich später herausstellte, weder Angiolina, noch war Sommadossi der Alte sein Großvater, es schaute aber bedachtsam an dem Fremden hinauf und sagte ruhig: „Sie sollen hier bleiben,

die Signori!" Da schien des Alten Herz zu er-
weichen, er sprach vedremmo! Der beabsichtigte
Rebecoup war gelungen."

Doch auch hier in dieser idyllischen Einsamkeit
gelang es Scheffel nicht, eine feste Form für die
„große Venetianer Geschichte" zu finden. Sie ist un-
geschrieben geblieben, ebenso wie der nationale Roman,
dessen Mittelpunkt der tapfere Georg von Frunds-
berg bilden sollte. Zu letzterem sammelte Scheffel
Stoff in Molveno und Mabruzz (siehe die zwei so
benannten Reisebriefe im „Frankfurter Museum").
„Alles verschwand wie neckender Spuk der Nacht,
der deutsche Poet warf seine tinteübergossenen
Blätter als Sühnopfer der unbekannten grollenden
Götter in die Fluten und fuhr mit leerer Mappe,
wehmütig seines Freundes zu Frankfurt gedenkend,
heim über die lauen Gewässer .... Item, es war
schön dort am Fuß der kalkigen und dolomitischen
Tridentiner Alpen, wenn auch bei erschlaffender
Sonnenhitze nicht allzuviel dort geschafft ward. Jetzt
ist von all der Pracht und Bergfrische dieses italie-
nischen Sommers, vom Stillleben im Thal wie von
den gefährlichen Wanderungen und Ritten in un-
bekanntem Gebirg nichts übrig, als eine Reihe farben-

glänzender Studien in den Sammlungen Anselmus
des Malers und ein paar unzusammenhängende Tage-
buchaufzeichnungen, die einem Kreis von Freunden
in der Heimat bestimmt waren. Einiges davon hat
vielleicht auch für andere Leser Interesse — ich lasse
alles in der Form, wie es in kühlen Abendstunden
an Ort und Stelle niedergeschrieben ward, dort im
luftigen Vorsaal, wo mir das blasse Mägdlein Maria
so oft über die Schulter schaute und sprach: „Immer
schreiben — immer schreiben? er muß seine sposa
in Deutschland sehr lieb haben, der fremde Signor,
daß er ihr soviel schreibt!"" Scheffels ganzes Leben
war ein Kampf mit sich selbst, mit dem inneren
Zwiespalt, der in ihm hauste. Je älter er ward,
desto weniger genoß er Stunden reinen, ungetrübten
Glückes. Es ist anzunehmen, daß die Schuld mehr
an ihm selbst, als an den auf ihn eindringenden
Schicksalsschlägen gelegen hat. Was war es denn,
was ihn damals aus Italien plötzlich heimtrieb, ihm
die Sonne seines Lebens trübte? Vielleicht die Vor-
ahnung einer nahen, schweren Krankheit, wahrscheinlich aber nichts. Er überwand die Schwermut nie, die ihm von Kindheit an zu eigen gewesen
und welche die späteren Kämpfe genährt hatten.

Was in seinen Schriften nie genug bewundert werden kann, was ihn mit zum echten Dichter machte, der plötzliche Übergang vom Ernst zur ausgelassensten Fröhlichkeit und umgekehrt, das war in Wirklichkeit eine Krankheit, ein schleichendes Übel, das immer mehr Macht über ihn gewann und — sein frühes geistiges Erlöschen herbeiführte, ja schon vorher verhinderte, daß ein zweitgroßes Werk wie der „Ekkehard" entstanden ist. Der unstäte Wechsel in seinen Stimmungen war es auch, der ihn zum „ewigen Wandervogel" machte, er gönnte ihm nur selten eine ruhige Stunde, er gestaltete das fernere Leben des Dichters zu einem beklagenswerten Ausgang, trotz des außerordentlichen Ruhmes, welcher Scheffel in späteren Jahren in wohlverdienter Weise zu teil wurde. „Es liegt eben", wie Goethe so richtig sagt, „um uns herum gar mancher Abgrund, den das Schicksal grub, doch hier in unsrem Herzen ist der tiefste."

Nichts giebt ein klareres Bild von diesem seelischen Leiden und den inneren Kämpfen des Dichters, als ein Brief vom 5. Mai 1856 aus Lichtenthal bei Baden-Baden an die Gattin des schon einmal erwähnten väterlichen Freundes in Schleswig.

Derselbe lautet im wesentlichen: „Ich habe einen recht schlimmen Winter zu erleben gehabt und bin wieder leidend gewesen, so daß ich mich in die Bergluft zurückgezogen habe, um allmählich wieder frisch und stark zu werden." (Der Brief macht die Adressatin dann des weiteren mit den Schicksalen des Verfassers während seiner juristischen Laufbahn und mit dessen erstem Entschlüpfen nach Italien bekannt.) „Dort waren mir — 1852 und 1853 glückselige, bittersüße Tage beschieden, — ein neues Leben ging mir auf — die Kunst alter und neuer Zeit, die Farbenpracht wundervoll harmonischer Natur, neue Sprache, neue Menschen — o Gott — es war schön und nicht eine Stunde von Bitterkeit getrübt. Was hätte ich Ihnen alles zu erzählen von Rom und der Campagna, von abenteuerlichem Leben im Albaner- und Sabiner-Gebirge, von Neapel und dem orangendurchdufteten sang- und klangreichen Sorrent, von meiner Meereseinsamkeit auf Capri . . . . . Es wird mir heimwehschwer ums Herz, da ich die Namen schreibe, an denen soviel von meiner besten Jugendzeit geknüpft ist. Und eines, was ich der ganzen Welt verschwiegen, dürfte ich Ihnen anvertrauen, da Sie mich verstehen und

nicht auslachen würden, — daß ich nämlich in jenen
italischen Jahren meine Kräfte ernstlich erprobt
habe, ob sie noch ausreichen würden, Landschaftsmaler zu werden; daß ich eine schwere Mappe voll
Studien heimgebracht, die wohl verschlossen und
niemand gezeigt in meiner Stube verborgen liegt,
und daß ich einen schweren, fast zu schweren Kampf
gekämpft habe, als ich sah, daß ich nicht mehr jung
genug war, um all das Schwierige der Technik und
der ersten verfehlten Versuche mit dem Erfolg zu
überwinden, den ich nötig gehabt hätte, um mich
bei beschränkten Mitteln und bei meiner eigenen
Ungeduld aufrecht zu erhalten. So nahm ich von
Italien Abschied mit Wonne und Weh zugleich im
Herzen, aber ungebeugt, denn wer seine Kräfte an
hohem Ziele gemessen, der hat immer innerlich etwas
erreicht, auch wenn er nicht ans vorgesetzte Ziel
kam. Und die Natur hat mir nun nach diesem
verfehlten Versuch ein anderes Gebiet erschlossen,
das mir zwar kein voller Ersatz für das Verlorene,
aber immer ein Ersatz ist — eine stets aufs Schöne
gerichtete Anschauung der Welt und einen rechten
echten Schmerz, das waren die Früchte, die ich mit
heimbrachte, und die haben mich, ohne daß ich selber

darauf gefaßt war, zum Poeten gemacht. In Deutschland habe ich seither wenig Erquickliches erlebt. Bei dem Drang eigenen Schaffens mußte ich just nach dem Gegenteil von dem streben, was die Leute für praktisch halten, nach Freiheit und Einsamkeit, statt nach einer Stellung in der Welt. Und ich habe manche schwere Stunde erlebt im Konflikt mit meinem Vater, der mich immer versorgt wissen wollte, ohne Freunde, die mich verstanden, lange Monate von schwerem Augenleiden heimgesucht — jetzt, da ich eine größere Arbeit vor die Welt stellen konnte, sind die Leute, die sich jedem fait accompli fügen, auch zufrieden und lassen mich in Ruhe.

Aber meine gute Jugend ist in diesen Jahren der Prüfung stark auf die Neigung gegangen; ich habe meinen Nerven zu viel zugemutet und muß jetzt dafür büßen.

1855 ging ich wieder nach Italien .... aber es war wie das Wiedersehen einer für immer verlorenen Geliebten, ich bin nur um so trauriger geworden, zumal da mich die heftige Cholera von Venedig und einer dort begonnenen großen neuen Arbeit verscheucht hat; kaum heimgekehrt, im vorigen

November, wurde ich schwer krank und habe jetzt noch immer mit den Nachwehen zu kämpfen. Aber mein Herz hofft noch auf Sonnenschein, ich meine, es muß jetzt, wo ich die Schwellen des Mannes= alters überschreite, wo die Illusionen verschwunden sind und der Ernst des Lebens beginnt, auch wieder eine Zeit klarer und ruhig arbeitender Thätigkeit für mich kommen, und so Gott will, wird der Körper auch wieder rüstig und frisch. Wie es dann weiter mit mir wird, mag das Schicksal bestimmen, das mich bis jetzt geleitet hat .... ich habe einige Aussicht, in München eine Stellung zu bekommen; auch ein Aug' auf einen Katheder in Heidelberg geworfen . . . Gott wird alles zum guten fügen. „Schweig, leid und lach — Geduld überwindet alle Sach", hab' ich in einem alten Tiroler Stammbuch gelesen."

Es geht auch aus diesem Briefe, wie aus vielen anderen, der Widerspruch, in welchem er zu sich selbst und folgerichtig auch zur äußeren Welt stand, deutlich hervor; aber auch die oft schon hervorge= hobene Thatsache, daß der Dichter selbst in den Zeiten des Trübsinnes und des körperlichen Miß= befindens mit Energie weitere Studien machte und namentlich die Fachlitteratur mit Aufmerksamkeit verfolgte. Davon giebt nachstehendes Gedicht einen drastischen Beweis. Dasselbe wurde dem Verfasser von Herrn Dr. Alfred Holder, dem bereits erwähnten Mitarbeiter des Verstorbenen an der Waltharius=Ausgabe, zur Verfügung gestellt. Das Original befindet sich im Besitze der Familie des im Jahre 1870 verstorbenen Germanisten, Hofrates Adolf Holtzmann, sein Inhalt bezieht sich auf die im Jahre 1855 in Stuttgart erschienene, berühmt gewordene Schrift Holtzmanns „Kelten und Germanen" und auf die Abhandlung, welche Waitz in den „Göttingischen Gelehrten=Anzeigen", Jahrgang 1855, Band I über das Buch veröffentlichte. Der „Stroh=mann aus Kiel" ist Karl Müllenhoff, welcher in seinem Buche „Zur Geschichte der Nibelunge Not" Holtzmanns Behauptungen entgegengetreten war. Das Gedicht Scheffels lautet:

Ein Nachtgesicht.

Was dröhnen die Gräber und Grüfte
Von Gallien bis an den Rhein?
Es schwingt sich empor in die Lüfte
Ein modernes Totengebein.

Wehklagend strömt es zusammen
In langer, unendlicher Schar:
Weißbärtige, fromme Druiden
Und Frauen, den Eichkranz im Haar,

Kriegsmänner mit fremden Gewaffen,
Streithammer und eherner Keul',
Merlinus der Alte selber,
Er jagt durch die Nacht mit Geheul,

Und wer auf Erin einst, der grünen,
Die gaelische Urzeit erschaut,
Und wer an helvetischen Seen
Sein Haus auf den Pfahlbamm gebaut,

Und die aus den kymrischen Bergen
Und die vom bretagnischen Strand
Und die von den rhätischen Gletschern
Und die aus italischem Land:

Sie kommen alle zum großen,
Zum mächtigen Völkerrat,
Dieweil ein deutscher Gelehrter
Sie bitter gekränket hat.

„Wir gingen als Kelten zu Grabe,
Nun sollen Germanen wir sein?

O wer eine Heerstraß' uns zeigte,
Wir würfen die Fenster ihm ein!"

So tönt in der Waffen Geklirre
Ihr schauerlich rotwelscher Schrei,
Da reitet auf hölzernem Klepper
Ein blasser Strohmann herbei.

Der Strohmann schwingt höhnisch die Lanze
Und weist ihnen Wege und Ziel —
Ich glaub', er führt Böses im Schilde,
Ich glaube, das Stroh wuchs in Kiel.

Weh' uns! Jetzt stürmt es im Fluge
Gen Heidelbergs Mauern heran —
Und das hat mit seinem Buche
Der Hofrat Holtzmann gethan.

Wir haben gehört, daß Scheffel in Lichtenthal
bei Baden-Baden die Wiederherstellung von einem
schweren Krankheitsfall abwartete. Im Juni des=
selben Jahres ergriff er abermals den Wanderstab.
Scheffel hat einmal Julius Wolff, dem Dichter des
„Rattenfängers von Hameln" und andrer Epen er=
zählt, wie er es mit seinen Fußwanderungen ge=
halten hat. Danach „studierte er im Winter nach
Büchern und Spezialkarten ein Stück Land so gründ=

lich und so lange, bis er genau darin Bescheid
wußte, und wenn dann der Frühling kam, hängte
der „Wandervogel", wie er sich selbst nannte, die
Tasche um und streifte einsam und vergnügt durch
Berg und Thal, wovon er manches kleine ergötz=
liche Abenteuer zu berichten wußte." Diesmal ging
es in Gemeinschaft mit mehreren Münchener Freunden
in das mittägliche Frankreich, nach Avignon, der
„Grande Chartreuse" und in das Thal Vaucluse.
Kurz vorher hatte die mächtige Überschwemmung
stattgefunden, die Eisenbahn von Tarascon nach
Avignon war kaum wieder in stand gesetzt worden,
als Scheffel „aber fragt mich nur nicht, wie?" —
so schreibt er ironisch — dieselbe benutzte. „Nie=
mals habe ich einen so vollkommenen Eindruck von
sündflutlichen und nachsündflutlichen Zuständen davon=
getragen, wie auf dieser Fahrt, und mancher der
Mitfahrenden schaute mit hellen Thränen im Aug'
oder laut wehklagend auf das weiland so schöne
Land hinaus, dessen Kornfelder, Olivenpflanzungen
und reich wie Gärten angebaute Parzellen mit dem
ganzen eben reifen Erntesegen alles unter einem
Schlamm begraben ruhten. Kaum mag ein Schlacht=
feld schrecklichere Bilder aufzuweisen haben, als eine

solche Wahlstatt elementaren Kampfes; — das waren nicht mehr die „schönen, liedervollen, wonnigen Provencerthale," von denen Lenau singt:

> Heißer glüht der Kuß der Sonne
> Auf den blumenreichen Matten,
> Süß're Labung lauscht die Quelle,
> Kühler säuseln hier die Schatten . . .."

Drei Aufsätze über diese Reise befinden sich, mit Zeichnungen von Scheffels eigener Hand geschmückt, in Westermanns „Illustrierten Deutschen Monatsheften", 2. Band, Jahrgang 1857. Sie widerspiegeln vollständig die Gemütsverfassung ihres Erzeugers. Die novellistische Form tritt fast völlig zurück, an erster Stelle zeigt sich der Gelehrte und der skeptische Beobachter, ja mitunter eine nur schwer verhaltene Verbissenheit, die dann allerdings am „Quell Petrarcas" einer wehmütig sanften Stimmung Platz macht, wie es bei der Gemütsanlage des Dichters nicht anders zu erwarten ist. Recht ergötzlich und stark gepfeffert wird von ihm Herr von Thümmel abgekanzelt. „In der Hoffnung, über Land und Leute etwas zu erfahren, hatte ich den vielgepriesenen Touristen zu mir gesteckt, aber zu

meiner Betrübnis mußte ich wahrnehmen, daß man
etliches von der glückseligen Natur eines Haar=
kräuslers oder Tanzmeisters, oder von der „schönen
Naivität der Stubenmädchen zu Leipzig" in die
Adern gemischt haben muß, um diesen „Klassiker
deutscher Nation" auf dem Schauplatz seiner Thaten
mit Genuß würdigen zu können. Es mag seiner
Zeit sehr pikant gewesen sein, als vornehmer Hypo=
chonder mit einem treuen Johann und einem wohl=
genährten Mopse südwärts zu ziehen, um „durch
Rütteln und Schütteln der Postchaise den freien
Gebrauch der blasierten Seelenkräfte wieder zu er=
langen" .... aber wer außer der süßen Person
des mit verführerischen Brusttüchern und Schürzen
so ernste Kämpfe kämpfenden Hypochonders noch
etwas von den mittäglichen Provinzen oder den
gesellschaftlichen Zuständen des Landes, das damals
in stiller Schwüle gewaltigen Dingen entgegenging,
kennen zu lernen wünscht, der belastet sich vergeblich
mit diesen vier Bänden .... und daß in diesem
kritischen, geschichtlichen Jahrhundert der verdau=
ungsgestörte und aus medizinischen Gründen leicht=
sinnige Reisende durch Frankreich als Klassiker
deutscher Nation der gläubigen Lesewelt gespendet

wird, das ist ein heiteres Stück, worüber er vielleicht selber im Grabe ein Lächeln aufschlägt, und beweist eben, daß die deutsche Nation ein unabweisbares Bedürfnis hat, alles, alles, selbst ihre Klassiker octroyiert zu erhalten." Hätte Scheffel in die Zukunft blicken können, so würde er wahrscheinlich gerechter über uns gedacht haben. Dem berechtigten Ausfalle beigegeben ist eine Abbildung, in der sich Scheffel von einer neuen Seite, als ganz brauchbarer Karrikaturenzeichner zeigt. Man erblickt den Reisewagen des seligen von Thümmel, in dessen Polstern der „Klassiker" spazieren schläft. Auf dem Rücksitze hockt der feiste Mops, „der im schönen Süden an Schwermut" gestorben ist, auf dem Bocke thront der treue Johann mit den Händen in den Rocktaschen.

Nicht ohne Absicht ist eine wörtliche Übersetzung eines Zwiegespräches aus dem 1496 von dem gelehrten Buchdrucker Johann von Amerbach in Basel herausgegebenen „Franciscus Petrarcha Opera" in die Reisebriefe verflochten worden. Das Zwiegespräch handelt von der Schriftstellerei (De scriptorum Fama) und wird von dem Gaudium und der Riato geführt. Scheffel wollte jedenfalls zeigen, daß die Ansichten der Ratio sich mit den seinen decken. Dieselben gipfeln in dem Ausspruche: „Wenn Du der Nachwelt nützen willst, so giebt es nichts Edleres (nämlich als zu schriftstellern); willst Du Dir aber lediglich einen Namen erwerben, so giebt's nichts Eitleres und Du bewirkst mit Deinem Unsinn nur, daß das Papier teurer wird, als sonst." (Gaudium: „Ich schreibe und hoffe mir Ruhm davon.") Ratio: „Ich habe Dir bereits gesagt: Wenn Du eine Ernte hoffst, so würdest Du besser thun zu pflügen oder zu graben, denn es ist sicherer, in den Erdboden als in den Wind zu säen. Und der Eifer berühmt zu werden und das hartnäckige Schriftstellern hat zwar einige als berühmte Leute, unzählige andere aber als Narren und arme Teufel ins Greisenalter befördert und dem Pöbel das traurige Schauspiel bereitet, sie als nackte Schwätzer zu betrachten. Sehet Euch vor, während Ihr schreibet: Die für bessere Beschäftigung taugliche Zeit zerrinnt; Euch selber entrückt und in träumendem Schlaf bemerkt Ihr es nicht, bis spät Euch Alter aufrüttelt und Armut." Und Scheffel selbst zieht die Folgerung aus diesem menschenkundigen Vermächtnis Petrarcas, das die Gegenwart sehr beherzigen sollte. Er sagt: „Es fällt schwer, sich eines Kommentars zu diesem Zwiegespräch zu enthalten; der Leipziger Schillerverein dürfte füglich, mit dem Gedenkspruch aus des Dichters vierter Ekloge:

Sorte tua contentus abi, citharamque relinque!

einen Separatabbruck veranstalten und ihn zu Nutz und Frommen aller, die noch Opfer der Schreibkrankheit zu werden drohen, auf Schulen, öffentlichen Plätzen, Kanzleistuben, Bierkellern, Kaffeehäusern und wo sonst hoffnungslose Kandidaten des Schriftstellertums vorzukommen pflegen, verteilen lassen."

Ein zweiter, aus Scheffel selbst kommender Herzenserguß über das Elend des Schriftstellertums befindet sich an folgender Stelle: „. . . Unterdes war Godefroy Lefort, der Kutscher, an die Felswand hinübergegangen und kam mit einem wahren Gebüsch von Lorbeer in der Hand zurück. „Monsieur," sprach er, „un souvenir de Pétrarque!" Er ergriff ohne weiteres meinen Hut und steckte einen Zweig darauf; „grenouille de Dieu," fuhr er fort und zeigte auf mein unvorsichtiger Weise offen an der Mauer liegen gebliebenes Taschenbuch:

— „j'ai bien vu que vous êtes poète vous-même, ça me parait bien belle chose, d'être poète!" . . . . . Im stillen aber dachte ich: „Wackrer Rosselenker von Avignon! Wenn Du wüßtest, was für Freuden am Lebensweg eines Poetleins des neunzehnten Jahrhunderts wachsen, wenn Du wüßtest, was für böse Männer in Leipzig und anderwärts hausen, die unsereines wie die Sardellen behandeln, die Köpfe abschneiden, das Herz ausweiden, ranzig Öl über uns gießen und Leiche an Leiche in die Toten- schreine ihrer Geschichtskompendien einmarinieren, — wenn Du wüßtest, wie wenig es sich, wofern Du nicht wenigstens „bürgerlicher Realitätenbesitzer" bist, rentiert, wenn „ein waltender Gott den hohen Gesang Dir verliehen hat", wie die Laura von heut- zutage, und wenn Du eine Million Sonette zu ihrem Preis sängst, Dir doch einen Korb giebt, um dem Salomon Alpari oder einem andern streit- baren Mann vom Crédit mobilier die Hand zu reichen . . . . ich zweifle, wackerer Godefroy Lefort, ob Du noch einmal sagen würdest: Ça me parait bien belle chose, d'être poète!"

Scheffel bricht in den Reisebriefen mannhaft eine Lanze für den vielverkannten Italiener und

vertieft sich mit einem seltenen, liebevollen Wohlwollen in dessen Werke und Persönlichkeit. Er greift
bei dieser Gelegenheit das trockene Pedantentum in
der deutschen Gelehrtenwelt, der er doch selbst zum
Teil angehört, mit der ihm üblichen scharfen Satire
rücksichtslos an. Er berührt die verschiedenen Urteile
über Petrarca, wie dieser Mann viel geschmäht und
wie wenig er nach Gebühr gewürdigt worden ist,
und fährt fort: „Gedenk' ich eines Mannes am
grünen Neckar, den ich an manch schönem Sommer-
tag auf der Kegelbahn des Heidelberger Museums
so manch schönen Wurf ins Volle und nur selten
einen „Pudel" schieben sah, gedenk' ich des verehrten Lehrers, der als oberster Hofrichter über italienische
Poesie zu Gericht sitzt, dann kommt wieder ein ander
Petrarcabild zum Vorschein: Weh Dir, Meister
Francesco, rausche traurig, o Quell von Vaucluse,
klaget, ihr Nymphen der Sorgue, zittert, ihr Pap-
peln des Dichtergartens, zerspringt, ihr Saiten
provençalischer Mandolinen . . . die deutsche Lit-
terar-Historie ist über euren Freund gekommen,
eine schreckliche Alte, unbekannt der glücklichen Jugend
der Menschheit; sie trägt ein Schnurrbärtchen um
die Lippen, Warzen am Kinn und vor Rheumatis-

mus schützende Filzschuhe, — mit Papierschere und
Rasiermesser werden die seligen Dichterleichen seciert,
Excerpte und Aktenbündel herbeigeschleppt, Toten-
gericht gehalten und das Urteil mit Entscheidungs-
gründen ausgefertigt, — alles so gelehrt, so unzweifelhaft, so hochnotpeinlich, daß keine Berufung
und keine Begnadigung mehr möglich ist. Armer
Petrarca, auch Deine Sündenregister sind gefertigt,
die Schleier gelüftet, — leg ab den Königsmantel,
zahle die Sporteln Deiner Verurteilung und zeuch
ein in das große Zucht- und Arbeitshaus, das die
deutsche Kritik statt eines Pantheons den Poeten
zu erbauen pflegt! . . . . . Es mag sein! . . .
Die Toten schlafen ruhig und lassen sich vieles
gefallen, bis sie aus den Gräbern steigen. Es war
mir ziemlich gleichgiltig, was in den „schwarzen
Büchern“ der Nachwelt über den Mann eingetragen
steht, dessen Haus ich besuchte; der Geschichtsschreiber
hat das „privilegium odiosum,“ aus den Gewän-
dern der Dahingeschiedenen den Staub herauszu-
klopfen, — andere freut anderes. Im Schatten
der Gartenmauer an der Sorgue gelagert, las ich
wiederum im Buch der Reime, und weil mir das
Sonett: „per mezz’ i boschi inospiti e selvaggi“

juſt gut gefiel, begann ich zur Kurzweil es frei zu
verdeutſchen und ſchrieb in mein Taſchenbuch, wie
folgt:

Petrarcas Wanderlied.

Ardenniſcher Wald, unheimlicher Tann!
Kaum durchreitet im Harniſch und Helm ſonſt ein Mann
Das Revier der Räuber und Diebe.
Doch wehrlos wandr' ich — es ſchreckt mich nichts,
Ich wandre dahin in den Strahlen des Lichts,
Des Lichts lebendiger Liebe.

Und ich ſinge mein Lied, o Du täuſchender Traum,
Als trüg' es herüber trotz Zeit und trotz Raum
Sie, die meine Augen ſuchen.
O Du täuſchender Traum! Schon wähn' ich ſie hier,
Viel Damen und edle Fräulein bei ihr,
. . . Doch ſind's nur Tannen und Buchen.

Und horch! Was ſchlägt an mein lauſchend Ohr?
Rauſcht nicht aus Äſten und Zweigen hervor
Ihrer Stimme melodiſches Grüßen?
O Du täuſchender Traum! — Nur der Vogel ſingt,
Über Moos und Kräuter der Bergquell ſpringt
Und murmelt leis im Entfließen.

Keines Menſchen Fuß hallt weit und breit,
Der ſchweigende Hauch der Waldeinſamkeit

Umweht mich mit schauernder Wonne.
Ardennischer Wald, wie hätt' ich Dich gern,
Stünd' Deinem Dunkel nicht allzu fern
Meiner Liebe leuchtende Sonne!

Scheffel ist in in der That nie mit den Zopf-
gelehrten eins gewesen und er hatte von seiner eigenen
Individualität heraus recht, sie anzugreifen. Denn
was immer an gelehrter Prosa und an gelehrter
Poesie er uns auch gegeben hat, das ist durchtränkt von einer allmächtigen Liebe zu der menschlichen Gesellschaft; man hört aus seinen Worten,
welchem Zeitmaße sie auch immer gegolten haben,
den Flügelschlag eines unendlichen seelischen Em-
pfindens, den Harfenton menschlicher Duldsamkeit,
nicht das oberflächliche, neidische, gefühllose Durchhecheln derjenigen Geistesgrößen, welche der eigenen
Persönlichkeit und dem eigenen Geschmacke entgegen-
streben. Nicht der kaltnüchterne Verstand, sondern
das lebendige, warmblütige Herz ist der Barometer
der Wahrheit. Folgendes Sonett, welches Scheffel
am Quell von Vaucluse niedergeschrieben und
dessen Ende er in den angezogenen Reisebriefen
veröffentlicht hat, spricht diesen Gedanken in den
schönen Schlußworten aus:

Graugelber Fels von wen'gem Grün umschlungen,
Senkrechte Wand, das enge Thal verschließend,
Ein Feigenbusch, dem kahlen Spalt entsprießend,
Stilltiefer Quell, dem Bergesgrund entsprungen:

Das ist der Ort, wo einst Petrarc gesungen,
Der Einsamkeiten stilles Glück genießend
Und alte Lieb' in jungen Liedern büßend —
O Thal von Vaucluse, o Erinnerungen!

Ein halb Jahrtausend ist thalab gerauschet,
Seit hier die Nymphen Lauras Freund belauschet,
Stumm ruht die schatt'ge Wildnis und verschwiegen.

Doch ewig quillt, wie hier Petrarcas Quelle,
Der Dichtung Born in bergesfrischer Welle:
Was aus der Tiefe kommt, kann nie versiegen!

Im Münchener Musenhof.
Der Bibliothekar.   Auf Reisen.

(1857—1861.)

Es hatte sich inzwischen in der Isarstadt unter dem Schutze des den schönen Künsten holden Königs Maximilian II. ein großer Kreis von berühmten Meistern der Dichtkunst und der Malerei und von Gelehrten versammelt. Auch Jünger derselben, welche ihre Namen später ebenfalls in Ehren berühmt gemacht haben, hatten sich eingefunden. Emanuel Geibel, der mit anderen vom Könige nach München berufen worden war, hat jenen Musenhof in Isarathen und seinen hochherzigen Beschützer, um den sich Männer wie Moritz von Schwind, Franz von Kobell, Wilhelm Riehl, Dönniges, Hermann Lingg, Heyse, Bodenstedt geschart, mit den feierlichen Worten gepriesen:

Und oft, wenn vor dem wissensdurst'gen Geist
Ein Strahl ihm aufging jener Gotteskraft,
Der ewig Einen, die im leisen Blühn
Der Pflanze, wie im Auf= und Niedergang
Der Völker und der Zeiten sich enthüllt:
Da flog ein Leuchten über seine Stirn,
Und höher schlug sein Herz, als wär' er selbst
Der Weisheit Jünger, nicht ihr Vogt und Hort.
Doch liebt' er's, wenn um solcher Stunden Ernst
Erheiternd sich der Kranz des Schönen flocht;
Und wie er selbst in jungen Jahren wohl
Geprüft die Saiten, bis des Scepters Pflicht
Ungern das holde Spiel ihn meiden ließ,
Verlangt' ihn nach der Muse Gastgeschenk.
Denn göttlichen Geschlechts noch ehrt' er sie,
Und in der Forscher strengen Kreis entbot
Er, die ihr dienten, daß sie mit Gesang
Des Busens Wellenschlag ihm schwichteten.

Nach München zog es nun auch Scheffel, als
er von seiner Reise nach Südfrankreich zurückge=
kommen war. Hier in dieser künstlerischen Atmos=
phäre hoffte er nicht nur ganz zu gesunden, sondern
auch die Kraft zur Vollendung des in Italien be=
gonnenen Romanes zu finden. Und in der That,
die Wahl des Aufenthaltes war für Scheffel eine

günstige gewesen. Er begann wirklich wieder zu
arbeiten; er übernahm neben Professor von Riehl
die Redaktion des großen Werkes „Bavaria, Völker-
und Länderkunde des Königreichs Bayern." In
München war er indessen nicht der einzige Ver-
treter des väterlichen Namens, und daß er es nicht
war, wurde sein Glück, der Sporn zum tüchtigen
Schaffen. Seine Schwester Marie war inzwischen
herangewachsen und hatte sich zu einer duftigen
Blume erschlossen. Für Joseph, der von Kindheit
an mit fast mütterlicher Zärtlichkeit um sie besorgt
gewesen — es wurde weiter oben bereits bemerkt,
daß die Schöpfung der „Charakterkatze" Hiddigeigei
wohl auf die Vorliebe der Schwester für das
Katzengeschlecht zurückzuführen ist —, war sie alles,
denn in ihr fand er alles vereinigt, was an einem
Weibe anbetungswürdig erscheint, eine seltene Schönheit des Geistes und des Körpers und einen Charakter, der so lauter und rein wie ein ungetrübtes
Glas erschien. „Was war es für ein herrliches
Geschöpf!" hat Felix Dahn von ihr gesagt. „Schlank
und hoch wie eine Schwarzwaldtanne, schön mit
ihren prachtvollen goldbraunen Flechten, und von
herzgewinnender, unwiderstehlicher Anmut des Leibes

unb mehr noch — der Seele. Tief, innig, echt
poetisch, ohne jedes sentimentale „Gethu" — wie
wir an der Isar sagen —, voll des köstlichsten
schalkhaftesten Humors, von unvergleichlicher Innig=
keit, Sinnigkeit und angeborner Lieblichkeit jeder
Bewegung, der Stimme, des Aufschlagens der langen
Wimpern, des seelenvollen, hellbraunen Auges. Ich
sehe noch — nach einem Menschenalter! — ihr
reizendes Lächeln, wenn sie die alemannischen Gedichte Hebels oder — und das stand ihr am hol=
besten! — die kleinen Scherzgedichte ihrer Mutter
in jener Mundart vortrug."

War es nun der Umstand, daß Marie in der
Ausübung des Faches unbehindert war, das sich
Scheffel trotz der ihm dargebrachten Liebe spröde
verschlossen hatte, — der Malerei, oder war es
das Weh einer verschmähten Jugendliebe, welches nach
Friedrich von Bodenstedts Meinung in ihm nagte?
Eines jedenfalls machte beide Geschwister in München
zu einem schier unzertrennlichen Ganzen, und es
soll rührend anzublicken gewesen sein, wie herzlich
die beiden Scheffels für einander sorgten und mit
einander schufen. Und dieses innige Verhältnis
sollte von der unbarmherzigen Vorsehung so jäh

zerstört werden! In kurzer Zeit sah sich Scheffel
wieder aus allen seinen Himmeln gerissen, sah er
ein gutes Teil seiner selbst für immer in die kühle
Erde gebettet. Der damals in München wütende
Typhus raffte auch Marie Scheffel, fast von heute
zu morgen dahin. „Ich erinnere mich des Falles
noch sehr genau", schreibt Friedrich von Boden=
stedt. „Scheffels Wohnung lag nicht weit von der
meinigen. Wir waren eines schönen Abends zu=
sammen mit seiner Schwester und meiner Frau bei
einer Baronin von Mettingh, welche sich in hohem
Alter — sie zählte damals schon über achtzig Jahre —
eine so merkwürdige Frische des Geistes und Ge=
dächtnisses bewahrt hatte, daß sie bei ihrem reichen
Wissen und ihrer großen Welt= und Menschen=
kenntnis für die bedeutendste Frau in ganz München
galt .... An jenem Abend nun gestaltete sich die
Gesellschaft bei der Baronin von Mettingh besonders
anmutig durch Fräulein Scheffel. . Alt und jung
war von ihrer Erscheinung entzückt. Es ging wie
ein Zauber von ihr aus, dem sich die Damen eben=
sowenig entziehen konnten, wie die Herren, und der
auch merkwürdigerweise Neid und Eifersucht, die
gewöhnlichen menschlichen Regungen bevorzugten

Persönlichkeiten gegenüber, gar nicht aufkommen ließ. Einer flüsterte dem anderen zu: „Welch ein entzückendes Geschöpf!" Als wir nach Mitternacht heimkehrten, saß im Wagen Scheffel meiner Frau, und ich seiner Schwester gegenüber, welche beim Abschiede sagte: „Welch ein schöner Abend war das!" Das waren die letzten Worte, welche ich von ihr hören sollte; schon am nächsten Tage kam die Kunde von ihrer Erkrankung, der sie bald zum Opfer fiel."

Das Leben birgt sogestalteter Trauerspiele eine Menge. Doch selbst den Fernstehendsten ergreift es mit Wehmut, wenn er die kalte Hand des Todes in den Frühling eines Menschenlebens hineingreifen sieht. Man ahnt also den furchtbaren Eindruck, den das schmerzliche Geschehnis auf Scheffel machen mußte, in dessen zartbesaitetem Innern jedes Ereig-nis, gleichviel ob fröhlicher, ob trauriger Natur, auf lange hinaus nachzuklingen pflegte. Er sollte durchaus, wie es schien, kein ungetrübtes Glück ge-nießen. Noch ehe es in Scheffel dämmerte, daß er zu einem „stolzen Poetenlos", wie Ferdinand Freiligrath sich ausgedrückt hat, auserlesen, drückte ihn bereits ein neidisches Schicksal so sehr darnieder, daß bei seinem weichen Gemüt an ein Aufkommen nicht mehr zu denken war. Seine eigenen und seiner Freunde Bemühungen, ihn der Dichtkunst wieder= zugewinnen, waren so gut wie vergebens aufgewendet. Als ein wirklicher Schmerz, wie es der Tod der heißgeliebten Schwester für ihn gewesen ist, an ihn herantrat, da fand er bereits den fertigen Dichter vor. Und der — verstummte. Einige nähere Freunde Scheffels wollen wissen, daß dieser in München an dem schon erwähnten Romane „Tizians Ende“ ein= gehend zu arbeiten gedachte, und er scheint es auch thatsächlich gethan zu haben, denn er soll damals sich geäußert haben: „Ist es nicht ein Verhängnis, daß ich in München eine Arbeit begann, drin ich allen Glanz einer edlen, jugendschönen, der Kunst zugewandten Weiblichkeit in Gestalt von Tizians Schülerin Irene schildern wollte und zu Marien sagte: „Wenn was Gutes hineinkommt, ist's von Dir, aber sie muß frühe sterben, die Gestalt meiner Dichtung!“ Jetzt kommt der Tod und reißt mir mein bestes Leben von der Seite, und ob ich je wieder eine Feder anrühren kann, weiß ich nicht!“ Aus dieser Äußerung, ebenso daraus, daß er sich einbildete, er hätte durch sein Zureden zur Reise der Schwester nach München deren Tod veranlaßt, geht hervor, daß Scheffel nicht frei von Aberglauben war. Später hat sein häufiges Erkranken eine Art Schwarzseherei in ihm ausgebildet, die auf seine Umgebung äußerst peinlich wirkte. So sprach er bereits viele Jahre vor seinem wirklich erfolgten Tode unaufhörlich von seinem demnächstigen Dahin= scheiden! Felix Dahn dagegen berichtet in der vom Hofrat Bartsch herausgegebenen Heidelberger Jubi= läums=Chronik „Ruperto Carola“ von einem anderen Romane, der in München zum Teil ausgearbeitet wurde und im Zusammenhange mit Scheffels letzter Reise stand. Dieser sollte die Kämpfe der Albigenser in Süd=Frankreich gegen die Inquisition des Papsttums im XIII. Jahrhundert schildern und auch nach Rom und Venedig hinüberspielen. „Scheffel las mir die Eingangskapitel teils vor, teils gab er mir die Reinschrift zu lesen: sie zählten zu dem Allerschön= sten, Ergreifendsten, was Scheffel gedichtet hat! Gleich das erste Kapitel, welches den Gottesdienst der frommen, armen Berghirten schildert, wie sie, aus den faulen heuchlerischen und verweltlichten Zuständen der Staatskirche hinweg nach reinerer Gottesverehrung sich sehnend, aus dem Thal emporsteigen auf die höchsten Gipfel der Berge und hier ohne Kirche und Altar beim Aufgang der Sonne ihre weihevolle Andacht verrichten, wobei sie dann von den Spähern der Inquisition überrascht werden, war von hinreißender Schönheit .... Die Heldin, die weibliche Hauptgestalt, war seine Schwester gewesen: es war ihm nicht möglich, an dieser Figur weiter zu arbeiten." Da Scheffel auch später= hin nicht im stande war, eine Vollendung der begonnenen Arbeiten vorzunehmen, so hat der Tod seiner Schwester das ganze Deutschland um einen reichen Hort echt Scheffelscher Poesie ärmer gemacht.

Vor Schmerz selbst fast leblos, geleitete der junge Dichter die Tote auf demselben Wege nach Karlsruhe zu den erschütterten Eltern zurück, den beide kurze Zeit vorher wie ein zärtliches Braut= paar mit hoffnungsfreudigen Blicken und Hand in Hand in umgekehrter Richtung zurückgelegt hatten. Als man, was an Marie Scheffel sterblich gewesen, unter großer Beteiligung der heimischen Erde über= geben hatte, erschien in der Karlsruher Zeitung der folgende poetische Nachruf, dessen Verfasser zweifel= los in Joseph Scheffel zu suchen ist:

Gleich einer Fee lichtumflossnen Walten
War Deines Erdenwallens kurzer Lauf,
Nicht irb'sche Sorgen durften Dich beflecken,
Drum schwebtest früh zum Paradies Du auf.
Zu groß für dieses Lebens niedres Ringen,
War Deine Seele himmlisch mild und rein,
Dein Geist vermählte sich dem Urquell wieder,
Zog frei in seine ew'ge Heimat ein.

Es kränzten Kunst und Genius Deine Wiege,
Sie flechten eine Krone auf Dein Grab,
Die Freunde, die Dich liebten und verehrten,
Viel heiße Thränen weinen sie hinab.
Doch die, in deren Mitte Du einst segnend
Wie ein verklärter Engel hast geweilt,
Sie blicken schmerzzerrissen nun nach oben,
Wohin, so jung, Dein edler Geist enteilt.
In unsren Herzen sei voll frommer Liebe
Ein Denkmal der Erinn'rung Dir geweiht,
Bis wir in jenem Land Dich wiederfinden,
Wo Herz an Herz und Seel' an Seel' sich reiht.

In Karlsruhe hielt es den Dichter nicht lange;
er fuhr nach Heidelberg hinüber, um in diesem
Jungbrunnen seines Leibes einigermaßen lebig zu
werden:

Nun stoß ich meinen dürren Stab
In diese geweihte Erde,
Daß er in neuem Blatt und Laub
Ein Schattendach mir werde.

Nun ströme, du rheinisch Traubenblut,
Du Hort unsäglicher Gnaden;
In deiner verjüngenden Feuerflut
Will ich gesund mich baden.

Ein von dort aus an einen Zeichner der „Fliegen=
den Blätter" in München gerichteter Brief giebt
uns Aufschluß über des Dichters sich aufbessernde
Stimmung. Doch scheint Scheffel eine solche mit
Gewalt herbeigeführt zu haben, denn eine Lieblosig=
keit war ihm nicht zuzutrauen; suchte er die Gesellig=
keit des „Engeren", als kaum ein halbes Jahr nach
dem Trauerfalle verflossen war, in hervorragender
Weise wieder auf, so geschah es lediglich aus dem
Grunde, sich über den noch wühlenden Schmerz in
seinem Innern hinwegzutäuschen. Es wäre zu
wünschen gewesen, er hätte diesen Weg auch im
späteren Leben eingeschlagen und sich nicht in der
Einsamkeit des Gebirges begraben. Der bewußte
Brief lautet:

Lieber Freund!

Nach langer trauriger Zeit möchte ich Ihnen einen Gruß schicken. Beiliegendes Blatt macht Ihnen, dem vortrefflichen Gestalter des Rodensteiners, vielleicht Freude — und den Fliegenden Blättern, die ich bestens zu grüßen bitte, auch: Ich meine, man könnte den Rodenstein, so wie er das wilde Heer anführt, zu einer typischen Gestalt machen, auf die — poetisch wie malerisch — noch vieles aus großer Vergangenheit des Trinkens abgeladen werden könnte.

Ich werde nach Kräften hier in Heidelberg, wo allezeit viel um Zapfen gesessen wird, mich um seine weiteren antecedentia bemühen. Die drei Dörfer-Vertrinkung des beiliegenden Liedes würde, wie mir scheint, drei schöne Illustrationen verdienen:

1. Der große volle Saus und Braus,

2. weitertrinkend mit mäßigeren Mitteln,

3. abgebrannt (oder der Blick in die Zukunft, wo die Jugend das dritte Dorf vertrinkt).

Überlegen Sie sich die passendste Form. Aber behalten Sie ja die Rodensteinerfigur vom wilden Heer in ihren Grundzügen bei.

Das wilde Heer mit ihrer prächtigen Illustration ist hier sehr heimisch und sangbar geworden.

Dabei fällt mir noch was ein. Ich kenne niemand, der mit Kompositionen bummliger, aber schöner Musik sich befaßt. Wüßten Sie nicht vielleicht in München einen sachkundigen Mann, der sich entschlöße, das zeitgemäße, edle Ausschreiben des Mainzer Karnevals durch musikalische und „dem närrischen Zwecke entsprechende" Inmusiksetzung dieser Rodenstein-Trilogie zu honorieren?

Komische Musik! — — ich meine, die sollte auch noch eine Zukunftsmusik werden können.

Aber die Frist — 22. Dezember, ist kurz. Vielleicht wissen Sie einen „richtigen" Komponisten.

Ich grüße Sie von ganzem Herzen und möchte gerne wieder einmal in München und auf Ihrer traulichen kleinen Stube sein. Aber meine Erinnerungen sind allzu herb, als daß ich an ein Wiedersehen denken kann. Ich vegetiere so hin; zur Zeit in Heidelberg, wo ich den Winter über bleibe.

Adresse: beim Geheimen Rat Leonhard am Klingenthor, — oft fröhlich — noch öfter traurig, und dem Leben keinen Reiz mehr abgewinnend.

Leben Sie wohl und bleiben Sie gut Ihrem
Jos. Viktor Scheffel.

Heidelberg, 29. September 1857.

An Herrn v. Schwind, sowie an seine Gemahlin und die Kinder — und die ganze holzvertäfelte unterirdische Klause, wo ich so manchen Abend fröhlich saß — tausend Grüße.

Im folgenden Jahre erschien abermals in den Westermannschen Monatsheften eine Arbeit Scheffels, welche im vorhergegangenen Jahre entstanden war. Diesmal war es eine Novelle, „Hugideo, eine alte Geschichte" betitelt. Sie ist erst vor zwei Jahren in Buchform erschienen und hat es bereits bis zur vierten Auflage gebracht. „Hugideo" ist ein kleines Genrebild geblieben, wie es der Dichter zur Zeit seiner nicht sehr der Arbeit holden Stimmung gemäß angelegt hatte. Man kann das nur bedauern, denn über der Erzählung liegt ein so ausgesprochener poetischer Duft, daß der mangelhafte Schluß den Leser notwendigerweise verletzen muß. Der Dichter läßt uns nur ahnen, in welchen Beziehungen der Juthung Hugideo, die schöne Römerin Benigna Serena und der Centurio mit einander gestanden haben, auf dessen Dolch der Wahlspruch prangte: „Fortes adjuvat ipsa Venus". Es wäre Scheffel hier ein Leichtes gewesen, seine „alte Geschichte" zu einem Kulturbilde zu erweitern, in dem er in seiner anschaulichen Weise den Untergang des Römertums, das siegreiche Vordrängen der hunnischen Scharen hätte schildern können. Daß er es selbst später nicht gethan hat, als er die Buchausgabe des „Hugideo" besorgte, läßt mich vermuten, daß ihm weniger daran gelegen war, eine formvollendete, kulturgeschichtliche Novelle zu schreiben. In diesem um seine Liebe betrogenen Juthung, der in der Einsamkeit mit der Büste seiner Geliebten einen gottähnlichen Kultus treibt, möchte ich ihn selbst, in der letzteren das versinnbildlichte Andenken an seine Schwester erblicken.

Te spectem, suprema mihi cum venerit hora,
Te teneam moriens deficiente manu.

Und für dieses Totenopfer wählte Scheffel die Form der geschichtlichen Novelle, einmal weil er so am leichtesten seine eigene und der Schwester Persönlichkeit verstecken konnte, andrerseits, weil es ihm, dank seiner lebhaften Phantasie, ein Bedürfnis geworden war, jedes Geschehnis, jeden Vorgang mit Hilfe derselben zu einem kleinen Roman auszuspinnen. Selbst mit dem unbefriedigenden Schlusse ist „Hugideo" eine sehr lesenswerte Arbeit Scheffels, die, trotz des kleinen Rahmens, in dem sich die Novelle abspielt, mit allen Reizen der Muse und der Sprache dieses Dichters ausgestattet ist. Selbst der Humor hat in ihr eine Stelle gefunden: „Alles muß ruiniert sein! sagt Herzog Krokus' selige Großmutter."

Von Heidelberg reiste Scheffel zur Enthüllung des Goethe-Schiller Denkmals nach Weimar, wo er sich im damals Roltsch'schen Hause am Markte, 2 Treppen hoch einquartierte. Der Aufenthalt dort auf geweihter Erde, die wiederholte Reise durch die Thüringer Lande, vor allem der Besuch der Wartburg mit ihren Schwindschen Fresken regten neue Gedanken in ihm an. Wenn einer der Mann dazu gewesen ist, die höfische Zeit der deutschen Minnesänger zu verherrlichen, jene Periode der klassischen Blüte deutscher Dichtung, so war es Scheffel. Sein urdeutsches Wesen und sein allumfassendes Wissen drängten förmlich zur Ausarbeitung eines so geschichtlich wertvollen, idealen Vorwurfes, der des Dichters ganzer Veranlagung entsprochen hätte. Scheffel fühlte es und zögerte auch nicht, mit den Vorarbeiten zu beginnen. Der kunstsinnige Großherzog Karl Alexander, den der „Ekkehard" besonders angesprochen, zögerte nicht, dem Dichter bei einem späteren Besuche das Versprechen abzunehmen, einen Wartburg-Roman zu schreiben. Der scharfsichtige Fürst hätte Scheffel gern als Bibliothekar fest an seine Umgebung geknüpft, doch diesen hatten die Reiseerlebnisse in Thüringen und das Stillsitzen in Donaueschingen das Blut viel zu sehr in Wallung versetzt, als daß ihn selbst dieser ehrenvolle Antrag zur Seßhaftigkeit hätte veranlassen können. Er versprach dem Großherzoge den Roman, vergaß aber, ihm und dem deutschen Volke das Wort zu halten; er hatte seine unselige schwankende Natur, die ihn durchaus keine größere Arbeit mehr vollenden ließ, nicht in Rechnung gezogen. An Stelle des großangelegten Romanes kamen einige Jahre später zwei fragmentarische Arbeiten an die Öffentlichkeit: „Frau Aventiure" und „Juniperus".

Es gehört an diese Stelle ein Brief, den Oberamtsrichter Schwanitz in Ilmenau in seiner Festschrift gelegentlich der Einweihung des Scheffel-Denkmals in Ilmenau — des ersten in Deutschland — veröffentlicht hat. Er bildet ein bedeutsames Beweisstück für des Dichters Entwicklungsgang und verdient daher die weiteste Verbreitung. Er lautet mit den Anmerkungen des Empfängers:

„Lieber, teurer Jeremias! Die Zeit fliegt schnell; es fällt wirklich schwer aufs Herz, daß es September war, da ich an Deiner Seite so gute, echte, an alte glänzende Jugendzeit gemahnende Stunden verbrachte,[1] und daß wir jetzt März zählen, eh' ich Dir ein Lebenszeichen aus der Ferne gegeben. Aber ich hab' viel und Wechselvolles seither erlebt, — Wanderung, Ein- und Ausquartierung, Antritt eines neuen Berufs ... allerhand hat mich kaum zu Atem kommen lassen. Item, um mit dem Thüringerwald zu beginnen, so war's gar eine gute, frisch ins Gedächtnis eingeschriebene Wanderfahrt, die ich Deinen guten Anweisungen zu verdanken hatte. Von Gotha drang ich ein. Georgenthal, des Bonifazius alte Ansiedelung Altenberga waren die ersten Ziele. Den dortigen Accessisten hab' ich aufgesucht, er war aber nicht zu Hause und fand sich im Gasthaus nicht ein. Andern Tages ging ich zu Fuß einen schönen Waldweg entlang nach Dietharz, dann

---

[1] In Weimar — und sodann in Apolda, meinem Wohnorte, verlebten wir die schönen Stunden, auf die er oben so warm hinweist.

durch den Schmalwassergrund am Falkenstein vor=
bei ins freundliche Jägerhaus Oberhof. Wirtshaus
und Wildbraten, samt dem Trunk Bier, vortrefflich.

Nachmittag und Abend auf dem alten Renn=
steig, der mir, als einsamer, lang sich gleich bleiben=
der, nur vom Gekreisch streichender Vögel und dem
Windesrauschen in den Bäumen unterbrochener
Wald= und Gebirgsweg, einen bleibenden Eindruck
machte. Im Skizzenbuch steht noch ein Punkt ver=
zeichnet, vorne niederer Wald, im Hintergrund weite
Bergaussicht auf den kahlen Rupperg bei Mehlis
und in die Ferne bis zum hohen Dolmar bei Mei=
ningen, ... es war ein herzstärkender Gang.

Die Abendsonne sah ich auf dem Wartturm
des Schneekopfes sinken. Nachtquartier auf der
Schmücke, wo jedoch wegen vielen Fremdenbesuches
und Berliner Andrangs ein Genuß der lokalen
Poesie und des Försters (— des vielbekannten
Morba —) nicht ermöglicht ward. Andern Tages,
in der schweigenden Frühdämmerung, ging ich allein
und träumerisch nach Zella hinab, dann auf langen,
öden, oft an den Odenwald erinnernden Pfaden
am Abhang des Gebirges in das kurhessische Dorf
Steinbach=Hallenberg. Dort bannte mich ein Ge=

witter fest. Wirtshaus und sonstige Zustände waren gänzlich primitiv. Mit Mühe war ein abgesonderter Raum zum Schlafen zu erlangen, . . . da ich im allgemeinen Schlafsaal nicht unterzukommen Lust hatte, wurde mir die Gemeinderatssitzungsstube eingeräumt; — zum bleibenden Andenken hab' ich des andern Tages ein Tintenfaß dort umgestoßen, der Fleck wird noch auf dem Fußboden sichtbar sein. Aber dies eigentümliche Nagelschmiedsdorf mit seiner alten Burg, von riesigen Fichten umsäumt, das abendliche Hämmern und Klopfen auf den Schmiedeambossen, der fröhliche Gesang dazu und die ganze Weltabgeschiedenheit dieses kurhessisch lokal fixierten Gewerbsbetriebs war mir ein neues, nur in Mitteldeutschland noch so erhaltenes Bild alter, der Umgestaltung sich zuneigender Zustände. Mit Weibern, die die Steinbachischen Hufnägel und Schmiedewaren auf kleinen Karren zum Selbstverschleiß in die Umgegend verführten, ging ich nach Kleinschmalkalben und auf den Inselsberg. Bei einem Wegzoller am „Rondel“, Wolff genannt, der aber, seinem Wirtshausschild gemäß, kein Lamm kränkt, war ich über Nacht. Dort war vollständige Thüringerwaldpoesie, vieles Singen der Weibsleute,

Einkehr fahrender Männer und Bergleute, große Kneiperei bis um Mitternacht, viel echtes Volkslied, . . . ich saß unter ihnen wie einer, der dazu gehörte, und hab' mich königlich unterhalten.

Ein alter Postillon, der des Wegs kam, trug mir Grüße an seinen Bruder, den Hausknecht im Schwanen zu Frankfurt auf, die ich auf der Heimreise treulich bestellt habe. Einem andern wär's vielleicht etwas unheimlich geworden, ich war ungeehrt und unversehrt, just in meinem Element.

Eigentlich wollt' ich — Deinem Rate zufolge — auf dem nahen Spießberg einkehren, hab' mich aber in den Waldwegen so verirrt und bin so lang zwischen kurhessischen und gothaischen Marktsteinen umhergewankt, daß ich auf denselbigen Spießberg verzichten mußte.

Ein weiterer Tag führte mich zur Tanzbuche, einem prächtig im Forst versteckten Weidmannshause mit lustig singenden Mägdlein, zum Inselsberg, wo die Aussicht von Wolken getrübt war, und dann, mit guter Begleitung aus benachbartem Schnepfenthal, durch den Lauchagrund über Kabarz und Tabarz nach Reinhardtsbrunn. Dort war der Hof anwesend und ich konnte das alte, für Thüringens Geschichte so bedeutende Kloster, jetzt Schloß, nicht des näheren inspizieren. Dafür mich ent= schädigend, bin ich in eine unweite Höhle einge= fahren, die etliche Wände von reinem Marienglas (isländ. Doppelspat) in geringer Bergtiefe entfaltet, — ein prachtvoller, mystischer, an die Geheimnisse des Erdinnern mächtig gemahnender Eindruck. Über= haupt scheint mir um den Inselsberg, Reinhardts= brunn und die Wartburg herum die beste Kraft und Eigentümlichkeit des Thüringerwaldes zu liegen. Von dort schlug ich mich, wieder zu Fuß, einsam marschirend nach der Ruhla, deren schöne, all' ita- liana das Tuch um die schwarzen Scheitel tragende junge Einwohnerinnen ich einem ethnographisch nicht aufs klare kommenden musternden Blick unterwarf; .. es war ein vergnügter Sonntag und alles Volk im Festschmuck, .. sodann über den Wachstein, von wo ich zum erstenmal die Wartburg und die roten Felswände des umliegenden Landes begrüßte, nach Eisenach.

Wie freundlich ich von den Deinigen aufge= nommen wurde, brauch' ich Dir nicht zu schildern. Wir haben einen prächtigen Gang nach den ins Sandsteingebirg sich eingrabenden Tunnels der

Meininger Bahn gemacht . . . abends war ich bei Arnswaldt oben (— dem Schloßkommandanten von Arnswaldt auf der Wartburg —), dann ging's wieder heim.

Seitdem ist mir die Wartburg und das Thüringer Land mehr und mehr ans Herz gewachsen und ich hoffe einmal in fröhlicher poetischer Arbeit, Sängerkrieg betreffend, einen Zoll des Dankes dorthin abtragen zu können.[1] Ich arbeite mich gegenwärtig

---

[1] Leider ist diese seine eigene Hoffnung nicht in Erfüllung gegangen. Auf langen Reisen, die ihn nach Oberösterreich in die Burgen und Klöster von Linz bis Wien und außerdem in die alte Bischofsstadt Passau führten, sammelte er ein reiches, ja fast überreiches Material. Aber je mehr er sammelte, um so schwieriger und weitaussehender wurde die Aufgabe, die zu bewältigen war. „Meine Arbeit, schrieb er mir von Karlsruhe aus unterm 31. August 1860, zerfällt in zwei selbständige Partien . . die Geschichte des Nibelungenliedes und seiner Entstehung, . . . sodann, was vielfach auf Thüringer Boden sich bewegt, die Zeit des Sängerkriegs auf der Wartburg. Ich habe eine große Last auf die Schultern geladen und muß wie ein Mann ringen, sie zu zwingen." Die geistige Überanstrengung führte zu einer gewaltigen Nervenstörung welche das Äußerste besorgen ließ. Erst als der Großherzog von S. Weimar ihn von dem Versprechen, den Sängerkrieg poetisch zu verherrlichen, förmlich entband, trat eine Beruhigung ein. Doch kam Scheffel nicht mehr dazu, seine große Arbeit, die ihn mehrere Jahre hindurch in Anspruch genommen hatte, zum vollen Abschluß zu bringen. Schw.

langsam in Geist und Art des XIII. Jahrhunderts ein, . . . es wäre mir eine Freude, bald an die Aus= arbeitung zu gehen. — In Heidelberg, wo ich fest bleiben und schreiben wollte, fuhr mir die Donau= eschinger Berufung dazwischen, ich habe sie nicht definitiv, sondern nur als Kommissorium angenom= men. Jetzt bin ich wieder in schwäbisch aleman= nisches Land verschlagen, zum Teil frembartige, zum Teil kleine Verhältnisse, aber Gelegenheit viel zu lernen, eine treffliche Bibliothek, viel alte Hand= schriften aus der besten Zeit mittelalterlicher Geistes= entwicklung und ein persönlich liebenswürdiger, gütiger Fürst als Chef, — so hab' ich mich bald heimisch gefunden und hoffe, wenn die erste Wucht meiner Bibliothek= und Katalogisierungsarbeit vor= über ist, auf gute, stille, der Produktion förderliche Stunden. Doch was die Geschicke bringen, steht nicht in unserer Voraussicht. Ein Hinübergehen zu meiner Schwester klopft manchesmal, wie eine freudige Ahnung, an meine Thüre. — — Ge= schrieben hab' ich seither nichts, da ich einen Manu= skriptenkatalog zu machen habe, der alle Zeit in Anspruch nimmt. Später fliegt die Phantasie viel= leicht um so höher, als sie jetzt lang Ruhe hat.

Da dieser Brief fort soll, schreib ich für heut — mitternächtig — nicht mehr. — — — Pfleg' Deiner Gesundheit, grüß mir Deine verehrte Schwester, die mir so freundlich war, — grüß unser altes Jena, wenn Du wieder hinüber kommst — und bleib der alte, gute sorgliche Freund

Deinem

Ad fontes Danubii,   Joseph.
   10. März 1858.

Das fernere Schicksal Scheffels geht bereits aus den letzten Zeilen des vorstehenden Briefes hervor und es bleibt wenig zu ergänzen übrig. Der Tod von Marie Scheffel hatte auch den von der Mutter künstlich zusammengehaltenen Riß zwischen Vater und Sohn wieder geöffnet. Der erstere wiederholte immer bringender, der Sohn sollte sich nach einer festen Stellung umsehen. Das Umher= ziehen in der Welt dünkte dem alten Herrn eine lästige, kostspielige Zugabe zu dem schon an und für sich bei ihm nicht in hohem Ansehen stehenden Schriftstellerberufe. Er, vom Scheitel bis zur Sohle Büreaukrat, sah den Nutzen dieses Vagabundenlebens nicht recht ein. Obschon ein Feind jeder trockenen,

prosaischen Arbeit war Scheffel daher die um jene
Zeit an ihn gelangende Aufforderung des Fürsten
Karl Egon von Fürstenberg, die Ordnung der Laß=
bergischen Bibliothek in Donaueschingen zu über=
nehmen, ebenso erwünscht, als ihm das spätere Aner=
bieten Karl Alexanders, eine gleiche Stelle auf der
Wartburg zu bekleiden, ungelegen kam. Denn er
vermied durch Übernahme der Stellung ein neues
Zerwürfnis mit dem Vater und fand nebenbei noch
die willkommene Gelegenheit, sich die in jener Biblio=
thek aufgehäuften altgermanischen Schätze, besonders
solche, die sich auf alemannisches Leben bezogen, zu
eigen zu machen. Der von ihm verfaßte beschreibende
Katalog derselben erschien 1859 in Stuttgart, ist
aber wohl nicht weiter in den Buchhandel gekommen.

In Donaueschingen selbst war wenig von unserem
Dichter zu bemerken. Er kam bereits dorthin als ein
Mann von einer gewissen litterarischen Bedeutung,
denn sein „Trompeter von Säkkingen“ schickte sich
bereits an, den zweiten Flug durch Deutschland zu
wagen. Die Residenzler wollten es anfänglich kaum
glauben, daß diese hagere Erscheinung, welche ängst=
lich jeder Berührung mit Menschen auswich, einen
Dichter vorstellte und noch dazu einen, der, wie aus

seiner flotten Dichtung zweifellos ersichtlich, ein rechter Brausekopf sein mußte. Den Einladungen, welche die gesellschaftlichen Kreise an ihn ergehen ließen, folgte er so gut wie gar nicht, bei Hofe ließ er sich ab und zu sehen und er schrieb auch gern zu festlichen Gelegenheiten Prologe und ähnliche litterarische Nichtigkeiten. Eine Kousine aus Großlaufenburg besuchte ihn häufig und es war ihr Kommen, wie es schien, eine Wohlthat für den sonst sich niemand anschließenden Dichter.

Die ihm bleibende Muße verkürzte er gern durch Briefschreiben. Wir haben bereits zu zweimalen Schriftstücke aus seinem damaligen Briefwechsel angeführt. Hier folgt ein drittes, welches das sonstige Befinden des Scheffels in der kleinen Residenz am Schwarzwalde in humoristischer Weise schildert. Scheffel hatte nach den Mitteilungen R. Artarias in der „Gartenlaube" „bei einem Besuche in einem ihm befreundeten Hause in Weinheim die ihm seltsamer Weise noch unbekannten Makamen des Hariri gefunden und mit Entzücken gelesen. Allerhand Unsinn in Makamenform wurde daraufhin mündlich und schriftlich zwischen ihm und der lustigen Jugend betrieben, und ein paar Wochen nach seinem Scheiden kam von Donaueschingen die folgende schöne Makame:

„Jussuf Scheff-El spricht:

Viel Stunden sind um und viel auch bereits sind um Tage — seit mit alten Scharteken ich mich herum schlage — zwar ist darunter die Urschrift der Nibelungensage — die vor Mottenfraß ich geschützt in juchtenledernem Umschlage — doch steht zu fürchten, daß ich mich lahm und krumm plage — daß der Schaben und Motten Schwarm an mir selber ringsum nage — wenn stets bei der Arbeit geharrend ich nur meinen Büchern stumm klage — daß niemand, niemand, niemand mit mir des alten Kanzleibieners Gebrumm trage — und vieles, was ich zu lesen verdammt, in die Welt so entsetzlich dumm rage. — Drum scheint mir, daß heut, wo ich wiederum auf meiner Bücherei sitze — daß von Rechtswegen vernünftiger und mir zu Besserem sei nütze — wenn in den Ernst auch ein klein wenig schalkhaftige Narretei blitze — und ich gegen 18 Grad Winterfrost mich durch einige Reimschreiberei schütze.

Wie herrlich ist's doch im allgemeinen, zu versäumen seine Kanzleistund — Gedenkend der Zeit,

wo die ganze Welt, wo Thun und Lassen noch
freistund — wo man mit der ganzen Jugendkraft,
mit fröhlichem Körper und Geist und — mutigem
Ringen als wie ein Soldat zur Fahne der Poesei
stund!

Anstellend diese verpönte, jedoch so edle und
wahre Betrachtung — steig ich an diesem Vormittag
in meiner eigenen Achtung — daß ich jedwede Bureau=
Arbeit abweisend mit Verachtung — das Dampf=
schifflein der Gedanken heut befrachtend mit bess'rer
Befrachtung — fortsteure aus der Region zeitweiser
Sinnesumnachtung.

Fortsteure? Wohin? ich glaub in die Pfalz,
in die fröhliche Pfalz nach Weinheim — denn dort=
hin denk' ich zuweilen auch mit Sehnsucht und leisem
Gegrein heim — als wär ein Stück meiner Seele
mir mit unsichtbarlichem Scheinleim — dort fest=
geleimt und fände nicht an anderm Ort zum Gedeihn
Keim. — Mir ist, es wäre Donnerstag, ich bäte,
daß man mir einräum — ein Album, drin ich zeich=
nend mich so gern einspinn und einträum — zu
schlürfen noch einmal italischen Lands und italischer
Kunstphantasei'n Seim — oder zu ersinnen einen
zierlich klingenden Feinreim." — — —

Hier folgt ein Passus, welcher zu viel private Anspielungen enthält, um allgemein interessant zu sein, und zum Schluß heißt es:

„'s schlägt zwölf Uhr schon. Die Kanzleistund ist mit Glück verträumt, die infame — so wünsch ich diesem Knittelgereim eine freundliche Aufnahme — und wünsch euch allen am Schlusse des Jahres in feierlichem Proklame — Viel Glück, und daß der Kaffee sei nie ohne Zucker und Rahme — O Juletante,[1] du federgewandte, abu-seid-verständige[2] Dame — daß nicht ich verfall an der Donau Quell dem herzverzehrenden Grame — oder gar dem stillen Trunk mich ergeb' und an der Seele erlahme — gedenke mein und schreibe mir bald eine lange, lange Makame — sie wird mir sein wie ein gülden Gefäß, gefüllt mit edlem Balsame!“

Der Wunsch wurde umgehend erfüllt, und zum Danke flogen rasch nach einander ein paar ähnlich reizende Episteln ins Haus. Dann vergingen mehrere Monate, und die Freunde in der Pfalz hörten nichts vom Meister Josephus. Also schickte man eines Tages an das fürstliche Archiv in Donau-

---

[1] Schwester der Hausfrau.
[2] Abu-seid, Held der Makame.

eschingen einen amtlich stilisierten Fragebogen um Auskunft über einen verloren gegangenen Poeten, und mit Postwendung kam auf einem Stempelbogen der fürstlichen Bibliothek folgende „amtliche Auskunft auf die wertgeschätzte Anfrage" zurück:

„Ad Frage 1; Lebt der Mann noch?

Antwort: Ja, aber schwach.

Ad Frage 2: Kann er schreiben?

Antwort: Ja, aber ebenfalls schwach.

Ad Frage 3: Wie geht's ihm?

Antwort: Wie dem Ovidius, da man ihn an den Pontus ins Exil gesetzt. Trinkt viel Bier. Macht große Fußwanderungen ins Wutachthal, Gauchachthal, Brigachthal. Entdeckt keltische Steinwälle auf abgelegenen Bergkuppen. Hat Händel mit Revisoren und Rechnungsräten. Ist Pompier bei der Stadtfeuerwehr und durch Diplom vom 1. März Ehrenmitglied des wieder aufgelebten pegnesischen Schäferordens in Nürnberg.

Ad Frage 4: Plagt er sich mit eines neuen Buches Gestaltung?

Antwort: Leider, ja.

Ad Frage 5: Kommt's bald heraus?

Antwort: Leider, nein.

Ad Frage 6: Ober ist er verliebt?

Antwort: Hier muß zuerst ad formalia dieser Frage bemerkt werden, daß selbe in keinem Gegen= satze zu Frage 4 und 5 steht, indem man mit Bücher= schreiben sich plagen u n d recht wohl daneben verliebt sein könnte. Quoad materialia aber die beruhigende Auskunft, daß von angedeutetem Zustande bei dies= seitiger Stelle nichts wahrzunehmen."

Es folgen noch einige weitere Absätze und dann, für den Fall einer beabsichtigten Übersiedelung der Freunde nach Heidelberg, der Schlußpassus:

Wenn dieselben die Güte hätten, dem Fürstl. Archiv Nachricht zu geben, wo dorten die neue Wohnung aufgerichtet wird, so möchte dasselbe, so es wieder einmal mobil wird, seine Aufwartung dort zu machen unterlassen zu haben bereuen zu müssen kaum in die Lage kommen.

Möge eine wohllöbl. Fragestellungskommission aus der baldigen und eingehenden Beantwortung der geehrten Zuschrift vom 20. hujus die Überzeugung gewinnen, wie sehr dem dienstergebenst Unterfertigten das Bestreben angelegen ist, auch in dem laufenden Etatsjahr durch gewissenhafte Besorgung dienstlicher Angelegenheiten keiner verderblichen Oberflächlichkeit

sich schuldig zu machen. (S. auch 2. württemb.
Etats-Instruktion vom 17. April 1819. F. Müller.
Handbuch des Kassen- und Rechnungswesens, Nörd-
lingen 1846)."

1859 war der Katalog der Laßbergischen
Bibliothek beendet, und des Dichters Ungeduld eilte,
den engbegrenzten Bezirk seiner Wirksamkeit zu verlassen. Wieder ging es zum emsigen Studieren nach
Thüringen, insonderheit auf die Wartburg, dann, wie
aus der vom Oberamtmann Schwanitz obigem Briefe
angehängten Bemerkung ersichtlich, in die österreichischen Lande, deren Kämpfe gegen das anbrängende
Slaventum er bis zu seinem Lebensende mit Aufmerksamkeit und anfeuernden Strophen verfolgte:

> Dieses ist geweihte Erde,
> Keine Steppenpferdetrift.
> Reich von deutschem Blut gedünget,
> In schier hundertjähr'gem Streit,
> Von Gesittung nun verjünget
> Reift sie einer guten Zeit,
> Und der Christenheit zum Walle
> Wird ein Österreich erstehn,
> Dessen Banner wider alle
> Heidenschwärme siegreich wehn.

Ein neuer Schicksalsschlag hemmte für die nächste Zeit jede selbständig-geistige Regung Scheffels. Die Firma Meidinger in Frankfurt am Main stellte ihre Zahlungen ein. Scheffel mußte unthätig zusehen, wie die Berliner Firma Janke, in deren Hände der „Ekkehard" übergegangen war, Auflage nach Auflage druckte, ohne daß er nur einen Pfennig dafür erhielt. Als dieselbe aber begann, den „Ekkehard" ohne Anmerkungen zu veröffentlichen, da schwoll Scheffel gewaltig der Kamm ob des Eingriffes in seine unantastbaren Verfassersrechte. Er klagte auf Freigabe seines Buches, drang aber am Ende des langwierigen und verwickelten Prozesses, den er mit Zähigkeit und unter Aufwendung aller juridischen Hilfsmittel führte, damit nicht durch. Er erhielt nur die wenig tröstliche Zusicherung, daß Janke kein Recht hätte, eine Ausgabe des „Ekkehard" ohne Anmerkungen zu veranstalten. Nach Ablauf der kontraktlich eingegangenen Frist von 15 Jahren ging dann der Roman in die Hände der Firma Metzler über, bei der sich der „Trompeter" bereits ein warmes Nest gebaut hatte, und von dieser Zeit ab datiert das wirkliche Gedeihen dieser edlen, echt vaterländischen Dichtung.

Die verschiedenen Aufregungen der letzten Jahre hatten in Scheffel eine Nervenzerrüttung herbeigeführt, die nach der letzten Katastrophe, dem Ärger über das geschäftliche Gebahren der Berliner Verlagsfirma, zum gewaltsamen Ausbruche kam. Scheffel mußte zu einer Heilanstalt in der Schweiz seine Zuflucht nehmen und er genas daselbst unter sorgsamer Pflege nur sehr langsam.

Die letzten Werke.

(1862—1875.)

Scheffel kehrte heim — ein anderer Mensch. Äußerlich schien seine vormals schlanke Gestalt in die Breite gehen zu wollen, die feinen Gesichtszüge machten einem behäbigen Aussehen Platz, nur die Augen blickten noch mit der alten Treuherzigkeit in die böse Welt. Er ließ sich nun endgiltig in Karlsruhe bei den Eltern nieder, doch einzelne Krankheitskeime mußten wohl in ihm zurückgeblieben sein. Der Rest seiner Jahre bildet ein fortwährendes Wandern von einer Heilquelle zur andern, ein jähes Auftauchen hier, ein plötzliches Verschwinden dort. Eine leicht empfindliche Reizbarkeit war in dem früher so gelassenen Mann eingekehrt. Hatte er inbessen seine guten Tage, so war er der alte Scheffel, der in knorriger, gedrungener Sprache so originell und fesselnd zu sprechen, der mit seinem einfach-schlichten Wesen seine Besucher im Augenblicke zu bezaubern verstand. In den ersten Sechziger Jahren hielt sich Scheffel viel im Schwarzwalde, besonders in Rippoldsau auf, woselbst damals die beiden scherzhaften Gedichte „Rippoldsau" und „Die Schweden in Rippoldsau", welche dem „Gaudeamus-Bande" einverleibt sind, entstanden. Pfarrer Laengin in Karlsruhe hörte ebendaselbst im Jahre 1862 von Scheffel einige Bruchstücke aus „Frau Aventiure", auch las der Dichter ihm den „Juniperus" vor. Es stand bei diesem fest, beide Arbeiten dem großen Wartburgromane einzuverleiben. Doch schon im folgenden Jahre erschien in Buchform: „Frau Aventiure. Lieder aus Heinrich von Ofterdingens Zeit." Da dieselben von Anfang an dem Großherzog von Sachsen, Karl Alexander, Burgherrn auf Wartburg, gewidmet sind, so schien Scheffel bereits damals den Plan zu dem großen Romane aus der Zeit der Minnesänger fallen gelassen zu haben, wenn er auch späterhin seine Freunde noch auf ein etwaiges Vollenden desselben vertröstet hat.

Was nun diese Lieder anbetrifft, so setzen sie einmal ein großes Verständnis Scheffels für die alt-

unb mittelbeutſche, auch für bie ber provençaliſche
Dichtkunſt voraus, ſie heben aber anbrerſeits auch
bie Gewanbtheit bes Nachbichters, ſich in bie Form
unb ben Gebankengang ber alten Meiſter hineinzu=
verſetzen, in bas blenbenbſte Licht. Es haben viele
bie Herausgabe bieſer Nachbichtungen als eine un=
nütze Spielerei bezeichnet. Mit nichten. Denn man
entbeckt in ihnen bei genauerem Hinſehen einen ſo
reichen Gebankengang über bes Dichters Selbſt,
baß „Frau Aventiure" als letztere größere poetiſche
Arbeit Scheffels uns ganz beſonbers lieb ſein ſollte.
Durch bie gewiſſenhaft beigegebenen Anmerkungen
iſt bieſe Sammlung ernſter unb heiterer Gebichte
auch zu einer Art Lehrbuch geworden, bas in einen
jeben anſprechenber Tonart ſich über bie klaſſiſche
Zeit bes beutſchen Minnegeſanges ausläßt. Weit
entfernt, ber ſobenannten „Butzenſcheibenlyrik" zu
gleichen, ſchlagen bie Geſänge nicht bie mächtigen
Töne verhimmelnber Sehnſucht, ſonbern bie mar=
kigen Klänge ber alten Streiter für beutſches Weſen
unb beutſches Wort an. „Man mag von ber Kul=
tur bes breizehnten Jahrhunberts urteilen, wie man
will," ſagt Scheffel in ſeiner Vorrebe zur „Frau
Aventiure", „eine Zeit, bie als Markſtein ihrer

epiſchen Dichtung auf der einen Seite den Parzival,
auf der andern das Nibelungenlied, als Zeugnis
ihrer Lyrik hier den gemütreichen Erſtlingstrieb des
deutſchen Minnegeſangs, dort das üppige lateiniſche
Tirilieren der fahrenden Schüler hinterlaſſen hat,
wird dem Forſcher, auch wenn er nicht mit ſchwär=
mender Sehnſucht nach ihr zurückblickt, noch lange=
hin Gegenſtand umfangreicher und ergiebiger Unter=
ſuchung bleiben." Das deutſche Vaterland hat
Scheffels Beſtreben, uns jene bewunderungswerte
Zeit in muſtergiltigen Nachdichtungen näher zu
rücken, auch dankbar anerkannt und „Frau Aven=
tiure" kann bereits auf eine lange Reihe von Auf=
lagen zurückblicken.

1862 erſchien eine neue Auflage des „Trom=
peters", die dritte. Es muß als bedeutſam erſcheinen,
daß Scheffels Dichtungen erſt nach 1866 auch viel
in Norddeutſchland geleſen wurden. Die Maingrenze
wurde damals auch in der Litteratur eiferſüchtig
gehütet. Nun finden ſich in den Werken unſers
Dichters viele Züge, die beſonders den Südbeutſchen
zu eigen ſind, und Scheffel ſelbſt war auch ſtets
ſtolz, zu dem Kernſtamme der Deutſchen zu gehören.
Als ſich aber nach dem öſterreichiſchen Kriege die

Gesichtspunkte im lieben Deutschland ein wenig er=
weiterten, zumal, als das Buch „Gaudeamus" er=
schien, da sah man doch ein, daß das, was Scheffel
geschrieben, im Grunde genommen keine partikula=
ristisch gefärbten Dichtungen wären, sondern getreue
Abbildungen der Kernzüge des deutschen Volkes
überhaupt.

Drei wichtige Ereignisse fallen noch in die erste
Hälfte der Sechziger Jahre. Das erste hat eine
künstlerisch=litterarische Bedeutung; es umfaßt des
Dichters Bekanntwerden mit dem vortrefflichen
Maler und Zeichner Anton von Werner. Diese
beiden Männer schienen zu fühlen, daß sie für
einander geschaffen, und in der That hat eine bis
zum Lebensende Scheffels dauernde innige Freund=
schaft den Bildner und den Dichter umschlossen.
Aus ihrem Zusammenarbeiten entsprangen die be=
kannten Zeichnungen zu „Frau Aventiure", „Juni=
perus", „Gaudeamus", zu den „Bergpsalmen" und
zum „Trompeter", es sollen noch diejenigen zum
„Ekkehard" folgen. Man findet selten Werke, in
denen Bild und Wort in so edler Harmonie sich
zeigen wie in den genannten.

Das zweite betrifft des Dichters Verheiratung.

Er erfüllte mit derselben einen Herzenswunsch der Mutter; leider genoß sie das von ihr herbeigewünschte Glück nur wenige Monate. Eine schöne, wohlgebildete Dame aus dem Hause der Malzen-Tilburg, Karoline Fidelie, reichte dem Dichter am 22. August 1864 ihre Hand vor dem Altare. Ihr Vater war zur Zeit Kammerherr und bayrischer Gesandter am badischen Hofe, sie selbst stand im 31. Lebensjahre und war auf Schloß Trieb bei Lichtenfels in Bayern geboren. Es schien nun ein anderer Geist in den Dichter einziehen zu wollen, er wurde lebendiger, gesprächiger, man erwartete wieder von ihm viel für die Zukunft. Da traf ihn abermals ein schwerer Schicksalsschlag. Es schien, als wollte der Himmel gerade ihm, dem Auserlesenen, die Nichtigkeit jedes irdischen Glückes mit Keulenschlägen einleuchtend machen. Scheffel befand sich gerade mit seiner Frau auf Reisen in der Schweiz, als er die traurige Nachricht empfing, daß ein treues Mutterherz gebrochen wäre. Er war kaum über den Verlust zu trösten und die Freunde, vor allen Pfarrer Laengin, versuchten vergebens auf ihn einzuwirken. Ein ganzes Jahr hindurch hielt er sich im väterlichen Hause in Karlsruhe verborgen, seine Bücher waren sein ein-

Frau Josephine Scheffel.

ziger Trost. Mit ihm trauerten die Karlsruher Spitzen der Gesellschaft um das Dahinscheiden der beliebten Frau Major, deren Tod eine fühlbare

Lücke in dem geselligen Leben der badischen Haupt=
stadt ließ. In der dortigen Hof= und Landesbibliothek
befindet sich ein Einblatt=Druck mit Trauerrand,
das folgenden poetischen Wortlaut ohne Nennung
des Verfassers enthält:

Frau Josephine Scheffel

† 5. Februar 1865.

Welch ein reiches Frauendaseyn
Ist mit ihr dahingeschwunden,
Die den Flug gewalt'gen Geistes
Edler Weiblichkeit verbunden,
Sie, die das gemeine Leben
Fein und sinnig stets gestaltet,
Mit dem Zauber holder Anmut
Hohe Geisteskraft entfaltet!
Wie ihr Herz in treuer Sorge
Für die Ihren warm entbrannt,
Also war's der Menschheit Zielen
In Begeistrung zugewandt;
Mutter war sie allen Armen,
Jedes Schönen treuer Hort,
Priesterin des Idealen,
Klang ihr hohes Dichterwort;
Ja, es klang — ein frischer Springquell,

Der dem Wandrer labend winkt,
Bis die Harfe jäh zerbrochen,
Nimmermehr uns Lieder bringt.

Trauernd an dem frühen Sarge
Steht der Freunde weite Schaar,
Jeder fühlt, was er verloren,
Was ihr beßres Theil ihm war.
Auf die Gruft, die frischgeschloss'ne,
Fällt der Zähren reicher Thau.
Edle Todte! Unvergessen
Lebst Du auf der Herzen Au!

Als das Kriegsgewitter vorüber, lagen zwei
neue Werke Scheffels auf dem Büchertische. Endlich hatte sich der Dichter zur Herausgabe des
„Juniperus" entschlossen, vielleicht, weil Anton von
Werner durch die Anfertigung von Zeichnungen zu
dieser „Geschichte eines Kreuzfahrers" auf ihn eingewirkt hatte. Denn auch dieses Buch sollte nach
der ursprünglichen Absicht des Dichters, wie bereits
angedeutet, als Episode dem großen Nibelungen=
Wartburg=Romane einverleibt werden. Aus der im
Sommer 1866 geschriebenen Vorrede muß der Schluß=

satz hervorgehoben werden, weil er beweist, daß Scheffel allen Bestrebungen, welche auf eine Einigung Deutschlands hinausliefen, ein warmfühlendes Herz entgegenzubringen pflegte. Er schließt mit den Worten: „— möge sie (die Doppelarbeit des Dichters und Malers) zugleich Zeugnis ablegen, daß ehrliche deutsche Herzen nichts wissen wollen von Haß, Trennung und Bruderzwist, und daß hier ein Mann vom Oberrhein und ein Mann von der Oder in guter Kameradschaft zusammengearbeitet haben an einem Werke deutscher Kunst." Daß „Juniperus" eine Episode aus einem größeren Romane ist oder werden sollte, macht, daß die Erzählung sozusagen in der Luft schwebt, sie hat kein Ende. Das ist aber auch wohl der einzige Vorwurf, den man ihr machen kann. Als Probe aus einem Werke, das noch umfangreicher als der „Ekkehard" gedacht war, macht sie uns das Herz ganz besonders schwer, denn sie legt uns den Gedanken nahe, daß wir durch den Nichterhalt jener geschichtlichen Riesendichtung viel verloren haben. Sie macht eine kritische Würdigung überhaupt überflüssig, weil das Fragmentarische derselben zu sehr auf der Hand liegt und vom Dichter selbst eingestanden worden ist. Der Inhalt macht

trotzdem, namentlich infolge der prächtigen, plastisch
zu nennenden Naturschilderungen, einen nachhaltigen
Eindruck auf den Leser.

Die bedeutsamere litterarische That aber war
die in demselben Jahre veranstaltete Herausgabe des
„Gaudeamus. Lieder aus dem Engeren und Weiteren“,
über dessen Inhalt weiter oben schon des näheren
gesprochen worden ist. Wie schon der Titel be=
sagt, hatte der Dichter inzwischen fleißig gearbeitet
und verschiedene auf Reisen entstandene Gedichte
der Sammlung beigefügt. Scheffel war die Ver=
öffentlichung im ganzen nicht sehr lieb. Er hatte
das Vorgefühl, daß ihm aus derselben Ungelegen=
heiten entstehen könnten. „Ihr werdet sehen“, gab
er den auf ihn eindrängenden Freunden Werner,
Bonz und anderen zur Antwort, „daß ich mit diesen
Liedern in den Ruf eines Lumps und Kneipgenies
komme.“ Auch achtete er den Wert dieser trink=
fröhlichen Dichtungen nicht besonders hoch und es
verschnupfte ihn stark, daß das „Gaudeamus“ Buch
im Handumdrehen vergriffen war, während seine
beiden großen Dichtungen sich nur mühsam zur
Volkstümlichkeit durchringen konnten. Und wie recht
hatte er mit seiner Ahnung, daß das Buch seinem

Ansehen schaden würde! Wie sehr sind ihm diese Kneiplieder, an denen sich unsere studierende Jugend Begeisterung getrunken hat und noch trinkt, von einem philisterhaften Rink neidischer Dichterkollegen verargt worden. Wenn Anton von Werner es als eine Thatsache hinstellt, daß noch vor wenigen Jahren eine Dame, deren Tischnachbar Scheffel war, ihn auf den Kopf zufragte: „Sagen Sie, Herr Doktor, ist es wirklich wahr, daß Sie so trinken?", worauf Scheffel mit feierlichem Ernst geantwortet haben soll: „Ja wohl, gnädige Frau, auch fressen thut das Scheusal" —, so ist diese Thatsache ein Beweis dafür, wie allgemein und festsitzend die Meinung von des Dichters „Versumpftheit" verbreitet war. Darüber hätte auch eine weniger reizbare Natur, als diejenige Scheffels, allmählich aus der Haut fahren können. Denn der Dichter trank nur gern und zwar hatte er eine feine Zunge, aber nie zu viel; und wenn es richtig ist, daß sein späteres Leiden mit seiner Trinklust in Verbindung zu bringen ist, so erwuchs ihm ein körperlicher Schaden nur daraus, daß er verschiedenerlei durcheinander zu trinken pflegte. Was nun die „Poesie des Saufens" anbelangt, die Scheffel in die Welt

Porträt aus dem Jahre 1867. Nach einer Zeichnung von A. von Werner.

gesetzt haben soll, so hat sich Gutzkows lästerliche
Äußerung durch die beifällige Aufnahme des „Gaude-
amus-Bandes“ eigentlich von selbst gerichtet. Eine

gewisse natürliche Feinfühligkeit hat sich unsre stu=
dierende Jugend neben den burschikosen Ausschrei=
tungen von jeher bewahrt; sie besitzt ein viel
schärferes Unterscheidungsvermögen als mancher
ausgetragene Kritikaster. Als der Jubel über die
Trinklieder, welche den Namen Scheffels mit einem=
male im Norden und Süden Deutschlands bekannt
machten, kein Ende nehmen wollte, hätten auch die
Widersacher des frisch von der Leber sprechenden
Dichters ihren Lästermund ruhig verstummen lassen
und das Urteil: des Volkes Stimme ist Gottes
Stimme, gutheißen können. Alles Falsche, nur auf
den Effekt berechnete Machwerk ist bei uns von jeher
zu Schanden geworden. Vielleicht sind wir manchem
lieben Nachbarn deswegen unbequem, weil wir uns
keinen Wind vormachen lassen.

Inzwischen war ein neuer Glücksstern dem
Scheffelschen Hause aufgegangen. Am 21. Mai 1867
wurde zu Clarens in der Schweiz Scheffel ein
Stammhalter geboren. Dieses freudige Ereignis
meldete der Dichter dem Freunde Werner mit den
Worten: „Es wird Sie freuen zu hören, daß mir
der Monat Mai mit seinen Blüten auch einen wohl=
gestalteten prächtigen Buben gebracht hat. Möge

ihm das Leben ebener und schrankenfreier sich ge=
stalten, als seinem Herrn Vater, der übrigens in
diesem Moment vergnügt auf den blauen Genfer=
see und die verschneiten Kuppen der Savoyer Alpen
schaut!"

Die Geburt dieses sehnsüchtig erwarteten Stamm=
halters, sowie die verschiedenen Reisen, der beginnende
Erfolg seiner Bücher hatten in Scheffel wieder die
Arbeitslust wachgerufen. „Mir ist für den Winter
ziemlich arbeitlustig zu Sinn, auch möchte ich meine
diesjährige Montblancfahrt zu einem komischen Reise=
bild gestalten," schrieb er aus Vevey unterm 3. Sep=
tember 1867 an Anton von Werner.. Wie dieser
erzählt, hatte sich auch Scheffel wieder an den ita=
lienischen Romanstoff, der die Schülerin Tizians
„Irene di Spilimbergo" in den Vordergrund stellen
sollte, und an den neuen Vorwurf gemacht, der unter
dem Titel „Tavernae Rhenanum" eine Geschichte aus
der Völkerwanderung bilden sollte. Die „Berg=
psalmen" welche 1869 erschienen, waren inzwischen
ebenfalls beendet worden. Es sind dies bekanntlich
hymnenartige Gesänge, welche von dem Dichter dem
im 9. Jahrhundert lebenden Bischofe Wolfgang von
Regensburg in den Mund gelegt wurden, als dieser

„aus Kaiserfehde und Fürstenstreit entflieht zur Alpeneinsamkeit", und zwar an den Attersee in den salzburgischen Alpen. Die Zeichnungen, welche Werner zu dem Buche geliefert hat, sind auf einer Gebirgsreise des Malers und des Dichters im Sommer 1868 festgestellt worden. Die Gesänge selbst bilden eine großartige Schilderung der Alpennatur in ihren verschiedensten Schattierungen und sind durchsetzt von mannigfachen, bei den Bewohnern der Alpen verbreiteten Sagen und mystischen Anschauungen. Als letztes Buch des Dichters erschien dann noch im Jahre 1880 „Waldeinsamkeit", ein handliches, poesievolles Büchlein, welches der Dichter zu zwölf landschaftlichen Stimmungsbildern von Julius Marak geschrieben hat. Auch diese Dichtung legt Zeugnis dafür ab, daß Scheffel für die geheimsten Regungen der Natur einen scharfen, glücklichen Blick besaß. Sein thatsächliches Schaffen also ging nicht viel über ein Jahrzehnt hinaus.

Im Winter des Jahres 1867 zu 1868 hatte der Sohn den erkrankten Vater zu pflegen. Am 16. Januar 1869 schloß dieser rechtschaffene Mann die Augen zur ewigen Ruhe und Joseph Viktor Scheffel wurde, da auf seinen älteren, dahinsiechen=

ben Bruder nicht zu rechnen war, das Haupt der Familie. Bald darauf trennten sich die beiden Gatten — „Gott weiß, wann und wie" ein Zerwürfnis entstanden war, meinte Scheffel zu Freunden. — Jedenfalls benahm dieses Mißverständnis zweier edler Naturen dem Dichter die letzte Lust zu irgend einer größeren litterarischen Unternehmung. Er setzte — mit Ausnahme für die „Waldeinsamkeit" — die Feder nur noch zu festlichen Gelegenheiten oder zu solchen an, wo es vaterländische Gesinnung zu bekunden galt. Wir besitzen eine bedeutende Anzahl von diesen kleineren Gelegenheitsergüssen des Dichters, von denen späterhin noch einige anzuführen sind. Die größeren Festgesänge und Prologe sind in die späteren „Gaudeamusausgaben" aufgenommen worden. Ein Bändchen von solchen, bisher unveröffentlichten Dichtungen Scheffels ist nunmehr erschienen.

Im ganzen und großen aber legte sich nach der Trennung von seiner nach München übersiedelnden Frau ein schwerer, nicht mehr weichen wollender Winterfrost auf die zarten Keime, welche dem Blumenbeete Scheffelscher Dichtkunst vielleicht noch entsprossen wären:

Hat all verbrannt, was drinnen stand,
Es ist mir nichts geblieben,
Doch epheugleich wächst aus dem Schutt
Der Name meiner Lieben.

Diese „Liebe“ war hier der Sohn, den er bei sich behielt, um dessen Pflege und Erziehung sich der Vater in wahrhaft mustergiltiger Weise bemühte. Alle die unverstandene und verschmähte Liebe, welche Scheffel der Welt und den Menschen entgegengebracht hatte — wie verhängnisvoll war sein Irrtum, daß sie verschmäht worden war! — übertrug sich auf den Sohn und dessen Gedeihen. Auffällig war es, daß Scheffel, welcher der katholischen Kirche angehörte, seinen Sohn zum Protestanten taufen ließ. Wollte er einen Trumpf gegen die Familie seiner Frau ausspielen oder entsprang dieses Vorgehen seiner eigenen, inneren Überzeugung — genug, der Sohn wurde gegen alle Einreden Lutheraner. Scheffel pflegte seit jenen Unglückstagen wenig danach zu fragen, ob und wen er vor den Kopf stieß. Er handelte nach seinem Gutdünken und er hat mit seiner Querköpfigkeit — man muß ihm das zugestehen — sehr oft in vielen Dingen recht behalten.

Das große Kriegsjahr 1870 brach herein, von

dem Dichter freudig begrüßt. Er war der erste,
der den Erfolgen der deutschen Waffen zujubelte
— leider nicht in der Poesie — wenn er auch nur
grollend einem Hohenzollern die Kaiserkrone, dem
Preußenlande die Führung überlassen sah. Fürst
Bismarck dagegen war ein Mann nach seinem Geschmacke; die eiserne Natur desselben, das unentwegte
Festhalten an dem einmal sich vorgesteckten Ziele
fand in ihm volle Anerkennung. Der Dichter war
später, im Jahre 1878, mehrfach bei dem Reichs-
kanzler während dessen Aufenthalt in Kissingen zu
Gaste. „Daß Bismarck am Gaudeamus sich freut,
ist eine stattliche Anerkennung.... Ich liebe ihn
und die Seinigen in ihrer Eigenart," schrieb er
Anton von Werner, welcher ein Jahr vorher dem
Fürsten im Auftrage Scheffels ein Exemplar des
illustrierten „Gaudeamus" überreicht hatte. Der
erstere hat stets Gefallen an der markigen Schreibweise des Dichters gefunden. Es beweist das unter
anderem folgende Anekdote. Während einer Abend-
gesellschaft beim Fürsten kam die Rede auf Viktor
von Scheffel. Ein süddeutscher Schriftsteller erzählte
bedauernd, es sei kaum noch daran zu zweifeln, daß
der geniale Verfasser des „Ekkehard" verrückt ge-

worden sei. „Verrückt?" soll der Fürst erstaunt
erwibert haben. Und als wünschte er, daß ein so
entsetzliches Schicksal den von ihm geachteten Mann
nicht treffen möge, setzte er hinzu: „Das Wort ist
doch wohl zu hart? Sollte es nicht genügen zu
sagen: Er befindet sich zur Zeit in der Minorität?"

Folgende zwei 1870 an den verstorbenen Chef
des Bonzschen Verlages gerichtete Briefe liegen mir
vor. Der erste lautet:

Lieber Freund!

In wenig Tagen werden die großen Ereignisse
sprechen, die Gott der Herr dem Jahr 1870 vor-
behalten hat. Mit unserer Weisheit war nicht gut
geplant: die Festschrift der Architekten wird suspendiert, die darin beschriebene Kehler Brücke ist am
22. Juli in die Luft geflogen.

Wir sind auch hier in vollem Krieg . . . ein
Tag Alarm, ein Tag Totenstille. Gestern wurden
französische Chasseursgefangene durchgebracht. Meine
Diener und Hausgenossen stehen unter den Fahnen,
ich bin allein mit Kind und lahmem Bruder, die
Stefanienstraße, Kriegsstraße mit Führern, Ordo-
nanzen, Kavalleriedurchritt . . . in der stillen Harbt-

waldallee stehen Vorposten und läuft ein Feld=
telegraph.

Wenn übrigens Deine Druckerei fortarbeiten
will, so schicke ich die Korrektur, da das Buch mit
Ausnahme der Vorrede doch besser itzt fertig gedruckt
wird als ganz liegen bleibt.

Unsre übrigen Unternehmungen bleiben mit
Gott suspendiert bis zum Sieg deutscher Waffen . . .
1866 war der „Juniperus“ in gleicher Kalamität.

Meine Aufgaben sind zur Zeit: Verprovian=
tierung von Küche und Keller, Sorge um den Bruder,
Mutzuspruch an die Frauen im Hause und eigene
Sammlung, denn wir werden hier die Kanonen
gehörig donnern hören.

Kriegslieder ziemen nur einem, der selber die
Zündnadel trägt, mir wenigstens liegt nichts in der
Stimmung.

Da ich Deine schwere Situation mitempfinde,
so sende ich Dir einen freundlichen Gruß mit
dem Beifügen, daß ich Dich nach Karlsruhe ein=
laden würde für die Dauer der Kriegszeit, wenn
der Ort passender läge, aber zur Zeit sind viele
Hosen hier abgesägt. Die Teurung ist im besten
Fortschritt und die armen Rheinbauern verkaufen

ihre Ferkel und jungen Gänse, was immer ein Barometer des öffentlichen Wohlstandes ist. Man denkt itzt auch gründlich darüber nach, welchen Segen ein „herrlicher Krieg" über die Menschheit bringt.

· Mein Gemüt ist ruhig, da ich Schwereres auch schon ruhig erduldet habe. Sollte mir etwas zu= stoßen, so vergiß mich nicht und sorge, wenn das Geschäft wieder aufblüht, für meinen Knaben Viktor, der mein Nachfolger ist.

Der alte Herrgott wird wissen, wozu alles gut ist.

Dein
J. Viktor Scheffel.

In dem zweiten, vom 28. September herrüh= renden Schreiben heißt es:

Lieber Freund!

In der Nacht vom 24. bis 25 September fuhr ich an Straßburg vorüber, hier war der Himmel hell von Brand und Geschützblitzen, dort stand blutig rot ein Nordlicht. Heute den 28. tönt hier Kanonen= donner und feierliches Glockenläuten, die alte Festung hat in der Nacht von gestern auf heut kapituliert. — Daß in solchen Zeitläuften die friedliche Schrift= stellerei nicht vorwärts kommt, ist klar . . . . Gott=

lob, daß sie wenigstens nicht annexiert oder zu=
sammenzivilisiert ist.   Ich freue mich des guten,
sonnigen September und bin mit dem kleinen Haus=
stand wohlauf.   Wenn Du nach Eberbach gehst, laß
mich's wissen, ich plane schon lang einen Ausflug
nach Heidelberg und in die Odenwaldei . . . .
(Folgen einige geschäftliche Bemerkungen.)

Für den Fall, daß Deutschland das Elsaß be=
hält, möchte ich in irgend einer Weise mit der Fe=
der des Historikers und Poeten an der Deutsch=
Umstimmung der wiedergewonnenen welschen Brüder
thätig sein.   Wir dürfen alle Gott auf den Knieen
danken für die Geschicke dieses Sommers.

Mit herzlichem Gruß

J. Viktor Scheffel.

Die letzte Äußerung ist natürlich nur ein from=
mer Wunsch geblieben.   Scheffel machte allerdings
eine Reise in das Elsaß, schrieb auch über diese
Fahrt drei Aufsätze, welche in „Über Land und
Meer“ erschienen, aber nur durch das geschichtliche
Wissen ihres Verfassers bemerkenswert sind.   Die
frühere witzsprudelnde Eigenart desselben, die an
jeden kleinen Vorfall gleich eine kleine Erzählung
zu knüpfen weiß, ist aus seiner Schreibart völlig

verschwunden, — ein Beweis, wie verloren Scheffel
für die Litteratur war. Wenn Scheffel auch keine
Kriegslieder und mehr noch gedichtet hat, so hat er
und sein Genius doch dadurch nichts eingebüßt. Im
Gegenteil, als das deutsche Volk nach verrichteter
blutiger Arbeit zu seinen friedlichen Werken heim=
kehrte, da verlangte es auch nach einer geistigen
Speise, welche ihm sein eigenes Wesen in bunten
und doch echten Farben vorhalten konnte. Vieles,
was den Anschein hatte, als wäre es von urwüch=
sigem nationalen Geiste durchtränkt, wurde als ge=
fälscht erkannt. Einer aber behielt Farbe und das
war Joseph Viktor Scheffel mit seinen drei Büchern:
„Der Trompeter von Säkkingen“, „Ekkehard“, „Gau=
beamus“. Ihm ward der schönste Lohn, den ein
Dulder und Streiter für die Ideale der Menschheit
auf Erden davontragen kann: Das große deutsche
Volk selbst war es, welches ihm den unvergäng=
lichen Lorbeerkranz des Dichters auf die Denkerstirn
drückte:

Wo in stürmischem Gedränge
Kleines Volk um Kleines schreit,
Da erlauschest du Gesänge,
Siehst die Welt du groß und weit.

Das letzte Jahrzehnt.

(1876—1886.)

Sonne taucht in Meeresfluten,
Himmel blitzt in letzten Gluten,
Langsam will der Tag verscheiden,
Ferne Abendglocken läuten —

Haupt gelehnt auf Felsens Kante,
Fremder Mann in fremdem Lande,
Um den Fuß die Wellen schäumen,
Durch die Seele zieht ein Träumen —

Es sind keine tröstlichen Betrachtungen, welche sich uns am Ende dieses Buches aufdrängen. Was war und ist der Mann, dem diese Seiten gelten, und was war aus ihm mit der Zeit geworden? Den wahren Menschenfreund muß das Bild, welches Scheffels Leben uns

bietet, seltsam ergreifen. Selten hat ein Schrift=
steller, ein Dichter schon zu Lebzeiten so viel Ruhm
davongetragen, als dieser. Aber jeder Erfolg, den

Seehalde.

er errungen, wurde seltsamerweise stets beein=
trächtigt durch irgend ein Mißgeschick, welches teils
selbst verschuldet, teils unverschuldet ihn ereilte.
Vor einem Jahrzehnt da feierte man den fünfzig=
jährigen Geburtstag Scheffels in einer geradezu
unerhörten Weise. Nicht nur, daß der Herr des

Landes, der dem Dichter stets ein wohlwollender Gönner gewesen, sich unter die Festteilnehmer wie ein einfacher Bürgerlicher mischte, nicht, daß der Großherzog ihn in den erblichen Adelsstand erhob und andere Ehren von hohen und höchsten Herrschaften seiner warteten — ein ganzes Volk bekundete dem Dichter seine Teilnahme und legte ihm seine Sympathien in der verschiedensten Form zu Füßen. Das war ein Triumph, der mehr als ein Leben wert war. Und was geschah gleich hinterher? Männer, die sich mit zu den ersten Geistesgrößen unsres Volkes rechneten, Männer von Bildung scheuten sich nicht, auf den schon gebeugten Mann ein Unmaß von Verleumdungen zu häufen; man warf ihm Fürstendienerei vor und seinen Liedern, daß sie die Jugend zum Laster verführten. Wo war also das große Glück, das Scheffel genossen haben soll? Er war ein Märtyrer desselben und beneidenswert nur, weil er zu singen verstand, wie kein anderer vor ihm. Die Gutzkow, Lorm und wie sie alle geheißen haben mögen, die in fast unverständlicher Blindheit des Geistes auf Scheffel losgebroschen haben, sie sollen ja später eingesehen haben, welch ein schweres Unrecht sie auf sich geladen.

Doch da war es zu spät. Scheffel hat die ihm
widerfahrene Unbill nie vergessen können. Sie war mit
ein Nagel, und nicht der kleinste, zu seinem Sarge.
Er, der sich ferne von der Welt hielt, hatte nicht
glauben gemocht, daß Falschheit und Verleumdung
unter den Menschen eine so große Rolle spielen.
Seinem Charakter allerdings lagen solche Züge fern.

Er hatte Mitte der Siebziger Jahre in Radolf=
zell ein Landhaus, welches er Seehalde nannte, ge=
baut und später noch ein gleiches auf der angrenzen=
den Mettnau erworben:

> Seehalde, Gott walte.
> Und schaff' uns auch die Mettenau
> Zu einer trockenen festen Au. —

steht in gotischen Buchstaben an dem Hause auf
der Mettnau. In diesem traulichen Tuskulum, dessen
Ausbau sich der Doktor von Scheffel mit Hingabe
widmete, weilte er namentlich gern. Vom Turm
der Seehalde aus hatte er den ungestörten Blick
auf den geliebten Hohentwiel, auf dem er auch
begraben sein wollte. Hier in Radolfzell war er
alles: Landwirt, Weinbergsbesitzer, Jäger und Fischer,
nur nicht Dichter. Bekannt sind seine Streitereien

mit den Fischern des Bodensees um die Fischerei=
gerechtigkeiten auf dem Überschwemmungsgebiete des
Sees, also auch auf dem Territorium, das zur
Mettnau gehörig war, die er selbst mit der Flinte

Mettnau.

in der Hand energisch zu verteidigen wußte. Hier
empfing er auch gern die Gäste, die nicht müde
wurden, den freundlichen Herrn aufzusuchen. Als
er mit dem Tode abgegangen, da haben Blätter
und Blättchen Erinnerungen von berühmten Schrift=

stellern und anderen gebracht, welche das Glück
genossen hatten, von Scheffel persönlich auf seinem
Besitztum empfangen worden zu sein. Alle diese
Damen und Herren wurden nicht müde, von der
Leutseligkeit Scheffels zu erzählen, mit welcher er
seine Gäste zu behandeln wußte, und alle kehrten
sie mit der freudigen Gewißheit zurück, daß der
Dichter in der besten Gesundheit lebe und gewillt
sei, auch fernerhin noch etwas Großes und Schönes
zu dichten. Sie ließen sich gern täuschen. Wußte
Scheffel doch noch so viel und eigenartig zu erzählen
wie in seinen besten Tagen, sandte er doch hierhin
und dorthin noch Blättchen mit freundlich gemeinten
Zeilen. Es wäre undankbar, wollte man einiges
weniges, was man von ihm noch erhalten hat, hier
nicht anfügen. Namentlich waren es studentische
Verbindungen, welche er, als vielfaches Ehrenmitglied,
mit poetischen Zuschriften bedachte. So schrieb er
der akademischen Burschenschaft „Libertas“ in Wien
zur Feier ihres 25jährigen Bestehens:

> Germania streckt den Mutterarm
> Nach allen Söhnen segnend aus,
> Ihr altes Herz schlägt treu und warm
> Auch denen in der Ostmark draus.

Nachbarn sind heut' und nicht entzweit
Die an der Donau, die am Rhein,
O mögen sie für alle Zeit
Siegreiche Waffenbrüder sein!

Der Jenenser „Teutonia" sandte er zu ihrem
40jährigen Stiftungsfeste die Worte:

Ahnend schauen,
Gott vertrauen,
Lebend'gen Quell nicht rückwärts stauen,
Mehr vermochten die Alten nicht.
Uns vom Feind herauszuhauen,
Vereint am Reiche weiterbauen,
Ist des heut'gen Mannes Pflicht!

Dem Grafen Adolf Friedrich von Schack in
München sandte er zu dessen siebzigstem Geburtstage,
am 2. August 1885 die Widmung:

Stimmt auch der Lärm der Menge
Dir jubelnde Gesänge
Zum Wiegenfest nicht an —
Ein Häuflein Auserwählter,
Von ernster Kunst Beseelter
Neigt sich dem hohen Mann.
Und lenken Dich die Schritte

Zu Deiner Schätze Mitte,

Zum Glanz der Galerie:

So wird von edeln Toten

Stumm Gruß und Dank entboten —

Denn Du verstandest sie!

Mit ehrerbietigen Glückwünschen

zum 70jährigen Geburtstage

Jos. Viktor von Scheffel.

Ein kräftiges Wörtlein aus seiner Feder zur Toleranzfrage Andersgläubiger steht in dem Selbst=schriften=Album „Aus Sturm und Not", welches der Schorersche Verlag zum besten der Gesellschaft der Rettung Schiffbrüchiger ausgegeben hatte:

Gedenkspruch.

Stoßt an: Ein Hoch dem deutschen Reich!

An Kühnheit reich, dem Adler gleich

Mög's täglich neu sich stärken.

Doch Gott behüt's vor Klassenhaß

Und Rassenhaß und Massenhaß

Und derlei Teufelswerken!

Carlsruhe, 16. Februar 1881.

Der J. B. Metzlerschen Verlagsbuchhandlung, der früheren Verlegerin von Scheffels Werken zum

zweihundertjährigen Geschäftsjubiläum, 20. Mai
1882:

> Geschäftstreu und in Ehren
> Schon seit zweihundert Jahr:
> Solch Haus empfiehlt sich selber,
> Denn solch ein Fall ist rar.
>
> Was in der Väter Weise
> Schlicht vorwärts strebt, besteht,
> Derweil, was Schwindel gründet,
> Wie Spreu im Wind verweht!

Kissingen, 10. Mai 1882.

Dem Fräulein Bonz widmete Scheffel folgendes
allerliebste Geburtstagsgedicht, um welches viele
junge Damen dieselbe gewiß beneiden werden:

> Stets freu ich mich, o Klärchen,
> Und alles freut sich mit,
> An Deinen siebzehn Jährchen,
> An Deinem leichten Schritt.
>
> Das sind die Backfischzeiten,
> Wo kein Ding schwer man nimmt
> Und huschig plätschernd und schnalzend
> Im Strom des Lebens schwimmt.

Das sind die Frühlingszeiten,
Wo hell man jauchzt und singt,
Wo lerchenfroh die Seele
Sich hoch gen Himmel schwingt.

Drum preis Du heut wie morgen
Die goldne Jugendzeit,
Schlepp nie ein Bündel Sorgen,
Schlepp nur die Schlepp am Kleid.

Sei wie die guten Eltern
Stets einfach, treu und wahr,
Sprich wenig falsche Worte,
Trag wenig falsches Haar.

Lach über Thoren und Weise
Als fröhlich Schwabenkind,
Kaum merkend und bemerkend,
Wie viele gut Dir sind.

Einsmals kommt auch der Rechte,
Der Dich als Backfisch fischt.
Der Herrgott fügt's schon richtig,
Wenn man von Stuttgart ist.

Und ruht Dein braver Onkel,
Der diese Worte spricht,

Dereinst in kühler Erde
Von Rheuma, Groll und Gicht,

So denke sein, erschaust Du
Den Untersee im Glanz,
Und wind aus Mettnaublumen
Ihm den Gedächtniskranz.

Gebhard Zernin teilte in seinen recht interes=
santen persönlichen Erinnerungen an Scheffel ein
älteres Gedicht desselben mit, welches sich bereits
in dem ersten Bande von Professor Eduard Osen=
brüggens kulturhistorischen Bildern aus der Schweiz
befinden soll. Es lautet:

Abschied vom Wildkirchli.

B'hüt Gott, mein lieber Äscherwirt,
B'hüt Gott, Du brave Frau!
Wie war bei Euch die Luft so lind,
Der Himmel prächtig blau.

Ist auch das Haus nicht riesengroß,
Es war mir eben recht;
Am wohlsten ist's im kleinen Nest
Dem biedern Mauerspecht.

Gegrüßt sei Eure Felsenwand,
Gegrüßt der ganze Berg!
Er ist mir wenig hoch genung,
Hier stand ich als ein Zwerg.

Gegrüßt sei auch die Nachbarschaft,
Die Herrn im Wolkenflor,
Der Säntis und der Alte Mann,
Der Kasten und Kamor.

Die stehen unerschütterlich
Auf festem Grunde da
Und lachen ob dem Türkenkrieg
Und ob der Cholera.*)

Und käm' ich wieder auf die Welt,
Ich ließ den ganzen Qualm
Und zög' als Appenzeller Senn
Zum Äscher auf die Alm.

Dies Lieblein sang als Abschiedsgruß
Ein fahrender Scholar,
Der sieben Tag und sieben Nächt'
Allhier zu Gaste war.

―――――

*) Im Sommer 1854 wüteten bekanntlich der Krimkrieg
und die Cholera.

In der von Emil Franzos geleiteten „Deutschen Dichtung" ist aus dem bisher ungedruckten Nachlasse veröffentlicht:

Gedenkspruch

von einer Schweizerreise heimkehrend.

Blauer Himmel, lichte Wölklein
Spielend um zerzackte Höh;
Gletscherbäche, Wasserfälle,
Sonnbeglänzter, ew'ger Schnee ...

Schau ich's auch, entzückten Blickes,
Nicht mehr täglich auf der Fahrt —
Die Erinn'rung reinen Glückes
Bleibt so schön wie Gegenwart.

Radolfzell, Seehalde September 1884.

Seefahrt.

Will des Lebens Sorge ihr düster Grau
Dir zeigen in späteren Jahren,
So denk an die Insel Reichenau
Und wie wir zum Festland gefahren!

Grün wogte die Welle, leicht tanzte das Boot,
Harmonisch erklangen die Lieder —

Ein Hauch von jenem Seeabendrot
Erlischt in der Seele nicht wieder.

Einem österreichischen Professor, der ihm einst
die bedrängte Lage der Deutschen in Krain schilderte,
sandte er folgende Ermutigung, welche bisher nicht
veröffentlicht worden ist:

Ernsthaft streben,
Heiter leben,
Vieles schauen,
Wenig trauen —
Deutlich im Herzen,
Tapfer und still,
Dann mag kommen,
Was da will.

Karlsruhe, 22. März 1884.

In der „Post", einem Gasthofe zu Donau=
eschingen befinden sich folgende Verse Scheffels unter
Glas und Rahmen:

Dem Heiligen*) in der Post zu Donaueschingen.

Gar viele, die einst man heilig gesprochen,
Erfreuen uns nur mit bestäubten Knochen,

---

*) Der „Heilige" war ein Verein, dem Scheffel angehörte.

Doch der Heilige am Donauquell
That stets als frischer und frommer Gesell
Die Hungrigen speisen, die Durstigen tränken.
Gott woll' ihm Kraft und Gedeihen schenken
Und den Opferstock füllen durchs ganze Jahr,
Dies wünscht ihm vergnügt heut' als Jubilar
Der Meister Josephus zu Karlsruh'
Und trinkt's ihm in altem Markgräfler zu.
Karlsruhe, 11. Februar 1876.

Und nun, als würdigen Schluß, noch einen tiefempfundenen Spruch Scheffels aus dem Fremdenbuche der Fraueninsel im Chiemsee vom Mai 1860, der auch in „Frau Aventiure" abgedruckt ist. Die Verse sind angeregt worden durch das Bild des Wiener Malers Christ. Ruben, „Ave Maria", und zeigen den Dichter auch einmal von einer anderen Seite.

Einsam treibt ein morscher Einbaum, glatt und ruhig
liegt der See.
Purpurwarme Abendschatten färben der Gebirge Schnee.
Eines Eilands Klosterhallen dämmern aus der Flut empor.
Aus dem grauen Münster schallen Glocken zu der Nonnen
Chor:
„Sempiterni fons amoris, consolatrix tristium,

Pia mater salvatoris, Ave virgo virginum!"
Sanft sich biegend, leis verklingend, süß versterbend
                                        kommt der Ton.
Luft und Welle tragen schwingend seinen letzten Hauch
                                        davon.
Und der Hand entsinkt das Ruder. Im Gebet er=
                                        schweigt das Herz,
Und mir ist, als trügen Engel eine Seele himmelwärts.

Von den Schnurren, die Scheffel den Freun=
den zu erzählen wußte, kann nur weniges und dieses
nur als Beweis für die eigenartige Erzählungs=
weise des Dichters hier seinen Platz finden. Es ist
bekannt, wie sehr die Autographensammler den Dich=
ter um eine kleine Gabe zu quälen verstanden. Er
war, das muß anerkannt werden, in dieser Beziehung
sehr zuvorkommend, ging ihm aber die Bettelei
über den Spaß, so konnte er auch sehr unwirsch
werden. So sandte er einer Dame aus England
das Autographen=Album, welches ihm dieselbe aus
Versehen unfrankiert zugesendet hatte, frankiert mit
den Worten zurück: „Bildung macht frei". Jemand
anderes fragte ihn an, in der Absicht, einige Zeilen
von seiner Hand zu erhaschen, ob „Ekkehard" vor

dem „Trompeter" erschienen wäre. Scheffel malte über den einen Namen eine Eins, über den anderen eine Zwei. In Heidelberg wohnte eine Zeit lang ein Flötist neben ihm, der unaufhörlich das schöne Lied „Nach Sevilla" spielte. Als Scheffel die Unendlichkeit dieser Melodie nicht mehr ertragen konnte, schrieb er dem Künstler: „Ich begreife Ihre Sehnsucht nach Sevilla vollkommen und bin gerne erbötig, Ihnen das Reisegeld einzuhändigen, aber — nur bis zur nächsten Station." Recht originell muß sich in des Dichters Munde folgende Reiseepisode ausgenommen haben. Als er mit seinem Sohne Viktor den Hohentwiel besuchte, trat er an eine Verkäuferin heran, welche Bilder von der Gegend, auch sein Porträt feil bot. „Wer ist dieser Herr?" fragte Scheffel die Frau. „Nun, das ist der Herr, der den Berg beschrieben." „Lebt er denn noch?" „Nein, er ist schon tot, es soll ein seelensguter Mann gewesen sein."

Doch der Dichter war im allgemeinen nur selten in seinen Besitzungen in Karlsruhe oder Radolfzell anzutreffen, es kam auch wohl vor, daß er zu Hause war und sich doch nicht sprechen lassen wollte. Wenn er dann recht ingrimmiger Laune war, bekam er es oft genug fertig, seinen Kopf aus dem

Fenster zu stecken und dem Besucher zuzurufen: „Der Herr Doktor ist heute nicht zu Hause." Man wußte oft durch Monate nicht, wo er zu finden war. Er zog dann auf einsamen Wanderungen durch die Gebirge, unterhielt sich gern mit dem Landvolke und ging den sogenannten Gebildeten möglichst aus dem Wege. Doch:

> Wer sich der Einsamkeit ergiebt,
> Ja, der ist bald allein,
> Ein jeder lebt, ein jeder liebt
> Und läßt ihn seiner Pein.

Daher kam es, daß oft genug Nachrichten von des Dichters Tode auftauchten, ja, daß mancher sich schier verwunderte, wenn er hörte, daß Scheffel noch am Leben. Die innere Unruhe, die ihn von Stätte zu Stätte trieb, rührte wohl namentlich aus seinen vielen Krankheitsanfällen her; diese waren es auch, die auf seinen Geist drückten und gewisse Wahnvorstellungen in ihm wachriefen. Die Wasser=sucht machte sich in ihm bemerkbar; er litt an häufigen Schwindelanfällen, von denen einer im November 1882 einen schweren Fall von der Treppe seines eigenen Hauſes herbeiführte. Vergebens ſuchte er die verſchiedenſten Bäder auf; ſie gewährten ihm nur augenblickliche Erleichterung. Die Hand begann beim Schreiben zu zittern, die Geſichts= züge nahmen eine fahle Farbe, einen krankhaften Ausdruck an, und was das ſchlimmſte war, er ſah den Tod ſchon leibhaftig vor ſich, als noch gar nicht an eine Todesgefahr zu denken war. Seinen Gedankengang in den letzten Jahren be= leuchtet nachſtehendes an Anton von Werner ge= richtetes Beileidsſchreiben vom 21. Oktober 1883, gelegentlich des Todes der jüngſten Tochter des Letzteren. Es heißt in demſelben:

„Gottes Wege ſind nicht unſere Wege! Es geſchieht manches, was dem Herzen Wunden ſchlägt und was wir nur ungern faſſen und tragen. Mit Deinem warmen liebevollen Gemüt magſt Du in des guten Kindes Tod ſchwer Dich fügen — aber: der Herr hat's gegeben, der Herr hat's genommen, der Name des Herrn ſei geprieſen! Unſchuldig, wie ein flüchtiger Blick der Sonne in das Erden= leben hineinſchauen und wieder hinausgehen — iſt auch ein Glück! Meiner vollen aufrichtigen Teil= nahme bitte ich Dich und Frau Malve verſichert

zu sein . . wer hätte an dem fröhlichen Tage in
Karlsruhe geahnt, daß so bald Trauer Einkehr halten
würde? . . . . Und so gehen wir alle als Pilger
durch das Leben und wissen nicht, wann wir ab-
gerufen werden. Und dennoch: Vertrauen und
Mut! Mit herzlichem Mitgefühl."

Im September vorigen Jahres besuchte er nach
40 Jahren zum erstenmale wieder Berlin. Es lag
ihm daran, die Einführung seines Sohnes Viktor
bei den Garde-Ulanen in Potsdam als Avantageur
persönlich vorzubereiten. Dann übersiedelte er aber
schleunigst nach Heidelberg, um sich bei bedeutenden
Ärzten in Behandlung zu geben, und hier ging es
reißend mit ihm bergab. Er konnte hier noch seinen
sechzigsten Geburtstag feiern, die Schloßruinen im
hellen Lichte ihm zu Ehren erstrahlen sehen und
hören, wie seine geliebten Studenten ihm brausende
Hochs darbrachten. Dann wurde es aber schlimmer
und schlimmer, nur wenige Vertraute durften ihn
noch besuchen. In einem letzten Schreiben nahm
er von seinem verehrten Großherzoge Abschied als
treuester der Unterthanen und seine letzte Kraft
setzte er zur Dichtung des Heidelberger Jubiläums-
liedes ein: „Nun grüß' Dich Gott, Altheidelberg",

zu dem Vincenz Lachner eine so ansprechende Musik geschrieben hat.

Es soll hier als Genauestes über die letzten Tage des Dichters folgen, was ein Freund und Sterbezeuge des Verewigten seiner Zeit in der „Badischen Landeszeitung" veröffentlicht hat. Es heißt da: „Angesichts der von ihm so oft und so warm besungenen Neckarstadt mit den fröhlichen Jugenderinnerungen erhoffte er Genesung oder doch wenigstens vorübergehende Besserung; denn sein gefahrdrohender Gesundheitszustand war ihm keineswegs ein Geheimniß; aber nachdem er eingesehen, daß die sorglichsten Bemühungen der beiden Spezialisten Professor Dr. Erb und Professor Dr. Fehr keinen namhaften Erfolg versprachen, daß es im Gegenteil, was in der Natur der Krankheit begründet war, mehr und mehr abwärts gehe, da verlangte es ihn wieder mit Macht in die Stadt zurück, die er lieb gewonnen, nach dem elterlichen Hause, dahin — wo seine Wiege gestanden, wo ihm treu bewährte Freundesherzen aus ferner Jugendzeit, aus schöneren Tagen geblieben waren — nach Karlsruhe. Es kostete harte Kämpfe, um diese von ihm so lebhaft herbeigewünschte Übersiedelung von Heidelberg nach

der Heimat wenigstens bis zu einem Zeitpunkt zu
verschieben, wo dieselbe nicht unmittelbar todbringend
sein mußte. Unter den im Geleite der Krankheit
auftretenden Aufregungen hatten Angehörige und
Ärzte schwer zu leiden. Besuche seiner Freunde
empfing er gleichwohl gern und in der Regel mit
der gewohnten Jovialität; aber sie erzählen mit
erschütternder Treue, wie der Leidende jeden Anlaß
in der Unterhaltung ergriff, um auf seinen Zustand
abzuspringen, und wie er dann in die bittersten
Klagen gegen das ihm drohende unabwendbare
Schicksal auszubrechen pflegte. Als nach Fastnacht
auf einige Tage wärmere Witterung eingetreten war
und die ersten Amseln in den winterkahlen Reben-
hängen des rechten Neckarufers sich hören ließen,
da wollte es den Sänger der lenzfrohen Jugend
schier auch nicht mehr leiden im dumpfigen Kranken-
zimmer — und in der That, in diesen Tagen machte
er mit einem seiner „Engsten", dem Hauptmann
Klose, der ihn von Karlsruhe aus fast täglich besuchte, seine letzte Ausfahrt ins Freie, neckaraufwärts
zwischen den sonnbeglänzten Bergen hin, von deren
einem die vielbesungene Heidelberger Schloßruine
die beiden Freunde eine geraume Zeit geleitete;

sie hatten vorher gut gespeist und die milde Luft und die frieblichheitere Stimmung in der Landschaft verfehlten ihre gute Wirkung nicht auf das kranke Dichterherz. Um die Zeit des Josephustages hatten die Ärzte wieder ihre liebe Not. Ein Karlsruher Freund, der Scheffel Tags vorher besucht hatte, brachte schlimme Kunde von dem Zustande des Ge= peinigten in den abendlichen Kreis, wo man der Nachrichten mit ängstlicher Spannung geharrt. Seinen Namenstag feierte der Dichter mit den Seinen alljährlich gern und er freute sich herzlich, wenn man seiner an diesem Tage gedachte. So erwiderte er denn auch fast umgehend ein Glück= wunschtelegramm der Karlsruher Freunde in seiner bekannten launigen Weise. Eine besondere Freude bereitete ihm die allerdings nur einige Tage währende Anwesenheit seines zu Hannover auf der Militär= schule studierenden Sohnes Viktor. Ob er wohl ahnen mochte, daß er seinen Einzigen, den der abgelaufene Urlaub zur dienstlichen Pflicht zurückrief, nicht mehr sehen werde!? — Der Abschied von dem geliebten Kinde war kurz — aber schmerzreich. — Nachdem die Ärzte Mittel in Anwendung gebracht hatten, welche wenigstens auf kürzere Perioden den lokalen

Schmerz und die Atemnot zu lindern im stande waren, benützte der Kranke solche bessern Augenblicke, um mit dem Reste seiner alten Schaffenskraft und mit der Resignation einer großen Seele den üblichen Buchabschluß mit dem Erdenleben zu vollziehen. Bis aufs kleinste wußte er seine privaten Angelegenheiten zu regeln. So war der ersehnte Tag der Übersiedelung nach der geliebten Vaterstadt herangekommen. Mit besorgtem Blick sahen ihn um die Mittagszeit des 3. Februar seine Ärzte den Schnellzug landaufwärts besteigen; einer gab ihm das Geleite hierher. Und so zog er, ermüdet und zum Sterben angegriffen, am Nachmittag in die alten Räume seines Karlsruher Heims wieder ein, die seine lebendige Phantasie jetzt doch wieder mit den lieben Bildern aus der Kindheit und Jugendzeit bevölkern konnte. Die einbrechende Dämmerung zauberte alle die alten trauten Gestalten, die zum Teil längst nicht mehr auf Erden wandelten, vor das Schmerzenslager des Schlummernden, — den Vater mit dem ernsten, strengen Blick, die liebe, treue Mutter, die den Sohn bis zu seinem Eintritt in das bewegte Leben wie ihren Augapfel behütet, und die so innig geliebte Schwester; der heute zum

stattlichen jungen Manne herangewachsen des Kaisers
Rock in Ehren trägt, der treue Sohn: als blondlockiger,
blauäugiger, rosig blühender Knabe umtändelte er
das Lager und — zur Linken, seine Hand innig um=

Scheffels Wohn= und Sterbehaus.

fassend, daß er die Herzenswärme wie einen heißen
Strom belebend in die leidende Brust überfließen spürte
— zur Linken saß, das thränenverschleierte Auge auf
ihn gerichtet, die Gattin, die ein widrig Geschick
lange Jahre ihm entfremdet. Aber das war kein

Traumbild, nein, — sie war es wirklich; sie war gekommen, dem Scheidenden den Abschied zu ver=süßen, seine letzten Tage zu erhellen, ihm, wenn es denn doch so sein sollte, die müden Augen zum ewigen Schlafe zuzudrücken. Ja, es war ein er=schütternd Wiedersehen, das unhörbar den Ausgleich zweier großen Seelen herbeiführte. Das waren im Leben des Dichters die letzten Sonnentage, die jetzt hereinbrachen. Sie erleichterten ihm das Ringen mit dem herannahenden Tode und befeuerten zum letztenmale die erlöschenden Lebensgeister — mehr als die üblichen ärztlichen Erweckungsmittel; mit ängstlicher Sorge jedem Wunsche lauschend, umstand die wackere Dame zur Tages= und Nachtzeit das Lager; stumm und dankbaren Blickes preßte der Kranke die Hand der Teuern an Herz und Mund. In neuen Lebenshoffnungen wiegte sich nunmehr noch das arme brechende Herz. „Jetzt nur noch ein paar Jährle, nur noch eines!" — erwiderte er den Gruß seines Freundes Klose, der ihn am Donners=tag, den 8. April, in einem Zustande freudiger Verklärung außer Bett in seinem Lehnstuhl sitzend antraf. Mit ihm trank — nein nippte er — in dieser Stunde den letzten Tropfen Bieres. Sein

Lächeln bei dem herzlich gemeinten: „Profit, lieber Alter!" — war aber doch so wehmütig umschattet, daß es dem Freunde tief in die Seele schnitt. Am Freitag früh schon stellte sich eine bedenkliche Stumpfheit ein; die Sinne schwanden mehr und mehr und einer von Scheffels hiesigen intimen Freunden, Generalarzt Dr. von Beck, der mit dem Hausarzte Dr. Baur dem Kranken in den letzten Tagen noch alle Sorgfalt der ärztlichen Kunst angedeihen ließ, gab seinen ernstesten Befürchtungen einem Besuche gegenüber rückhaltlos Ausdruck. Aus dem apatischen, schlummerartigen Zustande erwachte der Kranke erst gegen 4 Uhr des Nachmittags. Aber er hörte nicht mehr und erkannte niemanden mehr. Eine Äther-Injektion hatte wenig Erfolg. In gleichmäßigen, harten, tiefen und sehr lauten Atemzügen arbeitete die Brust wie mechanisch. Das Atmen war so laut, daß man es bei den offenen Fenstern auf der Straße hat hören können. Mit ängstlich beobachtendem Schweigen standen zu Häupten des Lagers der Wärter und ein Mitbewohner des Scheffelschen Hauses, Finanzrat Gasser, ein Mann, der in den schweren letzten Tagen dem Verewigten viel Liebes erwiesen; zur Seite des Bettes saßen Frau von

Scheffel, in Schmerz aufgelöst, und der oben erwähnte Freund. Das dauerte bis gegen 6 Uhr, als plötzlich das monotone schwere Atmen, erst auf eine halbe Minute, dann in immer kürzeren Zeitpausen länger und länger aussetzte, bis es einige Augenblicke vor 7 Uhr vollständig aufhörte. „Es ist vorbei!" lispelte einer der Stehenden und im gleichen Augenblick strömten zu den offenen Fenstern herein fernher mit der milden Abendluft die tiefen, sonoren Klänge der Betglocke von der Stadtkirche. Es war, als ob die Seele des toten Sängers in diesen Glockentönen ausgeklungen sei. Weihevolle Kirchenstille waltete eine kurze Weile im Sterbgemach; dann verlangte der Schmerz um den Verlust des teueren Verschiedenen sein Recht; die Glocken verstummten; aber ein in Thränen ersticktes Schluchzen erfüllte den Raum: — Es war vorbei! — Wie im Schlummer lagen die sterblichen Reste; der Gesichtsausdruck war nicht eigentlich entstellt, sondern nur mehr der Fülle und Frische des Lebens entkleidet, dem der Dichter so manche köstliche Blüte für den Kranz seiner Unsterblichkeit zu entnehmen verstanden. Der Lorbeer auf der Stirn stempelte das markige Antlitz eher zu dem eines auf dem Schlachtfeld gestorbenen römischen Imperators. —"

Das deutsche Volk kann nie und nimmermehr vergessen, was Scheffel ihm gewesen. Denn er ist nicht wieder erreicht worden. Mancher hat sich mit ihm messen wollen und betrachtete sich ihm gleich, wenn er:

> — girrt dem kindisch leichtbegnügten Schwarm
> Sein Spielmannsliedel vor, daß Gott erbarm'!
> Sich selber dünkend ein gewalt'ger Held,
> Wenn er sein Lichtlein auf den Scheffel stellt.

Wie selten ein Dichter ward Scheffel beigesetzt, Kränze und Widmungen, Deputationen, ergreifende Reden und Gedichte folgten seinem sterblichen Teile. Liebe und wieder Liebe schmückte seinen Sarg, wo er nur immer geweilt, da erheben sich monumentale Erinnerungszeichen, zwei Städte, Karlsruhe und Heidelberg wetteifern um die Ehre, dem Dichter das erhabenste Denkmal zu setzen. Und doch scheint er uns nicht gestorben. Er lebt unter uns weiter, denn er spricht in seinen Dichtungen die ewige Sprache der Schönheit, welche unabhängig von Zeit und Geschmacksrichtung dasteht. Die Schwächen, die der Mensch gezeigt, soll der Dichter nicht entgelten, und nur der letztere bleibt uns erhalten:

Willkommen, Held! Du hast Dich nicht gespart,
Treu bis zum Tod bist Du dem Kreuz gewesen,
Rück ein zu uns — die Seele ist genesen!

Und so mögen denn die ergreifenden Worte hier
noch einen Platz finden, welche Emil Rittershaus
dem Freunde nachgerufen hat. Sie sind, denk' ich,
uns allen aus dem Herzen geschrieben:

Nun brechen wir den Blumenstrauß,
Das dunkle Grün der Tannen
Und schmücken Dir Dein letztes Haus,
Poet der Alemannen!
Die Nachtigall, die Heimkehr hält,
Bringt Dir den Gruß vom Süden,
Dir, der nun schläft im Leichenfeld,
Dem Sturmgeprüften, Müden!

Nun kommen aus der Neckarstadt —
Alt-Heidelberg, Du schöne! —
Mit Totenkranz und Palmenblatt
Die jungen Musensöhne.
Posaunenton und Grabeslied.
In Hütten und Palästen
Ist Trauer. — Ja, ein Dichter schied —
Und einer von den Besten! —

Welch reichen Lorbeer Du errangst,
Wie schön Dein Los gefallen,
Wie Du die heitren Lieder sangst,
Die lustigsten von allen,
Wie sonnig Deine Lebenszeit,
Gesagt wird's und gesungen —
Ich aber weiß, wie Du im Streit
Mit Qual und Gram gerungen!

Nichts blieb von Leiden Dir erspart,
O Freund, in Deinem Leben —
Und, wo Dir eine Freude ward,
Der Schmerz stand gleich daneben!
Ein Reif auf Deine Blüten fiel,
Ein Hagel in die Ähren —
Und dennoch wußt' Dein Saitenspiel
Die Welt uns zu verklären!

Und dennoch weht's wie Maienhauch
So frisch durch Deine Weisen! —
Laut wie den Dichter darf ich auch
Den Mann, den wackren, preisen,
Der ganz sein Herz dem Freund' erschloß,
Der sein Vertraun besessen. —
Das will ich nie, mein Sanggenoss',
Das will ich nie vergessen!

Ruh aus, o Freund, dem heißes Blut
In seinen Adern kochte,
Und dem ein Herz, so lieb und gut,
So treu, im Busen pochte!
Ich gönn' Dir in der Gruft die Rast. —
Zerrissen sind die Saiten,
Doch, Freund, was Du geschaffen hast,
Das lebt für alle Zeiten!

Du gabst den Schatz, der nimmermehr
Als wertlos wird veralten! —
Vor meinem Geiste zieh'n sie her,
Die herrlichen Gestalten,
Die alte Zeit, die der Poet,
Der Meister wußt' zu schildern,
Daß sie lebendig vor uns steht
In wunderbaren Bildern. — — —

Alt=Heidelberg sich schon besinnt
Auf seine Jubelfeier —
Des Badenlandes bestes Kind
Rührt nicht zum Fest die Leier!
Stumm ist, der sang vom Rodenstein,
Der Singmund, auserlesen! —
Behüt' Dich Gott! Es sollt nicht sein!
Es wär' zu schön gewesen! — —

Posaunenton und Grabeslied.
Ein Klang, ein düstrer, trüber,
Durch meine tiefste Seele zieht
Vom Neckarstrom herüber.
Wenn ich auf Deinen Sargesschrein
Auch nicht die Schollen streue,
So lang' ich leb', gedenk' ich Dein
In Liebe und in Treue! —

Nachtrag.

Der erste Teil vorliegenden Buches war bereits fertig gestellt, als das schon einmal erwähnte Erinnerungsblatt des Oberamtsrichters Schwaniß in Ilmenau als Festschrift zur Enthüllung des Scheffel=Denkmals in Ilmenau erschien. Nach demselben scheint Scheffel in Heidelberg doch Burschenschafter und zugleich Conkneipant des Corps Suevia gewesen zu sein. Denn der alte Freund des Dichters schreibt: „Scheffel gehörte nach einander der „Alemannia" (mit mir gleichzeitig), sodann der „Teutonia", endlich der „Franconia" an. Beide letztere burschenschaftlichen Verbindungen waren durch Verschmelzung verwandter Elemente entstanden. Die Franconen trugen braune Mützen mit Goldstreifen und hatten ihre Kneipe in „Stadt Düsseldorf.""

Unter den verschiedenen Dichtungen, welche Oberamtsrichter Schwaniß bei derselben Gelegenheit veröffentlicht hat, befindet sich auch das Folgende, welches zu merkwürdigen Aufklärungen Anlaß gegeben hat. Es stellte sich nämlich heraus, daß derselbe „Schwanengesang“, natürlich mit entsprechend verändertem Ortsnamen, in den verschiedensten Universitätsstädten allgemeiner bekannt ist und gesungen wird, ohne daß jemand von der Verfasserschaft Scheffels, die denn auch scharf bestritten wurde, bisher eine Ahnung hatte. Diese scheint aber authentisch zu sein, denn Oberamtsrichter Schwaniß teilte folgendes darüber mit:

„In den Tagen des 11., 12. und 13. Juni (Pfingsten 1848) fand nämlich eine von zirka 1800 Teilnehmern aus ganz Deutschland beschickte Studenten-Versammlung am Fuße der Wartburg statt. Auch Scheffel, obwohl nicht mehr Student (er war damals Legationssekretär beim Bundestagsgesandten Welcker in Frankfurt a. M.), nahm teil. Wie schon früher wiederholt, so wohnte er auch diesmal bei mir. Am 13. Juni morgens war nun ein engerer Kreis auf der Wartburg zu fröhlichem Thun versammelt. Scheffel nahm bei dieser Gelegenheit das

Kommersbuch, das ich mit zur Stelle gebracht hatte, zur Hand und schrieb vier Gedichte, die ich bis dahin noch nicht kannte, auf die noch leeren Blätter ein. In jenen Jahren und noch lange nachher liebte er es, gerade mir seine neuesten Gedichte mitzuteilen, da er wußte, wie treulich ich derartige von ihm kommende Opera sammelte und verwahrte. Unter den vier vorerwähnten, aus dem Gedächtnis niedergeschriebenen Gedichten befindet sich der „Schwanengesang". Er ist von Scheffel gedichtet — von keinem anderen — und zwar, wie ich aus einem besonderen Moment schließen darf, unmittelbar vor seinem Ausscheiden aus dem akademischen Leben. Mir selbst schrieb er nämlich damals, unterm 14. März 1847: „Gestern habe ich zum letztenmal in meinem Leben als deutscher Student auf den Kollegienbänken gesessen. Gute Nacht, Frühling!" 2c. Diese letzten Worte aber betrachte ich gewissermaßen als Reminiscenz an das soeben von ihm verfaßte Abschiedslied, denn hier ist ein ähnlicher Ausdruck gewählt, wenn es in der vorletzten und letzten Zeile heißt: „Gute Nacht, Studentenleben, ich werd' jetzt Kandidat!"

Daß sich Scheffel mit fremden Federn geschmückt hätte mit dem Eintrag, den er in das Kommersbuch des Freundes machte, ist ganz un= denkbar. Darum sage ich noch einmal in bestimm= tester Weise: Scheffel ist der Verfasser des „Schwanengesangs". Wahrscheinlich aber wird auf deutschen Hochschulen noch manches andere Lied gesungen, ohne daß man die Quelle kennt, von der meine vorstehenden Zeilen Kunde geben.

Ilmenau, 19. September 1886.

Schwaniß, Oberamtsrichter."

Es lautet das hart bekämpfte Lied:

Schwanengesang.

O Heidelberg, o Heidelberg,
Du wunderschönes Nest,
Darinnen bin ich selber
Dereinst Student gewest,

Ein wackrer, ein flotter,
Ein braver Kamerad,
Der sein Verbindungsleben
Gar sehr geliebet hat.

Verbindung, Verbindung, —
Es kann nicht anders sein,

In Heidelberg, in Heidelberg
Verbindungen müssen sein. —

Der Vater, der Vater
Nahm Feder und Papier:
„Mein Sohn, thu ab die braune Mütz'
Und komm nach Haus zu mir.

Dort oben, dort oben
Ist ein Dachkämmerlein,
Darin sollst Du studieren
In Büchern groß und klein.

Und hast Du studieret
Wohl über Jahr und Tag,
Dann gehst Du ins Examen
Mit Hut und schwarzem Frack!"

Die Mutter, sie weinte:
„O Joseph, komm' nach Haus,
Du bist schon ganz verwildert
Bei den Studenten draus.

Du trinkst viel, Du rauchst viel,
Du wirst ein Lump am End',
Du sollst nicht länger bleiben
In Heidelberg Student!"

Ich bat sie, ich klagte,
Es half mir alles nix.
Abjes drum, ihr Franconen,
Abjes ihr lieben Füchs.

O Heidelberg, o Heidelberg,
Du wunderschöne Stadt,
Gute Nacht, Studentenleben!
Ich werd jetzt — Kandidat!

Folgenden Brief Scheffels vom Rigi, dessen
einleitende Worte die Herzen der studierenden Jugend
entzücken dürften, danken wir ebenfalls der Mitteilung des Herrn Schwaniß.

Rigistaffel, den 23. August 1850
beim Frühschoppen.

Viellieber Jeremias!*) 5500' über der Meeres-
fläche gedenk ich Dein. Die Schweiz ist zwar eine
schöne Gegend, aber wenn rings um den Menschen
bloß nebelgraue Unermeßlichkeit sich ausbreitet und

---

*) Dies war mein Heidelberger Spißname. Als ich von
dort nach Jena zurückkehrte, wurde dem badischen Freunde,
der mich dahin begleitete, der Spißname Amos zu teil. Er
war der kleine, ich der große Prophet!   Schw.

der Sturm durch das Wolkengewimmel pfeift, so hört die Natur auf und der Frühschoppen fängt an. Wohl dem, der die Wissenschaft des Frühschoppens besitzt, dem thut auch Sturm und Wetter nichts an. Ich sitze mit der innern Freudigkeit eines germanischen Gemütes beim Glase, — nachdem ich zuvörderst pflichtschuldigst den Honoratioren der Umgegend, dem Bürger Pilatus und Glärnisch, sowie dem Schreck=, Wetter= und Aarhörnersystem und der eisigen Jungfrau etwas Erkleckliches vorgetrunken, wende ich mich an Dich und gedenke, daß auch Du weiland mit Alpstock und Feldflasche hier herumgestiegen bist, und steige Dir krampfhaft einen Schluck Markgräfler vor.

O diese Schweiz! Wer vom Standpunkt des Frühschoppens hier reist, hat einen schweren Standpunkt. Diese whistspielenden, theetrinkenden Engländer, — diese sentimentalen deutschen Frauenzimmer, — überhaupt das ganze Publikum stoßen ein fahrendes Schülergemüt gewaltig ab. Und in Welschland erst. Durch was für fabelhaften Wein muß sich der Mensch durcharbeiten! Piemonteser Landwein, Valtelliner, vino d'Asti, der moussiert wie eine alte Melone, — 's ist hart. Und beim

erſten italiſchen Wein hätt's faſt deutſche Hiebe
geſetzt. Sitz' ich da auf dem Gotthard=Hoſpiz, zer=
regnet und zerfroren, und wärme mich mit rotem
Teſſiner. Bricht der lumpige alte Stuhl unter mir
zuſammen. Wollen die verfluchten Kelten ſchließlich
außer der Zeche auch noch eine Unzahl Mailänder
Lire für dieſe sedia rotta. Wie ich's im gerechten
Unwillen negiere und abſcheiden will, wollen mich
die verſammelten welſchen Hausknechte, Fuhrleute ꝛc.
feſthalten. Da pfiff aber mein deutſcher Hakenſtock
ſo ſcharf durch die Luft*) und eine Unzahl italiſcher
Flüche wechſelten harmoniſch mit einem „Heiliges
Dunnerwetter“ und „Chrüztuſſigdunnerwetter, Gott
verdamm mich,“ wie meine Schwarzwälder ſagen,
und es regnete und ſchneite darein, ſo daß ich würdig
und groß einen ungefährdeten Rückzug nach Airolo
antreten konnte.

Nur in Bellinzona hab' ich einen wohlthuenden
Eindruck erlebt. Mitten unter dieſen ſüßen Faul=

---

*) Ob das wohl wahr geweſen iſt? Beſcheidene Be=
merkung des Verfaſſers, der daran erinnert, daß die lebhafte
Phantaſie Scheffels ihm manchmal einen kleinen Streich
ſpielte und ihn Dinge berichten ließ, welche er ſelbſt erlebt
zu haben glaubte, während ſie doch nur in ſeiner Einbildung
ein Scheinleben führten.

lenzern lebt germanisches Element. Ich entdeckte eine fabrica di birra von einem sichern „Maier“. Der Mann war aus Erfurt und sein Bier gut. Daß ich's nach jenischem Maßstab vertilgte, versteht sich. Mit Hochachtung schied ich von ihm.

Aber der lago maggiore, der Simplon 2c., alles, wohin mein Herz strebte, war verregnet. Jetzt hab' ich mich auf den Rigi zurückgezogen, wo der Sonnenaufgang handwerksmäßig betrieben wird. Mitten unter diesen Beefs und in Bettdecken eingehüllten Naturbewundrern schaue auch ich zu, — ein Proletariergemüt, aber gehoben durch die Wissenschaft des Frühschoppens. Und die Luft ist frisch hier oben und die Gedanken fliegen höher als zum Kriminal- und Polizeirespiziat in Säkkingen.

Aus dem Fremdenbuch ersehe ich, daß auch Biedermänner vor mir hier waren. Neben allem Gesäusel von Naturpracht und Gemunkel von mystischen Muckern: „Kommet hieher und schmecket, wie süß der Herr ist,“ hat mir folgendes, wiewohl Flüchtlingslitteratur, wohlgethan:

> Fünf Deutsche kamen gehunken
> Vom Rhein auf des Rigi Höhn;

Sie haben da wacker getrunken
Und nichts als Nebel gesehn.

Einige Jahre früher finde ich auch den Hans E.,
die Alemannen E. und K. eingezeichnet. Die haben's
hoffentlich ebenso gemacht. Der Bursche H. (— ein
Jenenser —) hätt's auch so machen können; der
hat aber ganz antiburschenschaftlich geschrieben:

Im Thal, nicht auf den Höhen
Such ich mein stilles Glück.
Hier oben — nichts als Nebel,
Tief unten — Liebchens Blick.

Ich überlasse Dir, diesen Text mit einer Note zu
versehen. —

Da es jetzt zum Essen läutet, schließe ich.
Vielleicht setz' ich heut nachmittag den Frühschoppen
fort; es kommt darauf an, ob der Nebel nachläßt
oder nicht. Inzwischen leb wohl, alter Jeremias.
Den Jammer in Altdeutschland behandle mit Resignation. Dios lo vult, haben die Kreuzfahrer gesagt. Aber das weiß ich, daß diese Alpen hier
noch stehen und im Abendrot glühen werden, wenn
längst kein Erdbewohner mehr weiß, was für ein

Geschöpf ein europäischer Diplomat ist. Das „Chrüz=
bunnerwetter schlag drein!“

Bhüet Di Gott und schreib mir bald nach
Säkkingen.

Grüße an die Deinigen.

Joseph.